KB243016

혈리표

血劉豹

혈리표 2
이영석 新무협 판타지 소설

초판 1쇄 찍은 날 § 2003년 10월 20일
초판 1쇄 펴낸 날 § 2003년 10월 30일

지은이 § 이영석
펴낸이 § 서경석

편집장 § 문혜영
편집 § 권민정 · 유경화
마케팅 § 정필 · 강양원 · 이선구 · 김규진 · 홍현경

펴낸곳 § 도서출판 청어람
등록번호 § 제1081-1-89호
등록일자 § 1999. 5. 31
어람번호 § 제2-0269호

주소 § 경기도 부천시 원미구 심곡1동 350-1 남성B/D 3F (우) 420-011
전화 § 032-656-4452 팩스 § 032-656-4453
http://www.chungeoram.com
E-mail § eoram99@chol.com

ⓒ 이영석, 2003

값 8,000원

ISBN 89-5505-852-7 04810
ISBN 89-5505-850-0 (SET)

※ 파본은 본사나 구입하신 서점에서 교환하여 드립니다.
※ 저자와 협의하여 인지를 붙이지 않습니다.

이영석 신무협 판타지 소설

血劅豹

혈리표

2

칼춤

도서출판
청어람

목

차

4장 태산혈풍(泰山血風)

태산혈풍(泰山血風) 1

꽃샘으로 부는 밤의 산바람은 차가웠다. 이미 짙어진 검은 어둠은 사위를 내리누르며 육중하게 내려앉았고, 그 위엄을 거슬러 찌르는 창날 같은 횃불 빛은 사방에서 제 몸을 살랐다. 흔들리는 그 불빛 앞의 초라한 다관은 사람으로 넘실거렸고, 그렇게 넘실대는 사람들의 손아귀에는 은빛 쇠붙이들이 시린 살기를 뿌렸다.

터질 듯한 기세와 살기로 다관을 에워싼 백여 명의 무사들에게 자리를 내준 무림인들은 산을 등지고 숲에 숨어들어 그들을 바라보았다. 그리고 그들 무리의 선두 중앙에서 휘날리는 황적(黃赤)의 깃발을 보며 뜨거운 침을 삼켰다.

사자철기맹(獅子鐵旗盟).

그것은 신화다. 강북무림의 신흥패자인 그들은 산서성(山西省)에 깃발을 꽂은 지 불과 십 년 만에 장강 이북의 모든 군소문파를 손아래 아우른 패도적인 무력 집단이었다. 맹주인 사자신군(獅子神君) 정천휘(鄭天輝)는 육 척에 이르는 거검(巨劍)을 휘두르며 출사, 무림에 출도한 지 불과 오 년 만에 수많은 강자들을 쓰러뜨리고 사자철기맹의 현판을 세워 올렸다. 그리고 사자 같은 그의 패도적 기세와 불굴의 용맹을 흠모하여 모여든 많은 젊은 무인들의 호응 아래 강북무림을 일통하였다.

그 기간이 불과 십 년이었다. 출도할 때의 나이가 불혹이었으니 그의 나이 올해 꼬박 쉰이 된 것이다. 그러나 나이 사십이 되어 무림에 출사하기 이전까지, 육 척의 거검으로 피의 산을 쌓으며 사자 같은 포효를 토해내던 그 시절의 이전까지 그의 행적을 아는 사람은 아무도 없었다. 마치 어느 날 갑자기 생겨난 것 같은 그의 존재는 사문은 물론 일가의 존재까지도 베일에 가려진 채 오직 맨몸과 검 한 자루로 세워놓은 피의 전설과 사자의 용맹에 대한 경외가 있을 뿐이었다.

마치 훔쳐보는 아이들처럼 오래된 칼의 전설을 따라 모여들었던 사람들은 눈앞의 전설을 바라보며 숨을 죽였다. 그들의 기억 속에 남아 있는 전설은 전대의 무림오천(武林五天)과 그 뒤를 이어 일세를 풍미했던 삼제오신(三帝五神)이 있었지만, 은거와 사망설로 뒤섞여 종적이 혼미해진 그들보다는 눈앞의 실존이 더욱 놀라울 따름이었다.

더더군다나 충격스러운 일은 전설의 한 자리를 차지했던 삼제오신 중의 일 인, 겸제 우충이 나타난 것이었다. 그리고 눈앞에 나타난 사자철기맹의 무사들이 착용한 적황색의 무복은 그를 도와 나타났다 사라진 무사들의 것과 동일했다. 결론은 바로 유추되었다. 겸제와 사자철기맹은 한 배를 탄 사람들인 것이다.

하지만 무리를 지어 나타난 저들이 바라보는 한 사람. 바로 여기 모인 모든 이들이 갈망하는 혈룡마제의 유물을 손에 쥔 묵빛 무복의 사나이. 저 괴물 같은 사나이는 충격을 넘어선 경악이었다. 마치 쇠 가면을 두른 듯한 무표정한 얼굴에서 쏟아져 나오는 불붙은 범의 눈빛은 꿈속의 악령처럼 전율스러웠고, 강철 뭉치를 휘두르는 것 같은 패도적인 팔과 다리는 투신(鬪神)의 현신처럼 모든 걸 부숴 나갔다.

일로무극도 위진경이 그 손에 맞아서 죽고, 비편비도 방왜와 미안검 송요주가 반절로 갈라졌다. 악명 높던 청랑군은 다리 잘린 병신이 되었고, 겸제 우충은 부서진 어깨를 감싸 안고 무릎을 꿇었다. 이것은 또 다른 전설의 시작임과 동시에 무림을 뒤흔들 새로운 강자의 출현을 알리는 서막이었다. 그리고 그 전설들은 이제 충돌을 눈앞에 두고 있었다.

거검을 치켜들고 둥근 반원진을 이룬 무리의 선두에서 장대한 체형의 사나이가 훌쩍 앞으로 나섰다. 전형적인 무골에 타고난 장사임을 온몸으로 보여주는 사나이는 흉악하게 큰 거검이 어울릴 만큼 패도적인 기세를 물씬 풍겨냈다.

그 좌측 옆으로 같이 나선 늙은이는 곤륜노(崑崙奴)처럼 시커먼 얼굴에 검을 갖지 않은 맨손이었고 슬며시 뒷짐을 질 때 드러난 그 두 손은 시커멓게 죽은 쇠빛이었다. 그리고 그런 노인의 맞은편 우측으로 따라선 자는 수려하고 뚜렷한 이목구비에 가느다란 입매를 보이는 젊은 청년이었다. 그의 손에도 뽑혀진 거검은 들려 있었으며, 장대한 중앙의 사나이에 비친 그 모습은 상대적으로 왜소해 보였다.

중앙에 선 거구의 사나이는 다관에 선 중들과 검은 사내를 보며 몸집만큼 커다란 목소리로 입을 열었다.

"들으시오! 본인은 사자철기맹 소속의 사자철기대주(獅子鐵旗隊主) 용악검(龍握劍) 이백(李伯)이라 하오!"

사내의 목소리를 따라 숲이 울렁거렸다. 그리고 그 속에 몸을 묻은 사람들의 물결도 술렁거렸다.

사내는 사자철기맹의 제일 전투 세력인 사자철기대의 수장이었고, 황적색 무복의 무사들은 바로 어지간한 문파쯤은 하루 저녁에 쓸어버린다는 무적 집단의 대원들인 것이다.

사내는 자신에게 시선을 주는 다관 문 앞의 인물들을 쳐다보며 다시 입을 열었다.

"거기 계신 분이 소림의 법진 대사님인 것으로 들었소만, 때 아닌 곳의 불의(不意)한 만남에도 불구하고 한마디 여쭙고자 하오!"

사내의 우렁찬 목소리에 내려다보던 법진은 가만히 미간을 찌푸렸다.

용악검 이백은 다시 말했다.

"소림은 저자와 관계가 있소이까? 있다면 이번 혈룡도에 얽힌 일은 소림도 관여하는 것으로 해석해도 되겠소이까?"

찌푸린 미간으로 내려다보던 법진은 습관처럼 외팔로 염주를 헤아리며 천천히 입을 열어 말했다. 하지만 그 목소리는 숲의 구석구석까지 스며들었다.

"그대들… 사자의 무리들이 이곳까지 온 이유는 짐작이 가는 바이지만, 방금 그대의 그 말은 소림이 칼에 뜻을 품었다면 일전이라도 불사하겠다는 의지의 표현인가?"

잔잔하지만 완곡한 물음을 담은 법진의 물음에 이백은 잠시 침묵했다. 하지만 그 침묵은 오래가지 않았고 커다란 그의 목소리는 다시 들려 나왔다.

"거스르고자 하는 바는 아니지만, 뜻밖에 출현한 옛 유물의 소재는 대단히 중요한 일이 아닐 수 없소이다! 만일 본 맹의 의지와 행사에 위배되는 일이 있다면, 그것이 어떠한 일이라도, 혹은 어떠한 세력이라도 좌시하지 않겠다는 것이 본 사자철기맹의 확고한 의지요!"

용악검 이백의 목소리는 또 한 번 숲을 휘감는 울렁거림을 재현했다. 그리고 그렇게 놀라고 동요하는 사람들의 기척 속을 가르며 분노한 목소리가 터져 나왔다.

"광오하구나! 감히 대소림의 천년 권위에 검을 들이밀겠다니! 근본 없는 부평초와 같은 자들이 거목의 뿌리 깊음을 시험하겠다는 것이냐!"

소리친 자는 날카로운 눈매를 더욱 검날처럼 빛내는 정수였다. 하지만 법진과 동료들이 제지할 사이도 없이 상대편에서 바로 튀어나온 웅대는 중들의 마음속에 분노를 심었다.

"그까짓 낡은 절과 오래된 불상을 핑계 삼아 주절대는 이야기는 그대들끼리 하라! 오래된 고목이라도 새 도끼 날에 찍히면 몸통이 꺾어지는 법이다!"

맞받아 대응한 자는 수려한 얼굴에 얇은 입매를 가진 청년 무사였다. 이백의 옆을 나서며 소리친 얼굴은 당당했으며, 가는 입매에 점점 짙어지는 미소는 분명 비웃음이었다. 그 얼굴을 옆으로 돌아보는 이백의 눈빛이 굵어졌으나, 이내 다시 앞을 보며 말없이 돌아갔다.

"닥쳐라! 홍진을 떠도는 무리 진 짐승들이 불법의 지엄함을 모르고 사사로이 지껄이는구나! 소림의 산문이 열리기를 진정 바라는 게냐?"

엄청난 힘이 담긴 목청으로 소리친 자는 정오였다. 대치한 용악검 이백보다도 더 커 보이는 그의 체구는 분노를 참지 못해 부들거렸고, 부릅뜬 커다란 눈에는 분노가 물결처럼 넘쳐흘렀다. 그리고 눈썹을 뒤튼 사자철기맹의 사내가 반발하려는 때에 맥을 끊는 법진의 음성이 위엄을 담고 울려 나왔다.

"갈! 거두어라!"

항거하기 힘든 그 목소리에 얇은 입매의 사내가 동작을 멈췄다. 그리고 붉어진 얼굴로 고개를 숙이는 정오와 정수는 승포 자락을 떨었다.

흥분한 사대금강에게서 시선을 돌린 법진은 다시 담담한 음성으로 말을 꺼냈다.

"언사가 과하구려. 젊은 시주의 성명은 어찌 되오?"

법진의 잔잔한 물음에 검날을 아래로 내리고 그 손잡이를 두 손으로 맞잡아 앞으로 내밀어 예를 취한 청년이 호기롭게 입을 열었다.

"고명하신 대사께 인사가 늦었습니다! 본인은 사자철기대의 부대주를 맡고 있는 지강검(地剛劍) 성일준(星一俊)이라 하오이다!"

어쩐지 맡아지는 인물의 됨됨이가 탐탁찮은 젊은 사내는 특유의 입 꼬리진 미소를 만들며 여유롭게 법진을 보았다. 그리고 수례(手禮)를 받은 법진은 무심히 고개를 끄덕거렸다.

"그렇구려……."

그렇게 끊어질 듯하던 법진의 음성은 다시 이어져 나왔다.

"그런데 시주에게 한 가지 말해 주고 싶구려. 소림은 그대의 말처럼 중생들이 적선한 시주쌀을 빌어먹고 사는 오래된 절에 불과하지만 지난 천 년래 그 낡은 담장에 손가락질을 하고 무사했던 자는 아무도 없었소."

여전히 담담한 음성에 변화없는 마른 얼굴이었지만 내뱉은 말이 전해주는 의미는 오싹한 한기를 불러일으켰다. 그리고 그 서늘함이 서린 말이 주는 내용 또한 사실이었다.

당황한 얼굴로 법진을 바라보던 지강검 성일준은 입술을 물었다. 수려한 얼굴은 좀 전의 사대금강처럼 붉은빛으로 물들어갔고 조금씩 거칠어지는 호흡을 따라 입술이 벌어졌다. 하지만 그 입을 막으려는 못마땅한 얼굴의 이백보다 검은 낯빛의 노인이 먼저 선수를 치고 입을 열었다.

"법진 대사! 젊은 혈기에 걸러내지 못한 말들이니 마음에 두지 말길 바라오! 결례가 되었다면 넓은 아량의 이해를 바라거니와 본 맹은 결코 소림의 위엄을 거스르고자 하는 의도는 없소이다!"

갑자기 나선 흑색 얼굴빛의 노인을 보며 법진은 잠시 말이 없었다. 물끄러미 바라보는 얼굴에는 의아한 기색이 떠올랐고 무엇인가 잡힐 듯 말 듯 머리 속을 감도는 생각이 아른거릴 때, 시커먼 쇠 빛깔로 시선을 잡는 노인의 두 손을 보며 한 인물을 떠올렸다.

"철혈수! 그대는 철혈수(鐵血手) 조강(趙鋼), 조 대협이구려!"

뜻밖의 인물을 인지(認知)하게 된 사실에 법진의 탄성 섞인 목소리가 새어져 나왔다. 그리고 조강은 가벼운 웃음을 터뜨렸다.

"하하하! 대협은 무슨, 과하오이다. 그저 촌구석의 물정 어두운 늙은 이에 불과하지요! 어찌 되었든 흠모하던 소림의 법진 대사를 이렇듯 뵙게 되니 이자에겐 삼생(三生)의 영광이 아닐 수 없소이다그려! 하하하하!"

호쾌하게 웃음으로 마무리하는 늙은이의 얼굴색은 유난히 검어 보였다. 그리고 법진을 비롯한 모든 사람들은 시커멓게 죽은 것 같은 그 두 손을 보며 노인의 존재를 깨달았다.

철혈수 조강.

그는 청해(靑海)의 서쪽 구석을 떠나지 않던 숨은 실력자였다. 그리고 일찍이 중원에 진출해 명예와 패권을 다투었다면 능히 삼제오신의 전설이 다시 불렸으리라 평가받던 초절정의 고수였다.

그의 검은 두 손은 죽음 같은 고통을 이겨내야만 성취할 수 있다는 철(鐵)의 신수공(神手功) 철혈수였고, 그런 손으로 펼쳐지는 철혈수강(鐵血手罡)은 거암을 가르고 강철을 종잇장처럼 찢어내는 초인간(超人間)의 무공이었다.

법진은 검게 웃는 철혈수 조강의 얼굴을 보며 무거워지는 가슴으로 숨을 내쉬었다.

유별난 날인 것이다. 뜻하지 않은 칼의 등장도 놀라웠고 그 칼을 가진 청년의 등장은 더욱이나 놀라웠다. 하물며 청년이 밝힌 정체를 알게 되었을 때는 팔십 평생의 수양이 부족하다 느낄 정도로 심신이 경동되었었다.

하지만 그런 칼을 차지하고자 모여든 사람들의 면면은 놀라움을 떠나 가슴을 무겁게 만들었다. 겸제 우충의 등장에 이어 이제는 사자철기맹과 철혈수 조강이라니. 더군다나 정황을 맞추어보면 저들은 모두가 한 손인 것이 틀림없어 보였다. 그러나 기억 속에서 지워져 가던 옛 사람들이 저렇듯 다시 나타날 만큼 칼이 귀중한 것인지는 가늠이 되질 않았다.

그저 옛 전설에 휘말려 칼을 쫓고, 지보(至寶)를 차지하기 위해 서로를 침탈하여 죽이고, 무리를 지어 세를 과시하며 소수를 핍박하는 저들의 행태가 그림자를 쫓는 한낮의 아이들처럼 부질없고 허망하게 여겨졌다. 하지만 그 한 켠으로 드는 생각은 자신조차 저들과 다른 것이 무엇인가에 대한 자괴감이었다.

살아남은 산적들을 보호계도(保護啓導)한다는 미명 하에 반감금하였고 실체없이 흔적조차 사라져 가는 혈리표와 염가의 후예를 찾고자 천하를 떠도는 모습은 저들의 행태와 다르지 않았다. 그리고… 자꾸만 마음속에 떠오르는 불덩이 같은 화두 하나… 자신이 쫓는 것이 과연 염가의 후예인지 아니면 혈리표인지, 그도 저도 아닌 그저 법안 사형의 복수와 상처 입은 패배에 대한 저열한 자존심인지… 정말로 알 수 없었다.

"법진 대사! 일이 이렇게 된 이상 단도직입적으로 묻겠소이다!"

다시 들려 나온 조강의 목소리는 바라보면서도 상념 속에 파묻히던 법진을 깨워놓았다. 그리고 조강의 목소리는 다시 이어졌다.

"결코 그런 일이 있어서는 안 되겠지만, 본 맹에 있어서의 저 칼에 대한 관심은 대단히 지대하오이다! 그런 터에 소림이 이 자리에 동석을 하였으니, 서로 다른 생각으로 말미암아 화기(和氣)를 해칠 수도 있을 터인즉! 정확한 소림의 뜻을 알려주시면 감사하겠소이다!"

처음과 달리 완곡한 표현을 쓰는 조강의 얼굴은 사뭇 무거워 보였다. 그리고 그가 전하는 말의 내용은 처음 이백이란 자의 얘기와 같은 내용이었다.

법진은 천천히 옆에 서 있는 검은 청년을 돌아보았다. 고정된 듯한 시선은 앞만을 바라보았고 생각을 알 길 없는 구릿빛 얼굴은 여전히 무표정했다. 그리고 법진의 눈길에도 불구하고 앞만을 바라보는 청년의 투박한 손은 서서히 칼을 고쳐 잡았다.

말없는 전의가 분명한 그 모양에 무거운 눈길을 다시 돌린 법진은 조강과 이백들을 향하여 입을 열었다.

"우리가 이곳에 있는 이유는 그대들과 같지 않으나 때와 장소가 같은 관계로 얼굴을 마주하고 있게 되었소. 하지만 지난밤 말한 바와 같이 혈룡지보의 일에는 관계치 않을 것이며 우리네 승려들과는 아무런 연관이 없소이다. 다만 바라는 바는 더 이상 살생이 벌어지는 것을 원치 않으며 무리함을 빌지 않은 평화적인 해결이 있기를 바라오이다."

법진의 대답으로써 소림의 입장을 사람들은 확실하게 받아들였다. 또한 사자철기맹의 인물들은 달라진 신색으로 검끝에 시린 빛을 더했다. 그리고 그 무리를 이끈 용악검 이백은 칼을 가진 사내를 향해 드디어 말을 던졌다.

"그대! 혈룡도를 본 맹에 인도함이 어떠한가?"

정확히 전하고자 하는 바의 요체만을 잘라 말한 이백의 두 눈은 뜨거웠다. 하지만 시종일관 말없이 서 있을 뿐인 세철의 몸은 변화가 없었다.

이백은 다시 말했다.

"진정 감탄할 만큼 대단한 무위(武威)인 것은 인정한다! 본 맹의 호법장로이신 겸제 우충 어른과 일전을 결할 만큼 말이다! 하지만 한 손이 열 손을 당할 수는 없는 법! 법진 대사의 말씀처럼 현명한 판단을 하길 바란다!"

이백을 바라보던 세철은 손에 들린 혈룡도의 손잡이를 움켜잡으며 가만히 감촉을 느꼈다. 오래된 가죽의 느낌이 손 안에 들어왔다. 그리고 불현듯 답답한 짜증이 치밀었다.

잡을 수 있으리라 생각했던 놈의 종적은 사라졌다. 이제 어디부터 놈을 쫓아야 할지 막막한 심정이었다. 하지만 세상의 구석구석을 다 뒤져서라도 놈을 찾아야 한다.

마음은 점점 다급해지고 무거워져만 간다. 그런데 저놈들은 주위를 에워싸고 칼을 달라고 협박을 하고 있다. 칼은 저놈들의 것도 아니었다. 그러나 지금 손에 들린 이 칼이 발길을 붙잡는 원인임에는 틀림없었다. 그렇지만 진정으로 누구에게 돌려주어야 할지 또한 알 수 없었다.

"말이 들리지 않느냐? 이름조차 없는 놈이 운 좋게 보도를 손에 넣고 몇 사람을 쓰러뜨렸다고 해서 눈에 보이는 것이 없는 모양이로구나!"

갑자기 소리친 자는 예의 가는 입매의 청년, 지강검 성일준이었다.

성일준은 또 소리쳤다.

"본 맹의 사자철기대 앞에 적수란 없다! 네놈이 지금 살길은 칼을 바치고 목숨을 구걸하는 길뿐이다! 그렇지 않다면! 때늦은 후회로 네 목에 솟구치는 피로써 멱을 감게 될 것이다!"

완연한 협박이었고 굴종의 결단을 촉구하는 최후의 통첩이었다. 하지만 동네 어귀에서 짖어대는 개를 바라보는 듯한 세철의 얼굴은 고집스럽게 닫힌 입을 열어 생뚱한 말을 굵게 내뱉었다.

"칼을 달라고 빌어라."

나직하지만 또렷한 그 음성에 성일준의 눈이 잠시 혼돈을 맴돌았다.

"뭐라… 고?"

세철은 청동 인간처럼 감정없이 다시 말했다.

"무릎 꿇고 빌어라. 그러면 혹시 생각이 바뀔지도 모르겠다."

바라보는 성일준의 얇은 입매가 조금씩 이지러졌다. 그리고 붉어지는 수려한 얼굴은 무섭도록 흉측하게 일그러졌다.

그 얼굴을 못마땅한 기색으로 바라보던 이백조차도 무겁게 돌처럼 표정을 굳혔고, 검은색으로 기색을 알 길 없는 조강의 눈매에도 파란빛이 물씬 일렁거렸다.

"이런 쳐 죽일 놈이!"

발작처럼 검을 쳐드는 성일준의 기세를 끊고 이백이 말을 던졌다.

"끝내 맞서겠다는 것인가? 그대는 지금 그런 말을 할 처지가 아니다!"

세철은 다른 말을 했다.

"이름없는 자라 했는데 내게도 이름은 있다."

굳어진 표정으로 그 얼굴을 가만히 바라보던 이백이 되물었다.

"그대의 이름이 무엇인가?"

세철은 나직하고 또렷한 음성으로 대답했다.

"장세철이다."

"장… 세철?"

기억 속을 더듬던 이백은 들은 적 없는 그 이름을 되뇌었다. 그리고 표정없는 저 사내의 두 눈을 들여다보며 한 가지 사실을 깨달았다. 사내는 부딪칠 것이다. 설령 부서져 깨어진다 할지라도 굽히지 않을 것이 틀림없었다. 그리고 사내가 지금 내뱉는 저 말은 진심이었다.

"이놈! 정녕 그렇게 죽고 싶으면 앞으로 나서라!"

또다시 이백을 제치고 말을 토한 자는 성일준이었다. 그 모습을 조강이 돌아보며 가볍게 눈살을 찌푸렸다. 그리고 그 순간에 세철의 몸이 바닥을 박찼다.

파아아.

조각조각 찢어진 옷소매를 휘날리는 세철의 몸이 검은 선을 공중에 그은 것처럼 직선의 잔영을 남기고 바닥에 내려섰다.

마주한 사자철기맹의 인물들과 불과 사 장여를 벌려놓은 거리였고 붉은 얼굴로 검을 치켜든 성일준을 바라보는 바로 앞이었다.

세철은 무감정한 눈을 들어 성일준을 직시했다. 그리고 또다시 얘기했다.

"빌어볼 테냐?"

그 순간, 붉은 혈색으로 일그러지던 성일준의 안색이 하얗게 탈색되었다. 그리고 피를 토하는 듯한 고성과 함께 앞을 향해 달려나왔다.

"이노옴! 죽인다아아아아아!"

한 번의 발돋음으로 땅 위를 스치는 낙엽처럼 다가선 성일준이 두 손에 들려진 거검을 수직으로 내려치며 세철을 갈랐다.

쉬아아앙!

검날이 공간을 가르는 그 순간, 법진의 입에서는 불호가 터져 나왔고 이백의 입에서는 때늦은 제지가 터져 나왔다.

"아미타불!"

"멈춰!"

하지만 쪼개진 빛살처럼 내려쳐진 커다란 검날은 세철의 머리를 쪼개내며 내리그어졌다. 그리고 모든 사람들이 순간적인 사태에 입을 벌리던 그 순간, 오른 손날을 머리 앞쪽의 횡으로 때려 넣은 세철의 손에서 빛살의 편린이 부서져 나갔다.

파앙!

수도(手刀)에 검면을 강타당한 거검이 울부짖으며 제 몸 중간을 터뜨렸다. ㄱ 부러진 반절의 검날이 힘을 못 이겨 세철의 머리 뒤로 날아갔고, 착지도 못한 채 당황한 눈으로 반편의 검을 회수하던 성일준의 몸 앞에서 세철의 뒷발이 휘돌아 나와 원을 그리며 허공을 갈라냈다.

쾅!

발끝은 아래로 내려서던 성일준의 목줄기를 옆으로부터 강타했고 휘이익, 옆으로 도는 성일준의 몸은 패대기치는 가마니처럼 땅바닥에 부딪쳤다.

쿵!

온몸을 태질하며 부딪친 몸이 반동으로 팅겨 올랐다. 그리고 다시 떨어지며 흙먼지를 피워 올렸다.

성일준의 몸이 경련을 했다. 그리고 이상하게 뒤틀린 고개를 들어 세철을 바라보았다. 그 입에서는 피거품이 흘러나왔고 들리지 않는 고개를 들어 보려는 눈에서는 힘겨운 고통이 넘쳐흘렀다. 하지만 뒤틀린 목은 주인의 의지를 따르지 않았고 그 위에 벌어진 입은 시늉만으로 소리없는 신음을 질러댔다.

모든 게 한순간이었고 누구도 예측하지 못했던 격돌이었다. 하지만 결과는 너무도 선명하게 눈앞에 펼쳐졌고 그 분쟁을 시작했던 사자철기맹은 천둥처럼 소리치며 전투를 선언했다.

"사자검진을 펼쳐라!"

부릅뜬 눈으로 소리친 자는 이백이었다. 그의 눈은 쓰러진 성일준 앞에 우뚝 서 있는 세철만을 바라보았고, 그 안에는 불길 같은 분노가 넘실거렸다.

그는 곧바로 또 소리쳤다.

"연환진! 돌격!"

어느새 세철의 앞에는 거검을 든 다섯의 무사들이 횡대로 서서 달려 나왔다. 달려나오던 다섯 명 중 두 사람이 뒤로 빠져 앞 사람의 등 뒤로 몸을 숨기고 나머지 한 사람은 그 중앙에서 한 발을 더 처졌다. 그렇게 달려오던 무사들의 등 뒤로 똑같은 모습의 다섯 명이 또 달려나왔다. 그리고 그 뒤로 또 다른 다섯 명이, 또 그 뒤로 다섯 명이……

세철은 주위에서 어른대는 횃불 빛에 눈을 빛내며 혈룡도를 앞으로 내밀었다. 눈앞에는 제일선(第一線)의 다섯 무사가 귀신처럼 달려들었다. 그렇게 질풍처럼 달려든 전방의 둘이 자세를 낮게 낮추며 검날을 횡으로 쓸어냈다.

시잉!

소리 내는 두 개의 시린 검날이 양쪽 허벅지를 갈라낼 동시에 그 등 뒤에서 튀어오른 또 다른 두 개의 검날은 목과 가슴을 노리고 횡선을 그어냈다.

시에엑!

그리고 그 중앙을 직선으로 파고드는 마지막 검날 하나!

세철은 무릎을 가슴 쪽으로 당기듯이 도약을 하며 칼 잡은 양손을 얼굴 앞에 세워 내밀었다. 그리고 그 순간 네 개의 커다란 검날은 두 팔과 두 다리의 무쇠를 치면서 소리를 터뜨렸다.

카카카카캉!

불꽃 튀는 그 순간에 인중을 파고드는 마지막 검날! 그 검날을 노려 보며 세철의 혈룡도가 몸을 싸고도는 십자를 환영처럼 그려냈다.

휘아아앙!

"크아아악!"

비명을 지른 자는 한 명뿐이었다. 하지만 세철의 몸을 스치며 뒤편 으로 떨어져 나가는 자들은 숫자는 모두 넷이었다. 그들의 목은 떨어 져 나간 능금처럼 이탈하며 피를 솟구쳤고, 오직 하나 전방으로 달려들 던 한 명만이 검과 두 팔이 함께 잘린 채 비명을 질러댔다. 그리고 피 를 본 세철의 검은 몸은 주저앉은 그 어깨를 밟고 뛰어오르며 또 다른 무사들의 진형 속으로 짐승처럼 찍혀 내렸다.

검은 귀신처럼 찍혀 내리는 세철의 몸을 보며 무사들은 검을 그어 올렸다. 하지만 궤적을 다 그려내지 못한 검날의 위로 세철의 두 발이 철추처럼 내리 박혔다.

파팡!

두 개의 검날을 부서뜨리고 탄력을 받은 세철의 무릎이 솟구쳐 나아가며 검 쥔 자들의 아래턱을 사정없이 올려쳐 버렸다.

퍽퍽!

아래턱이 부서져 머리를 뒤로 제낀 채 쓰러지는 그들의 뒤로 무릎을 다시 펴며 터져 나간 발끝에 두 개의 가슴이 함몰되었다.

퍼펑!

"쿠헉!"

"케헥!"

그리고 나머지 한 명에게 허공에서 용틀임처럼 몸을 비틀어 돌아간 두 다리가 목을 싸고돌아 휘어감았다. 그렇게 돌아가는 세철의 몸을 따라 그 머리도 돌아가며 꺾어졌다.

뿌드득!

"구어억!"

죽음을 결정짓는 소리와 동시에 풀려진 세철의 다리가 회전하는 바람개비처럼 두 발을 돌리며 땅을 밟았다. 그러나 사뿐히 물을 치는 수리처럼 다시 튕겨 올라간 검은 몸은 삽시간에 죽어간 제이선(第二線)의 뒤로 달려드는 삼선(三線)의 무사들에게로 떠올랐다.

슈아아아앙!

거대한 해일처럼 떨어져 내리는 붉은 번개를 보며 무사들을 검을 휘둘렀다. 하지만 살 속을 파고드는 흡혈충의 이빨처럼 은밀하게 검날을 파고드는 붉은 해일은 흩어지지 않았다. 오히려 그 해일에 휩쓸린 검날들은 조각조각 갈라져 휘날렸고, 아득히 전신을 감싸는 느낌 속에 무사들은 때 아닌 뜨거움으로 몸을 떨었다. 그리고 그 뜨거움이 느껴지는 곳마다 몸의 일부가 떨어져 나갔다.

쉬아아아앙!

붉은 해일은 쉬지 않고 몰려들었다. 그리고 그 광란의 후려침 같은 해일 속에 사람들의 몸이 조각져 흩어졌다.

"크아아악!"

"으아아악!"

비명은 처참하게 터져 나왔고 붉은 피는 하늘 쪽으로 내리는 것처럼 쉬지 않고 터져 올랐다. 그 피 빗속에 피보다 더 붉은 칼을 휘두르며 포효하는 흑범 한 마리가 미친 듯이 날뛰었다.

흡사 양 떼 속에 뛰어든 범 같은 세철의 기세는 온통 보이는 모든 것을 도륙 내며 미친 듯 휘저었고, 폭풍에 휩쓸린 목선의 판자 조각들처럼 흩어져 날아가는 사자철기대의 무사들은 맥없이 갈라져 내렸다.

그렇게 쓰러진 숫자가 물경 삼십을 헤아렸고, 맥없이 에워싸고 죽어 나가기만을 할 뿐인 젊은 사자들은 속절없이 쓰러졌다. 그리고 그 처참하고 일방적인 모습을 바라보던 이백의 귀신 같은 얼굴에서 천둥이 터져 나왔다.

"모두 물러서라!"

그 한마디에 황적색 무복의 젊은 사자들은 썰물처럼 뒤로 흩어졌다. 그리고 그들이 흩어진 그 중앙으로, 칼을 든 세철의 머리를 노리며 철혈의 손바닥이 내리 덮쳤다.

콰앙!

휘둘러 올려 그은 혈룡도와 고공에서 내려친 조강의 철혈수가 부딪치며 폭음을 터뜨렸다. 연이어 주르륵 뒤로 밀리는 세철의 옆구리로 거대한 검날이 도끼처럼 휘둘러 들어왔다.

슈아아앙!

카아앙!

몸을 옆으로 돌려 내려친 혈룡도에 검날이 충돌하며 온몸을 울렸다. 엄청난 힘이었다. 그리고 그 힘의 주인공은 용악검 이백이었다. 하지만 눈길을 돌릴 사이도 없이 가슴을 파고드는 검은 손 그림자는 떨어진 거리에도 불구하고 조강의 손을 연속해서 떠 나오며 세철의 눈과 생각을 어지럽혔다.

세철이 손 그림자를 보는 사이 이백의 거검이 반동을 타고 오르며 머리 위로 솟구쳤다. 그리고 더 이상 오르기를 멈춘 그 순간, 시린 투명함으로 은빛의 기운을 몸에 머금은 검날이 수직으로 떨어져 내렸다.

쉬에에에엑!

가슴에는 철혈수강의 손 그림자, 머리 위에는 검기를 몸에 두른 거대한 검의 몸뚱이. 이 두 가지 절체절명의 살수를 바라보던 세철의 범 눈알이 와락 불길을 내뿜었다. 그리고 그 순간에 세철의 몸이 흐릿해졌다.

그 흐릿해진 몸통으로부터 검은 악령의 저주 같은 손과 발들이 우박처럼 터져 나왔다.

콰콰콰콰콰콰콰쾅!

세철의 주먹에 부딪친 첫 번째 철혈수강이 터져 나갔다. 그 뒤를 이어 나온 발길질에 두 번째가 부서져 흩어지고, 연이어 휘둘러 나온 붉은 칼날에 반 조각으로 스러졌다. 그리고 그렇게 몸을 번지는 귀신처럼 터져 나온 손과 발과 붉은 칼은 머리 위에서 떨어지는 거대한 검의 몸통에도 동시에 작렬했다.

타타타타타타탕!

그 모습은 검은 안개 속에서 터지는 검은 폭발처럼 온통 검은 그림자 일색이었다. 그리고 그렇게 엄중했던 격돌을 끝으로 검은 안개가 걷혀 내렸다.

“음!”

분명해진 모습 속에 답답한 신음을 내뱉은 사람은 두 손을 떨쳐 내린 철혈수 조강이었다. 그와 떨어져 서서 세철을 바라보는 용악검 이백의 입에서는 가는 핏물이 배어 나왔고, 어쩐지 흔들리는 듯 보이는 두 다리는 땅을 짚은 이빨 빠진 거검이 대신하고 있었다. 그리고 그들과 마주 선 세철의 굵은 입매에도 붉은 핏줄기가 흘러내렸다.

“대단하구나! 어떻게 그런 몸놀림을……”

조강은 세철을 바라보며 감탄스럽게 입을 열었다. 하지만 뒤이어 나온 말은 결코 감탄만이 아니었다.

“지금이라도 칼을 내어놓는다면 결코 늦은 것은 아니다! 하지만 계속 손을 맞대겠다면! 여기가 끝이 될 것이다!”

답답했던 신음과 달리 조강은 최후의 통첩을 말했다. 그리고 그 눈길은 핏물을 흘려내는 세철의 붉은 입가를 보고 있었다. 그러나 세철의 대답은 확고하게 되돌아 나왔다.

“커흑! 퉤!”

피 가래를 돋우어 앞으로 내뱉은 세철의 두 눈은 다시금 전의(戰意)의 불길을 살라 올렸다. 그 모습에 용악검 이백은 떨리는 음성으로 입을 열어 말했다.

“결코… 굽힐 자가 아닙니다.”

떨리는 그 목소리에 조강의 시선이 이백에게로 돌았다. 그리고 이백의 상태를 그제야 눈치 챈 조강은 무거운 가슴으로 세철을 되돌아 보았다.

저 젊은 사나이는 이제 그 혼자서 상대해야 하는 것이다. 하지만 상대도 내상을 입었고 자신에겐 아직 비장의 한 수가 있었다. 이제는 정말로 끝낼 때가 온 것이다. 그리고 자신의 숨겨진 한 수는 결코 막아낼 수 없을 것이다. 그러면 애초에 목적한 대로 혈룡도를 손에 넣을 수가 있을 것이다.

그러나… 세상일이란 왕왕 생각한 대로 의도한 대로만 되어지지 않으니, 바로 지금 이 순간과 같은 시간이 그러한 때였다.

쿠아앙!

산이 폭발하는 것 같은 폭음이 숲 속에서 터져 나왔다. 그 폭음을 뚫고 흙과 나무가 뿌리째 뽑혀 하늘 높이 솟구쳤고, 그 속에 같이 떠오른 사람들의 몸뚱이가 땅에 떨어지기도 전에 엄청난 열폭풍이 싸우던 사람들의 전신을 때렸다. 그리고 몸을 가누려고 버티는 그 순간에 뒤를 이은 폭음이 연이어서 터져 나왔다.

쿠아앙!

콰아앙!

태풍에 휩쓸린 조각배처럼 숲과 나무와 그 속에서 숨 쉬던 사람들의 몸뚱이들이 조각조각 흩어지며 하늘을 가득 메웠다. 폭발은 사방에서 쉬지 않고 일어났고 그 폭발에 휘말린 사자철기맹의 무사들과 숨어 있던 무림인들은 벌레처럼 터지며 죽어 나갔다.

"산개하라! 산 밑으로 후퇴하라!"

창백한 얼굴로 용악검 이백이 사력을 다해 소리쳤다. 그런 그의 얼굴 위로도 피가 섞인 흙덩이들이 날아와 덮쳤고, 하늘을 보던 철혈수 조강은 경악 어린 목소리로 소리를 질렀다.

"저건 만폭비전(萬爆飛箭)이다!"

그 소리에 이백의 시선이 하늘로 향했고 칼을 치켜들었던 세철의 눈도 하늘로 올라갔다. 그리고 그들의 눈에 공통적으로 보이는, 밤하늘을 가르는 물체가 있었다. 그 물체는 날씬한 몸으로 소리를 내고 있었고 급속하게 빠른 속도로 그들의 머리 위로부터 떨어져 내렸다.

피이이이이잉!

소리가 눈앞에 가까워진 순간, 세철을 비롯한 세 사람의 몸이 찢어지듯 사방으로 흩어졌다. 그 한가운데로 물체가 떨어져 내려앉았고 땅을 뒤집어 올리는 폭발은 세 사람의 등을 쫓으며 폭풍으로 덮쳐들었다.

세철은 후끈한 바람에 떠밀리며 중심을 잃고 땅 위를 굴러갔다. 어지러운 기운이 전신을 엄습했고 매캐한 화약 냄새와 뒤섞인 흙먼지들이 코밑을 들쑤셨다. 마치 물방망이로 얻어맞은 것처럼 통증없이 얼얼한 등짝이 이물(異物)스러웠고, 힘이 새는 것 같은 손에 들린 혈룡도가 무겁게 느껴졌다. 하지만 세철은 바로 몸을 일으켰다. 그리고 조강이 말한 화살이 날아오는 종적을 찾으려 밤하늘을 훑어보았다.

그 순간, 세철은 다관 앞에서 터지는 폭발과 그와 같은 궤적으로 하늘로부터 떨어져 내리는 화살을 보며 퍼뜩 고개를 내렸다. 그곳엔 폭풍에 휩쓸린 중들이 다관의 벽을 부수며 안쪽으로 처박히듯 날아가는 모습이 눈에 보였다. 세철의 고개는 다시 하늘로 향했다. 그리고 그 시선의 끝에는 귀신의 휘파람 소리로 떨어져 내리는 한줄기 화살이 보이고 있었다.

세철은 땅을 밀어내듯이 차 올리며 미친 듯이 다관을 향해 신형을 터뜨려 달려갔다. 그리고 마음속으로 절규처럼 부르짖었다.

'안 돼! 저 여자에겐 아직 물어볼 말이 남아 있어!'

태산혈풍(泰山血風) 2

"어우! 저 자식 저거, 아주……."

철탑거구의 고슴도치노인은 질린 빛의 얼굴 표정으로 아래를 내려다보았다. 그 옆으론 흰머리노인을 비롯한 예의 괴노인들이 나란히 줄지어 아래쪽으로 시선을 모았고, 그들의 시선 속으로 들어오는 광경은 단신으로 사자철기맹의 무리 속으로 뛰어들어 천참만륙의 기세로 칼을 휘두르는 검은 청년의 모습이었다.

"저 몸놀림은 어딘지……."

두 번째로 입을 벌린 자는 청수한 검은 수염의 활 든 중노인이었다. 언뜻 보기로는 사십 대의 중년으로밖에 보이지 않는 그의 얼굴은 무엇인가 떠오른 듯한 생각의 갈피를 정리하려 미간을 찌푸린 모습이었다. 그 얼굴을 빼꼼히 바라보다가 흰머리노인이 불쑥 지르듯 물었다.

"뭐냐? 활잡이, 네놈 머리 속에 뭔가 떠오른 게냐?"

힐끔 돌아본 활 든 노인은 다시 전투가 벌어지는 아래쪽으로 시선을 돌리며 천천히 얘기했다.

"칼을 휘두르는 도법(刀法)에는 분명 법식(法式)이 있지만, 그걸 이뤄내는 근원적인 몸놀림과 저 박투 기법은… 마치 무예라기보다는 본능적인 싸움질과 같군요. 그리고 저러한 몸 동작에 대해선 언젠가 들었던 듯한데… 잘 기억이 나질 않는군요."

"그래, 바로 보았다. 나도 오래전에 저런 무예가 있었다는 이야기를 들었던 기억이 난다."

기다랗고 큰 칼을 든 왜소한 노인도 한마디 거들며 고개를 끄덕거렸다. 하지만 그 말을 듣고 있던 흰머리노인의 입에선 고운 말이 나오지 않았다.

"이 자식들이 기껏 한다는 얘기가, 자식들아! 그런 소리는 나도 하겠다!"

옆에 선 또 그 모양을 빼꼬롬히 쳐다보던 거구노인이 바로 한마디를 더 거들었다.

"그럼 한번 해보쇼."

"뭐?"

"아, 말해 보라구요."

흰머리노인의 눈꼬리가 올라가며 뜨악한 빛으로 물들어갔다. 거구노인은 마주 보는 그 낯색의 변화에 딴전을 부리듯 슬며시 고개를 돌렸고 일촉즉발의 순간에 끼어들듯이 말을 넣은 사람은 처음의 활 든 노인이었다.

"그나저나 저 친구에 대해서 어디까지 알고 계신 겁니까? 눈으로 보고는 있지만 도대체 저 나이에 저런 무위라니, 도통 실감이 나질 않는

군요.”

교묘하게 사이로 물어온 질문에 거구노인을 노려보던 흰머리노인은 끙! 하고 된 한소리 한숨을 내쉬고는 고개를 돌렸다. 하지만 산사면의 아래쪽에서 미친 듯이 싸우고 있는 청년을 바라보는 그의 눈에도 말해 줄 것은 그다지 많지 않아 보였다.

“나도 잘 몰라. 그냥, 저놈이 쥐고 휘두르는 혈룡도를 가졌던 놈을 재미 삼아 뒤쫓았는데, 이 산에서 저놈을 보게 된 거다.”

말을 하는 노인도 다채로운 감정과 궁금함이 어린 눈빛으로 검은 사내를 내려다볼 뿐이었다. 하지만 곁을 지르기로 작정을 한 모양인 듯, 곧바로 튀어나온 거구노인의 한마디는 흰머리노인의 얼굴을 악귀로 만들었다.

“어, 그게 뭐야? 결국은 아무것도 모른단 말 아녀?”

노인은 귀신 같은 표정으로 돌아서며 소리를 질렀다.

“이 불쌍노무 새끼! 오늘 너 죽고 나 살자!”

어느새 손을 뻗었는지 흰머리노인의 손은 거구노인의 멱살을 움켜쥐고 흔들었다. 하지만 원체 거구의 몸에 멱살잡이를 한 노인의 모습은 상대적인 비교감으로 어쩐지 한 편의 희극처럼 우스꽝스러워 보였다.

“어, 어, 이거 왜 이래요?”

“왜 이래요? 그걸 몰라서 씨부리냐? 이 자식아!”

“아, 참! 이 노인네가 노망이 났나! 내가 뭘 어쨌다고 이러는 거요, 시방!”

“뭐? 노망? 그래, 좋다! 너 오늘 어디 노망난 늙은이 손에 한번 당해 봐라! 이 거지발싸개 같은 자식아!”

멱살과 그 손을 맞잡고 실갱이를 벌이는 두 사람의 모습은 장터에서 흔하게 시비 붙은 난장꾼들의 모습과 다름 아니었다. 하지만 그런 두 사람의 모습을 한번 힐끔 돌아봤을 뿐인 나머지 두 사람은 신경 쓸 일조차 되지 않는다는 듯 무시하며 아래쪽만을 내려다보았다. 그러나 그러던 어느 한순간이었다.

콰아앙!

엄청난 폭발음에 두 사람의 눈이 동전처럼 커다래졌다. 그리고 연이어 들려오는 귀를 찢는 폭발음은 드잡이질하던 두 사람의 눈길마저 돌려 세웠다.

"뭐여?"

"뭐, 뭐냐?"

아직도 손은 놓지 않은 채, 고개를 든 거구노인과 뒤돌아보는 흰머리노인이 동시에 입을 벌렸다. 그리고 그런 그들 모두의 눈에 들어오는 광경은 그들이 서 있는 산사면 주변의 아래쪽에서부터 격돌이 벌어지고 있는 다관 앞의 공지에 이르기까지, 온통 터지고 뒤집어져 오르는 흙과 나무와 사람들의 몸뚱이였다.

"뭐야? 이거 어떻게 된 거야?"

도끼를 앞으로 돌려 잡은 거구노인이 굳은 얼굴로 다급하게 물었다. 하지만 아무도 말을 하는 사람은 없었고 그들의 눈에 보이는 것은 온통 지옥의 아수라장으로 변해가는 주변의 정경이었다. 그리고 그들의 한광처럼 서늘한 네 쌍의 눈은 폭발하는 하늘 위로부터 소리 지르며 날아가는 날씬한 물체를 포착해 냈다.

피이이이이잉!

콰앙!

소리 지르며 유성처럼 낙하한 그 물체가 떨어진 곳에서는 엄청난 폭발 속에 사람들의 몸뚱이가 휘말려 올라갔다.

흰머리노인의 눈과 칼 든 노인, 그리고 활 잡은 중노인의 시선이 차례로 맞부딪쳤다. 그리고 신음 같은 음성은 거의 동시에 튀어나왔다.

"만폭비전(萬爆飛箭)!"

"벽력문(霹靂門)!"

"뇌화신탄(雷火神彈)!"

끔찍한 상상을 떠올린 듯한 그들의 얼굴은 무참하게 일그러졌다. 하지만 아직도 왕방울 같은 눈으로 내려다보던 거구노인은 생각없이 되물었다.

"뭐라고?"

무겁게 내려앉은 얼굴의 세 사람은 아무도 대꾸가 없었다. 그리고 그런 경직 속의 침묵 또한 바로 끝이 났다.

"웬 놈이냐?"

세 사람이 선 뒤쪽의 산비탈을 노려보며 거구노인이 소리쳤다. 이미 기척을 알고 있었던 듯 나머지 세 사람의 눈길도 뒤쪽으로 향했고, 울울한 거목들의 사이로 보여지는 것은 녹의(綠衣)에 녹색 두건으로 눈만을 내놓은 괴인영이었다. 그 손에는 길이 한 자 반가량의 석궁이 들려진 채 그들을 겨누었다. 그리고 녹의 괴인영의 뒤로는 그와 같은 복장을 한 자들이 속속들이 모습을 드러냈다.

그들의 모습을 보던 거구노인이 부릅뜬 눈으로 도끼를 빙글 고쳐 잡으며 소리쳤다.

"뭐야, 저놈들? 토끼 사냥이라도 하는 거냐?"

바로 그 순간에 겨누어졌던 석궁이 발사되어 나왔다.

피잉!

"어? 저 자식이!"

불과 십 장여에 불과한 거리를 압축하며 날아오는 화살을 보고 거구노인의 도끼가 쳐들렸다. 그리고 내뱉은 욕설 뒤로 불끈 쥔 손아귀의 힘을 쏟아내려는 순간,

"안 돼! 이 멍청아!"

거구노인의 도끼를 밀치며 앞을 막은 흰머리노인이 두 손을 앞으로 뿌려댔다.

후아아앙!

손끝에서 터져 나온 백색의 강기(罡氣)가 꼬여지는 짚처럼 몸을 비틀며 앞으로 날아갔다. 그리고 그 따리에 거목 사이를 헤치고 비상해 온 화살이 몸을 섞었다.

콰앙!

작렬하는 빛무리와 함께 엄청난 힘의 열폭풍이 사위를 때려 감았다. 충돌이 일어난 주위의 거목들이 빠개져 흩날리고 그 몸에 맞은 다른 나무들은 열폭풍에 떠밀리며 뿌리째 뽑혀 올랐다.

마치 태풍에 휩쓸리듯, 철벽에 부딪치는 느낌을 온몸으로 받아내며 노인들은 감았던 눈을 떴다. 그렇게 다시 떠진 그들의 눈엔 비처럼 흩날려 떨어지는 흙덩이와 나무들의 파편 사이로 당황한 눈빛을 띠고 다시 석궁을 겨누는 녹의인영들이 보였다. 그리고 그들의 손에 들린 석궁은 또다시 파멸의 화살의 뱉어내었다.

핑, 피피피핑!

"흩어져!"

큰 칼 든 왜소한 노인이 소리치며 신형을 날렸다. 쭈욱 늘여내는 엿

가락처럼 잔상을 늘이는 노인의 신형이 고목을 타고 떠오를 때, 동시에 사방으로 날아오른 노인들의 자리로 화살들이 몸을 박았다.

콰콰콰콰콰아앙!

천번지복의 폭발음과 함께 뒤쫓아 오르는 폭풍의 회오리가 지옥의 연무처럼 솟구치며 사방으로 팽창했다. 그 상단을 날아가는 노인들의 신형은 희끗한 그림자를 보이며 고목들 사이로 비상했다. 그리고 그렇게 고목들의 몸통을 차며 터지듯이 숲을 가로지른 큰 칼 노인의 신형은 녹의인영들의 머리 위에서 소리치며 떨어져 내렸다.

"이놈들!"

천신처럼 떨어져 내리는 노인을 보는 녹의인영들의 눈에 급격한 흔들림이 보였다. 그리고 노인을 향해 살육의 석궁을 다시 들이대는 순간, 노인의 머리 위로 치켜 들려진 거대한 칼이 아래를 향해 내리찍었다.

부아아아아앙!

칼날이 공기를 때리는 소리가 아프게 울려 나왔다. 고공에서부터 아래로 쪼개져 내리는 산의 공기는 여인의 다리처럼 벌어지며 좌우로 밀려 나갔고, 그 사이를 남근처럼 파고 내리는 은백의 큰 칼은 회청색의 빛무리진 도강(刀罡)을 정액처럼 쏘아 내렸다.

콰아아아아아!

그 빛무리에 내리찍힌 녹의인영들의 몸이 좌우로 잡아당긴 육포처럼 찢어지며 터져 나갔다. 바닥의 산비탈은 한줄기 선을 그은 것처럼 패어지며 흙무리를 뿌렸고, 그 선 안에 들어 있는 고목들은 젓가락처럼 잘려 나가며 이리저리 쓰러졌다.

비명도 없이 좌우로 갈라지는 동료들과 고목을 보는 녹의인영들이 주춤거릴 때, 커다란 칼을 후려 찍은 노인이 그 앞에 내려섰다. 하지만 내려섬과 동시에 디딤발을 돌리며 한 바퀴 맴을 돌듯이 돌아가는 노인의 허리 뒤로부터 칼은 또다시 수평의 날을 휘둘렀다.

휘이이이잉!

"거억!"

"케엑!"

"크아악!"

그때서야 단말마의 비명들이 그 수평진 회청의 빛무리 속으로부터 공포처럼 터져 올랐다. 그리고 집어 던져진 물고기 토막들처럼 사람의 몸뚱이들이 사방으로 떨어져 내렸다. 붉은 피는 약속이나 한 것처럼 그제야 숲 속의 안개로 자욱이 뿜어져 나왔다.

그렇게 자신이 만들어낸 한순간의 도살장을 무릎 굽힌 자세로 노려보던 노인이 뒷발을 끌어당기며 몸을 세웠다. 연이어 수평으로 잡힌 칼을 휘잉! 소리나게 돌리며 역으로 잡아 땅 끝에 박으며 몸 옆에 세웠다. 그리고 그 옆으로 흩어졌던 일행들이 하나둘 내려앉았다.

그중 제일 먼저 곁으로 다가서며 소리친 자는 거구의 노인이었다.

"아니, 제기랄! 보기는 내가 먼저 봤는데 형님이 다 잡아 죽이면 어쩌자는 거요?"

타고난 천성인 듯 이런 상황에서도 엉뚱한 소리를 질러대는 거구노인을 보며 흰머리노인이 고개를 흔들었다.

"어이구! 저 빌어먹을 자식!"

하지만 욕설을 하는 노인의 음성에는 힘이 빠진 듯 느껴졌고, 가망 없다는 듯 흔드는 얼굴에는 창백한 기색이 완연했다. 그 얼굴을 멀끔히 보며 도끼노인이 지껄였다.

"어? 독고 선배 낯짝이 왜 그러오? 꼭 비루먹은 개새끼모냥 허여름한 것이 이상한걸?"

창백하던 노인의 얼굴이 다시 독기를 품고 치솟았다.

"이, 이, 개자식이! 뭐, 비루먹은 개새끼?"

푸르등등 폭발 직전의 그 얼굴을 가로막고 나선 것은 커다란 철궁을 든 중노인이었다. 그는 거구의 노인을 보며 나무라듯이 말했다.

"독고 선배의 안색이 안 좋은 건 만폭비전을 상대했기 때문이오. 그리고 그렇게 된 건 둘째 형 탓이오."

거구노인은 의아한 얼굴로 바로 되물었다.

"어라? 뭐가 내 탓이란 말이냐?"

되묻는 고슴도치 수염의 커다란 얼굴을 보며 활 든 중노인은 가볍게 한숨을 내쉬며 말했다.

"그거야 둘째 형이 날아오는 만폭비전을 그 무식한 도끼로……."

"관둬라!"

대화를 막은 사람은 큰 칼을 휘두른 왜소한 노인이었다. 그의 눈은 다른 곳을 보고 있었고 입에서도 다른 소리가 흘러나왔다.

"말다툼은 저놈들을 잡아 죽인 후에 하도록 해라!"

칼 든 노인이 바라보는 곳은 다관의 아래쪽으로부터 이어져 태산의 능선으로 연결되어지는 산길이었다. 그 길을 중심으로 산비탈의 숲 속 전체에 벌레들처럼 꿈틀대는 것들은 녹의인영들이었다. 모두의 시선은 그들에게로 향했고, 그들을 보던 도끼노인은 손에 침을 뱉었다.

"퉤! 이눔시키덜! 니덜은 이제 전부 죽었다!"

도끼노인의 그런 모습을 지나, 칼 든 노인은 흰머리노인에게로 시선을 돌렸다.

“괜찮은 거요, 선배?”

“응? 어어, 괜찮어! 아, 이까짓 걸로 어찌 될 것 같으면 벌써 접시물에 코 박고 뒈졌지! 까딱없어!”

흰머리노인의 호기를 보던 칼 든 노인은 유심한 눈빛으로 정색하며 다시 말했다.

“그런데 말이오, 여지껏 우리 삼 형제가 조용히 지내던 이 산에… 선배가 찾아온 날부터 이렇게 시끄러운 것은 참으로 공교롭지 않소?”

왜소한 노인의 말에 흰머리노인은 신선풍의 외모와 달리 눈동자를 좌우로 굴리며 말을 더듬었다.

“아, 그야, 뭐, 공교로운 일이긴 하지만, 산속에 수십 년씩 처박힌 너희들이 심심할까 봐 찾아오긴 했지만… 에이 쌍! 어쨌든 난 몰라!”

“뭘 모른단 말이오?”

도끼노인이 고리짝 같은 눈을 들이대며 다시 물었다. 하지만 그 물음은 칼 든 노인의 물음과 사뭇 뜻과 어조가 달라 보였다. 활 든 중노인은 그 사이를 끼이들머 심드렁이 입을 열어 말했다.

“뭔가 우리 손이 필요한 일이 있는 모양이지요. 그렇지 않다면 우릴 잘 아는 독고 선배가 이렇게 긴 세월이 흘러 우리의 휴식을 방해할 이유가 없겠지요. 거기다 저놈들이 쓰는 만폭비전은… 꼭 그렇다고 말하는 것 같구려.”

독고라 불린 흰머리노인은 심통난 아이처럼 말이 없었다. 그리고 그렇게 삐죽이 이그러진 입매를 보며 칼 든 노인이 말했다.

“예나 지금이나 똑같구려. 어찌 되었든 이야기는 나중에 들읍시다.”

그 말을 끝으로 등을 돌린 왜소한 노인은 땅을 차며 앞으로 비상해 나갔다. 그 뒤를 활 든 중노인이 뒤따라 몸을 띄워 나갔고, 마지막으로 뒤돌아본 도끼노인은 한마디를 던지며 큰 몸을 박찼다.

"뭐 해요? 안 갈 거요?"

그 퉁방울 같은 눈길을 보며 흰머리노인은 버럭 소리를 질렀다.

"간다! 이 자식아!"

소리 지른 노인은 녹의인영들이 조밀하게 뒤덮여 내려오는 산비탈의 길 쪽으로 몸을 날려가는 노인들의 뒷모습을 보다가 문득, 눈앞에 널브러진 폐허 속의 쓰레기 같은 시신들을 보았다. 그리고는 고개를 가로 흔들며 중얼거렸다.

"지독한 칼잡이 놈! 정말 빠짐없이도 죽여 버렸구나."

진저리 든 듯한 빛의 시선을 돌린 흰머리노인은 앞서 간 사람들의 뒤를 좇아 몸을 뽑아 올렸다. 그리고 나무를 스치는 산새처럼 숲 속을 헤쳐 나갔다.

*　　　*　　　*

천둥처럼 울려 터지는 주변의 폭발음을 뚫고서 세철은 온 힘을 다해 땅을 차 밀어냈다. 얼굴엔 화약 내 섞인 자욱한 안개가 흙과 함께 쓰린 느낌으로 볼을 때렸고, 그 사이에서 맡아지는 진한 피 냄새는 뛰는 마음을 더욱 조급하게 했다. 결코 멀지 않았던 다관의 입구는 천 길처럼 느껴졌으며 그 위로부터 낙하하는 한 촉의 화살은 유성처럼 빨랐다.

미친 듯이 달리던 세철은 폭발한 다관 앞에 움푹 패인 웅덩이를 건너뛰며 몸을 날렸다. 곧바로 착지와 함께 들어선 다관 내부엔 흩어진 중들의 모습이 보였다. 그중에 사대금강의 한 명인 정오가 쓰러진 채 피를 흘렸으며 법진을 비롯한 나머지는 고개를 털며 일어서는 모습이었다. 그들의 사이를 질풍처럼 가로지르며 세철은 소리를 질렀다.

"머리 위!"

그 짧은 한마디에 천장을 바라본 중들은 바람처럼 일어섰다. 그리고 법진은 소리쳤다.

"정오를 데리고 다관을 벗어나라!"

말이 끝남과 동시에 정오를 일으켜 세운 사대금강은 다관의 벽을 부수며 터져 나갔다.

콰아아아!

그 순간 법진은 내실을 돌아보았다. 그리고 내실로 뛰어드는 세철의 검은 그림자를 보며 짧은 순간 눈동자를 흔들다가, 이내 반대쪽의 창문을 뚫고 신형을 날려 보냈다.

파아아악!

나뭇결 부서져 터져 나가는 소리가 다관의 양쪽 벽면에서 동시에 들려 나올 때, 주방 옆 내실의 문을 밀치고 들어간 세철은 발로 벽을 차며 인쪽으로 방향을 틀었다. 그렇게 직선으로 방향을 꺾어 들이치는 세철의 눈에 침상 아래 부둥켜안고 웅크린 모녀의 몸이 보였다.

세철은 박쥐처럼 빙글 돌아 내리며 모녀에게 덮치듯 달려들었다. 그와 동시에 겁먹은 사슴들처럼 고개를 박고 떨고 있는 모녀의 몸에 손을 대려는 순간, 등 뒤의 벽 뒤로부터 팽창되어 퍼져 나오는 기류의 흐름을 느끼고 짙은 두 눈썹을 와락 뒤틀었다. 그리고 두 모녀를 향해 뻗던 팔을 펼치며 온몸으로 감싸 안았다.

폭발음은 그때서야 터져 나왔다.

콰아앙!

용이 내뿜는 불길 같은 뜨거움이 등짝을 치며 앞으로 터져 나갔다.

그 숨결에 부딪친 전방의 벽이 갈가리 터져 오르며 모래처럼 흩어졌고 등을 때리며 날리는 뒤편의 벽은 먼지처럼 뿌옇게 사방으로 터져 날렸다. 숨 막히는 뜨거운 바람은 가슴속에 남았던 숨마저 뺏어내며 거친 갈증으로 진공을 만들었고, 모든 게 빨려 나가는 그 압력의 중앙에서 세철의 등이 그 모든 것과 부딪쳤다.

아득히 천지가 빙글빙글 휘돌다가 뒤집어지는 듯한 느낌 속에 세철은 품에 안은 두 모녀의 몸을 더욱 바싹 끌어당겼다. 등 뒤로 부딪치는 느낌들은 고통을 지나 후끈함으로 전신을 자극하며 흐릿해지는 정신을 일깨웠다. 그 숨조차 쉴 수 없는 외중에 주위의 모든 것들이 갈가리 부서지며 날아올랐고, 번개처럼 짧은 순간 몰아친 태풍처럼 지나간 폭발의 뒤로 남아 있던 것들이 쓰러지며 몸을 덮어 내렸다. 그 위로 먼지처럼 비상하던 모든 것들이 차곡히 쌓여 내렸다.

다관은 허물어진 커다란 외양간 같았다. 지붕은 찾아볼 길 없이 깨끗한 허공이었으며, 손님들이 앉아 차와 음식을 먹던 탁자들은 흔적없이 사라졌고, 그 중앙의 바닥은 운석이 떨어져 패인 웅덩이처럼 깊숙한 골을 만들었다. 사방의 벽은 종잇장처럼 터져서 기둥과 골조만이 몇 개 서 있을 뿐 흔적조차 없었으며 안쪽의 주방과 그 옆쪽의 내실은 무너진 나무 판자들만이 군데군데 봉분처럼 쌓여 있었다. 그 위에 찢어진 낙원다관의 표기가 걸레처럼 흩어져 너덜거렸다.

폭발과 함께 터져 나가는 다관을 보던 법진은 손에 잡힌 염주를 불끈 움켜잡았다. 간발의 차이로 자신과 제자들은 폭발의 전권을 피해 나왔지만, 경고와 함께 뛰어든 검은 청년은 나오질 못한 것이다. 거기에 청년의 모습은 다관의 모녀를 구하기 위해 뛰어들던 모습이었다.

하지만 그들은 모두 저 속에 묻혀 버렸다.

안타까운 일이다. 그리고 부끄러운 일이다. 살 만큼 산 자신이, 불제자의 신분인 자신이 최악의 상황에 이르러선 잔인할 만큼 과격하다 여겼던 청년보다도 못한 선택과 행동을 한 것이다. 더군다나 청년은 경고로써 자신들의 안전을 지켜준 셈이다. 결국은 지울 수 없는 또 하나의 커다란 업보를 등에 짊어지게 된 것이다.

법진은 떨어지지 않는 고개를 돌려 사대금강의 위치를 확인했다. 그 와중에도 하늘을 가르며 떨어지는 비전(飛箭)들은 여전히 소리를 질러 댔고 계속되는 폭발과 혼돈 속에 칼을 보고 모여들었던 수백의 무림인들이 속절없이 죽어 나갔다. 생지옥이 따로 없었고 아비규환이 바로 이것이었다.

"아미타불! 나무관자재보살!"

신음처럼 불호를 터뜨린 법진은 사대금강을 보며 소리쳤다.

"정오를 데리고 산 아래로 피신한다! 길을 막는 무리가 반드시 있을 것인즉, 정도와 정수는 길을 열어라!"

법진의 외침과 함께 사대금강은 신형을 움직였다. 폭발 시 커다란 몸을 귀신같이 움직여 동료들의 앞을 막았던 정오는 오른쪽 팔과 다리, 가슴 등에 열상과 창상을 입었다. 그 몸을 광대뼈가 불거진 얼굴에 침중한 낯색으로 정명이 부축을 했고, 날카로운 눈매를 분노로 물들인 정수와 동안의 얼굴을 표정없이 굳힌 정도가 앞장을 섰다.

그들의 앞길을 사자철기맹의 인물들이 앞서 내려갔다. 계속되는 폭발의 와중에도 흩어진 사자들의 무리처럼 치고 달리는 그들의 손끝에서는 거검들의 날빛이 빛을 뿌렸다. 하지만 그 거검으로 베어내야 할 적도의 무리들은 어느새 하산하는 아랫길을 막고 오르며 악마처럼 폭발하는 화살을 쏘아댔다.

피, 피피핑!

쾅! 콰콰쾅!

비산하는 흙덩이 속에서 법진은 그들을 보았다. 마치 짐승 사냥하는 몰이꾼들처럼 일렬로 늘어서 자신들을 향해 다가오는 그들의 손에는 석궁이 들려 있었다. 복장은 모두가 한결같이 두 눈만을 내놓은 녹의에 녹두건 차림이었고 가벼운 몸놀림들은 간단치 않은 내력을 은연중 내비쳐 보였다. 그리고 그런 자들은 산의 비탈 쪽으로부터도 내려오는 중이었다.

법진은 앞서 가던 사대금강에게 다시 소리쳤다.

"산의 측면으로 돌파해라!"

정도가 앞장을 서며 산의 측면 숲 속 쪽으로 달려나갔다. 숲이 시작되는 낮은 잡목들을 지나서 한 아름 굵기의 나무들을 스치며 숲 속을 내달렸다. 그 뒤를 나머지 사대금강과 법진이 뒤를 따라 달렸다. 그러나 어느 사이 뒤따른 것인지, 아니면 본래부터 길목을 막았던 것인지 달려나가는 측면 위로부터 불쑥 모습을 드러낸 녹의인영을 보며 법진은 고함을 질렀다.

"갈!"

그리고 달려가며 휘두르듯 올려친 왼팔 주먹에서 뭉클 공기가 터져나갔다.

슈웃!

소리없이 터져 나간 백보신권의 권력은 숲을 가르며 녹의인영의 가슴에 작렬했다.

펑!

“쿠엑!”

두 발을 하늘로 차 올리듯 치솟으며 뒤로 넘어간 놈의 신형이 고목 밑에 처박혔다. 하지만 앞을 막는 습격은 그것으로 끝이 나지 않았다. 일행이 달려가던 앞쪽으로 수십의 녹의인들이 모습을 드러낸 것이다.

새로 나타나 앞을 막은 녹의인들은 모두가 석궁을 들어 겨누었다. 하지만 그 순간에 비호처럼 몸을 띄운 정도와 정수가 그들의 머리 위쪽으로 날아올랐다.

삽시간에 허공으로부터 거리를 단축한 정도와 정수의 신형이 석궁을 발사할 거리를 빼앗겨 당황하는 무리의 중간으로 착지해 내렸다. 곧바로 퉁기듯이 다시 몸을 띄운 정수가 기합을 지르며 두 발을 내뻗었다.

“하랏!”

퍼벅!

“컥!”

“으억!”

터지듯 나간 나한각(羅漢脚)에 각기 목과 가슴을 강타당한 두 명이 짚단처럼 뒤로 넘어갔다. 그와 동시에 땅에 발을 딛은 정수가 엎드리듯 몸을 낮추며 발로 땅을 긁듯이 원을 그리며 돌려 찼다. 그 회전 반경에 복사뼈를 걸어채인 한 놈의 몸이 훌렁 뒤집히며 등짝부터 떨어져 내렸다. 그 몸 위로 땅을 치며 도리깨처럼 솟구친 정수의 다리가 번개 같은 궤적으로 내리찍혔다.

휘앙!

픽!

“크헉!”

가슴을 찍힌 놈의 입에서 피가 터져 나왔다. 그리고 흰창으로 뒤집어지는 그 눈을 볼 사이도 없이 정수의 몸은 또다시 옆으로 터져 나갔다.

그렇게 미친 도깨비처럼 좌충우돌하는 정수의 옆으로 진중한 몸놀림으로 손발을 움직이는 정도의 모습은 무공을 교련하는 교두처럼 진중하기 그지없었다. 또한 이미 혼전의 와중에 만폭비전의 장점을 잃은 녹의인들은 모두가 허리춤의 환두직도(環頭直刀)를 빼 들고 정도의 몸을 찍어 내렸다.

쉭, 쉬잇, 쇄엑!

한 올 사이로 몸을 빗겨가는 칼날의 사이에서 정도의 몸이 율동을 추었다. 흔들리는 것처럼 올라간 손이 전방에서 내리긋는 두 명의 칼날 사이를 비집고 들어 귀신처럼 손목을 붙잡았다. 그리고 두 사람의 어깨 사이로 빠지듯이 스쳐 나가며 두 팔목을 꺾어 올렸다.

뿌드득!

"억!"

"으악!"

뒤쪽으로 꺾어져 올라간 팔과 함께 비명을 지르던 두 사람을 향해 돌며 정도의 두 주먹이 두 개의 관자놀이에 틀어박혔다.

빠박!

비명도 없이 두 사람이 좌우로 허물어져 내렸다. 그리고 그런 동료의 몸을 뛰어넘어 칼을 내려치는 또 다른 이 인(二人)에게 정도의 두 손바닥이 앞을 향해 뻗쳐 나갔다.

슈슛!

"억!"

“욱!”

도약했던 두 사람이 급살을 맞은 것처럼 제자리로 떨어져 몸을 뒤틀었다. 타격 소리도 없었고, 정도의 손은 녹의인들의 몸에 닿지도 않았다. 하지만 보이지 않는 무엇엔가 복부를 두들겨 맞은 두 사람은 땅에 떨어졌고 허리를 꼬고 부들거렸다. 그리고 정도는 그 손을 들어 다른 녹의인들의 사이로 파고들며 귀신처럼 휘둘렀다. 그때마다 가슴과 복부를 감싼 녹의인들이 주저앉았고, 습격자들은 그제야 정체를 알 수 있었다. 정도가 휘두르는 저 소리없는 손과 주먹은 소림의 비기 대력금강수(大力金剛手)였던 것이다.

법진은 쉬지 않고 권력을 발출하며 제자들을 둘러보았다. 역시나 미친 것처럼 온몸으로 날뛰어대는 정수는 타고난 천성처럼 녹의인들을 부숴 나갔고, 반면에 권무를 추는 무승처럼 유연하게 헤쳐 나가는 정도는 무리없이 상대를 제압해 나갔다. 그리고 자신의 등 뒤에는 부상 입은 몸으로 두 눈을 부릅뜬 정오를 정명이 부축해 뒤따랐다. 이대로 조금만 더 전진하면 놈들의 포위망을 뚫을 수 있을 성싶었다.

하지만 그 순간에 가슴 앞쪽으로 쏘아져 들어오는 엄청난 기운은 한 손뿐인 왼손을 들이밀어 다급하게 막아야만 했다.

파아아앙!

“윗!”

바위처럼 강맹한 힘의 결정을 쳐올려 왼 어깨 윗쪽으로 흘려보내며 몸을 뒤튼 법진은 연속해서 두 바퀴를 돌고서야 몸을 멈춰 세웠다. 그리고 자신을 위협한 힘의 근원을 찾아 시선을 들었다.

법진의 시선이 향한 곳에는 징그럽게 이빨을 드러내고 웃고 있는 인물이 한 명 있었다. 차림새는 습격한 녹의의 인물들과 같은 녹색의 무

복이었지만, 두건 없이 드러낸 얼굴에는 흉측하게 내리그은 자상(刺傷)
이 가득했고 특이하게도 웃고 있는 두 눈 사이에 박힌 검은 점은 또 하
나의 눈알처럼 같이 웃는 것 같았다. 그리고 그 손에 들려진 육각 기둥
같은 창대와 그 끝에 튀어나온 세 줄기 커다란 날은 상대가 누구인지
바로 알 수 있게 해주었다.

"삼목마군(三目魔君) 추송(秋松)!"

미간을 구긴 법진이 신음처럼 내뱉었다. 그리고 웃고 있던 추송은
녹의인들을 향해서 소리쳤다.

"물러나라!"

그 한마디에 접전하고 있던 녹의인들이 썰물처럼 물러났다. 그리고
그 중앙에는 싸늘한 얼굴의 정수와 정도가 그들을 노려보았다.

법진은 또다시 답답함을 느꼈다. 도대체 이 무슨 일이란 말인가. 어
찌해서 저자까지 이 자리에 나타났단 말인가. 칼의 등장과 함께 모습
을 감췄던 전대의 괴인들이 모두 다시 강호에 나서는 것이란 말인가.
그리고 멸문한 벽력문의 화기를 쏘아대는 저 녹의의 무리와 저자는 또
어떠한 관계란 말인가…….

수하들을 물린 삼목마군 추송은 법진을 바라보며 희게 웃었다. 그
웃음에 법진은 문득 소름이 돋았다. 그것은 옛 기억이 떠오른 때문이
었다.

지금 눈앞의 저자는 삼제오신보다도 반 배분이 더 높은 자였다. 일
찍이 특징적인 두 눈 사이의 점과 손에 들린 커다란 세 날의 창으로 삼
목마군의 칭호를 얻었고, 그렇게 패권하던 무림을 삼제오신의 출현에
밀려 소리없이 사라진 자였다. 하지만 그 이전까지 그가 보여주었던
무위는 사람들의 기억 속에 아직도 남아 있었고, 그런 그가 사라진 이

유를 두고 세인들의 억측이 난무했었다. 그리고 기나긴 세월을 뛰어 넘어 오늘 여기에 다시 나타난 것이다.

무겁게 얼굴을 굳힌 법진을 바라보며 소리없이 웃음을 물고 바라보던 삼목마군이 입을 열었다.

"오랜만이구나, 법진! 세월은 유수와 같다더니 못 본 지난 세월 동안 네 얼굴에도 주름이 가득 잡혔구나! 흐흐흐흐!"

"이곳에 마군께서 어인 행차시오? 본승의 짐작으론 이미 오래전에 열반에 드신 것으로 여겼소만."

어느새 심정을 다스린 법진의 차가운 대꾸에 추송은 더욱 희게 웃었다.

"흐흐흐흐흐흐! 그랬으면 좋았으련만, 세상에 미련이 너무 많아서 갈 길을 접어두고 있는 중이란다."

"무슨 미련이 남아 그 좋은 길을 마다하고 다시 나오시었소? 돌아보아야 옷 가의 먼지와 신발 밑의 흙덩이만이 더할 뿐인 것을."

"크헤헤헤헤! 아주 그럴듯한 소리를 지껄이는구나! 하지만 열반 나부랭이는 너희 풀 먹는 중놈들이나 바라는 것이고, 본 어르신이 품으신 뜻은 너희들의 궁량으로 헤아리기가 쉽지 않음이다!"

높은 목소리를 내는 삼목마군을 똑바로 응시하며 법진은 가볍게 불호를 읊으며 다시 대꾸했다.

"아미타불! 아무리 좋은 말로 치장을 해도 결국엔 추악한 욕심으로 비롯한 것! 오늘날 그대들로 인한 이 살생은 결코 용서받을 수 없을 것이오!"

법진의 응수에 이미 웃음을 거둔 추송의 얼굴에 비릿한 살기가 피어올랐다. 하지만 그 얼굴을 무시하고 이어진 법진의 말은 정곡으로 찔러들었다.

"그대는 예전부터 무리 짓는 것을 즐겨 하지 않았소. 그런데 오늘 보니 다수의 흉악한 무리들을 이끌고 있구려. 거기다 그대들이 소지한 무기는 오래전에 멸문한 벽력문의 화기가 분명하오. 그렇다면 과연 삼목마군, 당신의 배후는 무엇이오!"

마지막 법진의 추상같은 물음에 비릿한 살기를 한층 높여가던 추송의 자상 가득한 얼굴이 꿈틀, 이지러졌다. 그리고 살인의 의지가 물씬 묻어나는 나직한 목소리가 중들의 귓속을 파고들었다.

"알고 싶은 게 많은 놈은 요절을 면치 못하는 법이다! 오늘, 너희를 포함한 이 산속의 무림인들은 모두가 살아서 나가지 못할 것이다. 결코!"

이를 가는 듯한 추송의 음성은 서리서리 살기를 뿌렸다. 그리고 마지막 결전을 고하는 음성은 벼락처럼 터져 나왔다.

"모두 죽여라!"

그 한마디에 떨어져 서 있던 녹의인들의 신형이 메뚜기처럼 뒤쪽으로 튀며 멀어졌고, 벌어지는 그들을 쫓는 소림의 중들은 비호처럼 몸들을 날렸다.

하지만 죽음의 결전을 위해 몸들을 날려가는 그들의 주위에선 폭발의 열풍이 끊이지 않았고, 산을 감싸는 화약 냄새는 점점 더 짙고 자욱해져만 갔다.

태산혈풍(泰山血風) 3

싸늘히 가라앉은 시선의 법진은 악기 가득한 토사물을 뱉어내듯 소리치는 삼목마군을 보면서 손 안의 염주를 빙글 돌려 잡았다. 연이어 왼발을 앞으로 쭈욱 내밀며 몸을 낮추면서 몸통을 틀어 뒤쪽의 오른발을 스치듯이 앞으로 내밀었다. 그렇게 한 바퀴를 돌며 실린 회전력과 체중을 실어 손 안의 염주를 앞으로 내뿌렸다.

피피피피피피피핑!

달궈진 철판 위에 볶은 콩알 터지는 소리가 귀를 찢으며 터져 나왔다. 공기를 뚫는 소리의 원흉들은 검은 우박처럼 터져 날리는 염주알들이었고 그 수평의 소나기는 낮게 깔리며, 도약한 정도와 정수의 신형 밑을 지나서 바늘 끝처럼 몸통을 박았다.

퍼퍼버버버버벅!

"억!"

"아악!"

"으헉!"

뒤쪽으로 신형을 날리며 석궁을 겨누던 녹의인들이 비명을 지르며 주저앉았다. 꺾어진 대작대기처럼 무릎을 굽히며 주저앉고 쓰러지는 그들의 허벅지와 정강이에선 피가 터졌고, 그렇게 자빠지는 앞 사람의 하반신을 뚫고 지나간 검은 비성(飛星)들은 뒷 사람의 무릎에도 구멍을 뚫었다. 그리고 그런 그들의 머리 위로 정도와 정수의 회색 승포 자락이 너울지며 내려앉았다.

뻑!

허공에서 내리찍힌 정수의 발이 온전히 뒷걸음질하던 녹의인의 쇄골을 부수며 내려앉았다. 그 발이 땅에 닿자마자 다시 앞으로 튀어오르며 이기각(二起脚)을 연속으로 차올렸다.

파팡!

또 다른 두 명의 턱이 깨져 들쳐지며 뒤를 향해 넘어갔다. 옆쪽으로 착지를 한 정도의 손끝에선 예의 소리없는 손바람이 문풍지 미는 기척만을 남기면서 터져 나갔고, 그 기운에 격중당한 녹의인들이 속절없이 쓰러졌다. 하지만 염주알을 폭사해 낸 법진의 움직임부터 정수와 정도의 번개 같은 손과 발이 이어지기까지, 그 짧은 순간에 눈에 불을 뿌리며 몸을 움직인 자가 있었으니, 그건 바로 삼목마군 추송이었다.

"크아앗! 중놈들아!"

천둥 같은 욕설과 함께 정수와 정도의 신형을 향해 몸을 띄운 추송의 그림자가 서 있던 암석 위의 비탈에서 흐릿하게 사라지며 격전의 허공에서 유령처럼 다시 나타났다. 쓰러진 녹의인들의 머리 위였고 공격하는 정수와 정도의 중간이었다. 그리고 그곳에서 육각창대에 붙은 세 날의 창날이 회전하며 아래로 내리꽂혔다.

"씨이이이잉!

와류처럼 무섭게 소용돌이치는 창대는 하나였지만 정도와 정수의 머리 위로부터 꽂아 내리는 그것은, 원래부터 그랬던 것처럼 두 갈래로 벌어지며 회전하는 창날을 두 사람의 가슴속으로 각기 들이밀었다. 그리고 그 순간 법진은 소리치며 전력으로 왼손을 뿌려 넣었다.

"피해라!"

쉬아앗!

법진의 고함 소리와 가슴을 파고 내리찍히는 가공할 살인기세에 놀란 정도와 정수가 온 힘을 다해서 몸을 뒤로 빼냈다. 그리고 그 순간에 법진이 던진 백보신권이 두 갈래의 그림자처럼 나누어지는 창대의 중심에 충돌을 했다.

파앙!

소용돌이치던 창대는 휘청거리며 땅으로 내려 박혔다.

피이이악!

하지만 그 날이 훑고 간 궤적 속에 있던 정수와 정도의 몸은 붉은 피를 허공에 뿌리며 뒤를 향해 날아가 떨어졌다. 처음 뛰어오르던 그 자리였고 소리친 법진이 서 있는 앞 자리였다. 그러나 위험천만하게 내던져진 것처럼 떨어져 나온 정도와 정수는 땅을 차며 다시 튀어올랐고, 그 즉시 짙은 신음과 함께 다시 제자리에 주저앉고 말았다.

"크윽!"

"커억!"

각기 어깨와 가슴을 부여잡고 주저앉은 그들의 얼굴은 고통으로 일그러졌고 감싸 쥔 손아귀에선 붉은 피가 과즙처럼 줄줄이 흘러내렸다.

정도는 가슴이 파여지듯 찢겨져 나갔고 정수는 왼 어깨부터 가슴 위까지 찢어져 너덜거렸다.

법진은 분노한 입으로 부르짖었다.

"이노옴! 삼목마군!"

그렇게 소리치는 법진의 주름진 미간이 곤두서고 팔 없이 펄럭대던 오른 소매를 포함한 가사와 장삼이 바람맞은 돛폭처럼 출렁이며 부풀어올랐다. 그리고 그 험악한 기세의 눈빛을 마주 보며 창날을 뽑아 올리는 삼목마군 추송의 눈과 입에서도 불길이 터져 나왔다.

"이, 비린내나는 중놈의 새끼가 보이는 것이 없는 모양이로구나! 오냐! 오늘 이 어르신이 그 썩은 눈알을 뽑아내고 혓바닥을 잘라내 주마!"

소리치며 휘잉 휘잉 돌려대는 창날에서는 살기 어린 은빛이 진저리치게 흘러나왔다.

그 은빛을 아프게 반사시켜 주는 곳곳에 불붙은 쓰러진 나무들은 폭발의 후유증을 아직도 진한 연기로 뿜어 올리며 산의 도처에서 어둠을 밝혔다. 그리고 그런 어둠과 빛의 교차를 지나치며 부지간에 산을 떨게 만드는 괴력의 소리가 있었으니, 소리보다 빠르게 숲을 뚫고 날아오는 그것은 하나의 검은 쇠화살이었다.

피아아아아아앙!

콰콰콰콰콰콱!

앞에 걸리는 고목들의 몸통을 쪼개고 뚫어내며 스치는 모든 것을 가루로 만들고 날아온 검은 철시(鐵矢)는 대치한 중들과 삼목마군의 무리가 인지하기도 전에 그 무리 속을 휩쓸었다.

"컥!"

“커억!”

“캐엑!”

녹의인들의 몸통을 감 꽂듯이 연쇄적으로 꿰뚫고 튀어 나간 철시는 무리 끝 한 녹의인의 몸통과 그 등 뒤의 고목을 산적처럼 꿰고서 제 몸을 멈춰 세웠다.

퍼억!

“크아악!”

가슴이 뚫리는 후끈한 통증과 뒤로 당겨지듯 날아가 고목에 박혀 버린 녹의인은 두 손을 허우적거렸다. 뒤집어진 두 눈에는 고통 어린 핏발이 곤두섰고 벌려진 입에서는 신음 대신 핏물이 쏟아져 나왔다. 그렇게 버르적대던 녹의인이 가슴을 뚫고 박힌 검은 철시를 두 손으로 붙잡고 한순간 부르르 경련처럼 힘을 썼다.

빼고 싶었으리라. 체증처럼 가슴을 막아버린 굵고 검은 쇠줄기를. 하지만 그렇게 용을 쓰던 두 손은 스르르 풀어져 내렸다. 그리고 두 다리도 늘어지며 경련하던 머리를 한쪽으로 꺾어 내렸다.

철시는 작은 창대만했다. 고목의 몸통 뒤까지 삐져 나온 살촉은 검날 같은 두 개의 미늘을 보이면서 시커먼 머리를 내놓았고, 다섯 자가 넘어 보이는 기다란 검은 몸통은 꿰뚫린 자의 피를 제 몸에 흘려 감으며 가만히 떨어댔다.

그 모양을 본 무리 중의 누군가가 경악한 소리를 질렀다.

“단철시(斷鐵矢)다!”

그와 동시에 철시와 죽은 자를 바라보던 놀란 눈의 삼목마군과 법진의 고개가 동시에 돌아갔다. 그들의 눈은 불빛이 비춰지지 않는 어두운 숲의 저편을 무겁게 바라보았다. 그중 삼목마군 추송의 얼굴은 비참하도록 일그러지고 있었다. 그것은 저 쇠로 만든 화살이 누구의 것 인지를 알았기 때문이었다.

꼭 만나야 하지만, 또한 결코 만나고 싶지 않은 세 명의 괴인들. 그들 중 거대한 철궁을 무기로 삼은 일 인. 바로 무림오신 중의 의형제 삼 인, 태산삼신의 셋째 궁신 김영주의 성명무기였던 것이다.

법진도 그러하기는 마찬가지지만, 대치하던 종전의 상황도 잊은 채 추송은 검게 일렁이는 숲의 건너편만을 바라보았다. 그리고 그 검은 숲을 찢어내며 뛰쳐나오는 검은 악령 같은 그림자들을 보며 이를 악물었다.

벌써 사십 년이나 지난 일이었다. 그때의 치욕을 생각하면 지금도 치가 떨린다. 하지만 그 인적없던 사천의 오지에서, 천신만고 끝에 손에 넣은 자오철(紫鳥鐵)을 포기해야만 했던 일은 지금도 꿈속의 악몽으로 재현되곤 했다. 그것도 저들의 대형인 칼잡이 놈이 아니라, 그 둘째 놈의 무식한 도끼질에 무릎을 꿇었던 것이다. 아주 비참하게.

삼목마군은 전신을 허공 중에 드러내며 천천히 땅으로 내려앉는 삼인의 얼굴을 차례로 훑어보았다. 옛 생각을 떠올리게 하는 그들의 모습은 변함이 없었다.

큰 키에 기다란 활. 거대한 몸통에 그만큼 큰 흉악한 도끼. 그리고 왜소한 체구에 악마처럼 무거운 칼. 비단 모습만이 변함없을 뿐만 아니라 낙엽처럼 내려서서 자신을 바라보는 눈빛 또한 예전 그대로였다. 그리고 언제나 한 몸처럼 뭉쳐 다니는 그들의 뒤로는 또 한 명의 인영이 모습을 드러냈다.

새로 나타난 인영은 흰머리에 흰 수염을 길게 늘어뜨린 노인이었다. 한발 늦게 삼신의 옆에 내려선 흰머리노인은 주변을 휘휘 둘러보았고,

눈앞의 상황과 대치한 삼목마군의 흉악한 눈길과는 상관없이 소림의 승려들을 바라보며 한가롭게 지껄였다.

"어라? 저 중들이 여기 있었네? 뭐야? 다친 건가?"

아무 거리낌 없이, 주저앉은 정도와 정수의 곁으로 걸어가는 흰머리에 흰 수염의 노인을 보는 추송의 눈빛에 분노를 제친 작은 의아함이 어렸다.

분명 어디선가 본 듯한 얼굴이었고 낯설지 않은 기세였지만 생각이 나질 않는 것이다. 더군다나 저 괴물 같은 삼신의 동행이라면 간단치 않은 내력을 가진 자임에 분명했다. 하지만 그럼에도 노인의 정체는 가물가물거리며 기억 속에서 잡힐 듯 사라질 듯 희미하기만 했다.

그렇게 생각 속을 헤매던 추송을 향해 먼저 입을 연 것은 삼신 중의 둘째, 거부를 손에 쥔, 거구의 고슴도치 수염 노인이었다.

"제기럴! 어쩐지 고약한 냄새가 묵은 방귀처럼 구리게 풍실댄다 했더니 다 이유가 있었구만그려!"

중 울림 같은 음성으로 지껄이는 거구노인의 비아냥은 추송의 굳은 눈썹을 꿈틀 요동 치게 만들었다. 하지만 냉정하게 사태를 인지하는 추송은 쉽사리 경동하지 않았다. 그러나 이를 가는 것 같은 무거운 목소리는 조용히 입 밖으로 흘러나왔다.

"부신(斧神) 악중산(岳中山)!"

상대의 이름을 뇌까리며, 흡사 태워 죽일 것처럼 불길이 치솟아오르는 눈으로 거구노인을 바라보던 추송의 눈길이 뭐라 입을 벌리려는 도끼노인의 시선을 외면하며 그 옆쪽으로 옮겨갔다.

"궁신(弓神) 김영주(金嶺柱)!"

활 든 노인의 눈이 번뜩 빛을 뿌렸다. 하지만 추송의 눈은 곧바로 그 옆의 왜소한 노인에게로 차례처럼 넘어갔다.

"도신(刀神) 최홍결(崔鴻潔)!"

그렇게 깊은 숨같이 읊조리듯 부르며, 추송은 그들을 보았다. 그리고 그들도 추송을 보고 있었다.

삼신… 삼제를 제외한 무림오신 중의 세 명을 사람들은 그렇게 불렀다. 그리고 따로이 태산삼신이라고도 불렀다. 아니, 오히려 그 이름이 더 흔했었는지도 몰랐다. 그런 그들의 은거지가 바로 이 태산이었다. 자신이 만났던 그 시절부터, 원한을 맺은 곤륜사검을 쫓아 천하를 헤매기 전까지 그들의 집으로 삼았던 곳이 이곳인 것이다. 그러던 저들, 삼신의 종적이 태산에서 사라졌었다. 사라진 이유는 물론 곤륜사검 때문이었지만 당시에는 아무도 알지 못했다.

이후에는 죽었다는 갖가지 확인되지 않은 괴소문들 속에 서서히 잊혀져 갔었다. 하지만 언제 다시 돌아왔는지 모를 저들은 자신의 집 안마당에서 벌어지는 소란에 화난 얼굴을 들이민 것이다. 그리고 예전처럼 저 무식한 도끼잡이 놈은 묘한 어조로 사람의 속을 긁어놓고 있다.

"눈이 세 개라서 남들이 못 보는 걸 보는가 어쩌는가, 이 산엔 또 뭘 뺏으려고 나타난 거여? 지난번 사천 원주민들의 요상한 쇳덩이 신상을 훔칠 때처럼 뭔가 또 좀 도적질을 할려고?"

"닥쳐라! 악중산! 배분 낮은 네놈에게 그런 소리를 들을 만큼 허투루 지나온 세월이 아니다!"

자상 가득한 얼굴을 일그러뜨리며 삼목마군이 소리쳤다. 하지만 굵은 손가락을 들어 귓구멍을 후비는 부신의 얼굴에는 가당찮은 기색만이 가득하였다.

"어따, 귀청 떨어지겠네! 썅!"

말끝에 후빈 손가락을 들어 후! 하고 부는 악중산의 모습에 분기 가득한 일그러진 얼굴로 바라보던 추송이 이를 물며 나직하게 입을 열었다.

"곰 같은 놈이 어울리지 않게 사랑 타령을 하더니, 결국은 제 계집조차 지키지 못하고서 큰소리치는 꼴이라니……."

독백 같은 그 한마디에 여유롭던 악중산의 얼굴이 갑자기 귀신처럼 일그러졌다. 그리고 손에 쥔 도끼를 틀어 잡으며 부들부들 떨어대었다.

"이, 이… 개 쌍녀러… 호로새끼가!"

호흡조차 이어지지 않는 격한 욕설이 끊어질 듯 이어져 나왔고 뻣뻣이 일어선 고슴도치 수염은 바늘처럼 예리한 살기를 한 올 한 올 품어 올렸다. 그리고 고목처럼 굵다란 그 팔에 잡혀진 거대한 도끼가 시퍼렇게 예리한 은월 빛을 몸통에 감으며 허공으로 치켜 올라갔다.

"치워라!"

일촉즉발의 순간, 소리친 자는 왜소한 체구에 제 키만한 큰 칼을 든 노인. 도신 최홍결이었다. 그 소리에 거칠게 붉어진 눈으로 부신이 돌아보았고, 뜨거워진 호흡의 얼굴을 마주 보며 들려진 손을 붙잡은 이는 궁신 김영주였다.

소리쳐 제지한 도신 최홍결은 부신은 바라보지도 않은 채, 삼목마군의 눈을 똑바로 직시하며 다시 입을 열었다.

"멸문한 벽력문과 어떤 관계요? 그대들도 혈룡도를 노리는 거요?"

함축적이고 핵심을 담은 그 질문에 추송은 대답하지 않았다. 하지만 너무도 뻔한 그 사실을 부인하지 않는 그의 얼굴은 시인과 다름없었고, 눈빛만 불처럼 번쩍이는 그 얼굴을 보고 흰머리노인이 입을 열었다.

"그래 봐야 저자도 하수인에 불과할 뿐이다. 자신은 핵심에 접근해 있다고 여길 테지만 실상은 시키는 대로 움직여지는 장기판의 졸일 뿐이지! 물론 그것은 저자를 우대하는 말로 부리는 몇 사람에 불과하겠지만 말이야!"

쓰러진 사대금강의 옆에 서서 지껄이는 노인을 법진이 혼란스런 눈으로 바라보았다. 하지만 직접 말을 듣는 추송 역시 혼란스럽기는 마찬가지였고, 그것은 기억 속에서 가물대는 노인의 정체가 가져다 주는 혼미한 파장이었다. 하지만 그 혼란스러움은 곧 이어 터져 나온 악중산의 외마디로서 환하게 밝혀져 버렸다.

"집어치우쇼! 독고 선배나 대형이나 뻔히 아는 거! 그만 씨부리고 모두 쳐 죽이면 될 거 아뇨!"

붙잡은 궁신 김영주의 손을 뿌리친 부신은 미친 소처럼 더운 숨을 뿜어냈다. 그리고 그의 말에서 추송은 비로소 의문을 거둘 수가 있었다.

독고지명(獨孤知命). 노인의 이름은 독고지명이 틀림없었다. 그리고 그 이름은 무림의 전면에 드러나지 않은 숨은 고수의 이름이었다. 바로 오십 년 전, 단 한 차례 회합을 가졌던 그날. 삼제오신을 비롯해 문파에 관계치 않고 강호를 떠도는 무림의 별들이 모였던 자리에 얼굴을 들이민 사람.

삼목마군 추송은 자신의 무지와 기억력을 탓했다. 그리고 오늘의 일은 더 이상 진척될 수 없음을 피부로 직감했다. 이제야 저런 인물을 기억해 내다니. 더군다나 저처럼 엄청난 인물을. 태산삼신의 일 인만이라면 어찌해 보겠지만, 거기에 소림의 법진과 생각지도 않았던 기억 저편의 인물이라니.

발길을 돌릴 때가 온 것이었다. 하지만 어떻게 돌아가야 하는가의 일도 그에게는 매우 중요한 일이었다.

창날을 빙르르르 들어 앞을 향해 직선으로 쳐들은 추송은 그 날끝으로 흥분한 부신 악중산을 가리키며 비릿한 웃음으로 말했다.

"거두절미하고… 자신이 있으면 덤벼보아라. 미련한 나무꾼 놈아!"

붉게 충혈된 눈의 악중산은 거칠게 호흡을 내뱉었다.

"이런! 찢어 죽일 놈!"

그리고 그 손이 도끼를 내리찍으려는 찰나에,

"혈진(血陣)!"

큰 소리로 고함치는 추송의 창날이 돌아 땅을 찍으며 신형이 솟구쳐 올랐다. 그와 동시에, 부신 등을 향해서 몸을 날리는 녹의인들의 눈에는 악독한 기운이 어렸다.

그들은 손에는 땅바닥을 겨냥한 석궁이 튀어나오기 위해 꿈틀거렸고 그들의 뒤로 주저앉은 부상한 녹의인들은 모두가 앞선 자들의 등을 향해서 석궁을 겨누었다.

"잘들 가거라! 크하하하하하!"

허공에서 들리는 삼목마군의 목소리가 환청처럼 울릴 때, 당황한 눈으로 뛰어드는 녹의인들을 보는 부신의 귀로 흰머리노인의 경고가 들렸다.

"피해라! 자폭이다!"

그 순간 땅을 스치듯이 돌아 나온 도신의 칼끝에서 회청의 도강이 폭발해 나왔다.

슈이이잉!

지면 위로 깔리듯이 번져 나간 빛무리가 달리던 자들의 발목을 여지없이 갈라 버렸다.

그렇게 뼈와 살을 가르고 나간 빛살은 주저앉아 석궁을 겨누던 뒤의 사람들을 덮쳤으며, 그 예리함에 잘려진 목과 상체들이 무너질 때, 몇몇의 손에서는 화살이 발사되어 나갔다. 그리고 그것은 앞서 발목이 잘려져 넘어가던 녹의인들도 마찬가지였다.

수하들의 목숨을 담보해 사라져 간 삼목마군의 목소리는 아직도 끝자락을 드리우고 지워지지 않았고, 그 밑에서 몸을 움직이는 사람들은 생명을 건 채로 모두가 몸을 던졌다.

당황했던 부신 악중산은 한줄기 거센 폭풍의 도끼질을 달려오던 전방의 녹의인들을 향해 던지고 몸을 띄웠다. 그 옆에 섰던 궁신 김영주는 뒤편으로 밀리는 낙엽처럼 날아가며 검은 단철시를 쏘아 보냈다.

한줄기 도강을 그어 던진 도신 최흥결은 회전하는 기세를 빌어 땅을 밀고 날아올랐고, 부상한 정도와 정수를 집어 안은 독고지명은 귀신처럼 뒤를 향해 날아갔다. 그리고 그와 함께 몸을 띄운 법진의 옆에는, 함께 몸을 띄우는 정오와 정명의 신형이 있었다.

그렇게 모두가 불똥 맞은 메뚜기처럼 튀어오르는 그 순간에, 산을 뽀개내는 것 같은 거대한 폭음은 밤하늘을 흔들어 울렸다.

쿠콰콰콰콰콰콰콰쾅!

수수깡 조각처럼 쪼개진 기둥 몇 개만이 남아 있을 뿐인 다관에는 많은 인영들이 횃불을 들고 움직였다. 모두들 짙은 녹색의 무복을 입었으며 허리에는 기다란 환두직도를 패용한 모습들이었다. 그중 일부는 격전이 있었던 다관 앞의 공지와 다관을 둘러싸고 예의 석궁을 든 채로 사위를 경계했고 일부는 무너진 다관의 잔해들을 들춰내며 작업에 열중이었다.

일렁이는 횃불 빛과 불타는 나무들의 불빛으로 비춰지는 전경은 정말로 참혹했다. 폭발에 휩싸였던 공지의 바닥은 이전의 모습을 상상할 수 없도록 깊은 구덩이로 전체가 뒤집혔으며, 숲과 산비탈에서 터져 나간 나무들의 잔해와, 함께 흩어진 사람들의 조각난 시체들은 진한 피로써 땅의 양식이 돼주었다.

그런 참혹한 죽음을 피해 산의 곳곳으로 흩어진 살아남은 사람들은 아직도 뒤를 쫓는 폭발음을 피해서 전력으로 달렸으며, 그들의 발을 잡으려는 녹의인들의 추적과 매복은 산을 둘러싼 전체에서 축제의 놀이처럼 번져 갔다.

쉴 사이 없이 움직이며 잔해를 들춰내는 녹의인들을 바라보던 사내는 쓰고 있던 두건을 벗었다. 그리고 고개를 돌려 거대한 폭음이 울려 나오는 산의 측면을 돌아간 숲 쪽을 바라보았다.

가느다란 눈매에는 진한 살기가 어렸고 흡사 사마귀처럼 늘어져 보이는 뾰족한 턱은 기괴함이 흘렀다. 신장 또한 사마귀처럼 홀쭉하고 길었으며 그 기다란 팔에 들린 한 자루 검은 몸의 일부처럼 동질감을 보였다. 그렇게 바라다보던 사내의 눈길이 돌며 작업하는 녹의인들을 향해 소리쳤다.

"서둘러라! 시간이 없다!"

소리치는 그를 향해 석궁을 들고 사주경계를 펼치던 무리 속의 한 사나이가 다가왔다. 그리고 소리친 사내처럼 두건을 벗어내며 입을 열었다.

"대주! 추 장로님 쪽에 일이 터진 것 같소이다!"

말을 하는 사내의 왼쪽 아래턱엔 검은 반점이 넓게 불거져 보였다. 하지만 대주라 불린 사내는 눈길조차 돌리지 않고 차갑게 말했다.

"우리가 신경 쓸 일이 아니다!"

짧은 말을 뱉은 사내는 여전히 작업에 열중인 다관의 현장만을 바라다보았다. 그곳으로 같이 시선을 준 검은 반점 사나이는 다시 말했다.

"훼손되진 않았을까요? 폭발이 워낙 강했는데……."

그제야 고개를 돌린 사마귀 인상의 사나이는 가는 눈꼬리를 천천히 위로 올리며 잔인하게 미소 지었다.

"혈룡도가 어떤 칼인지 모르나?"

짧았던 미소를 지운 사내는 처음처럼 고개를 돌리며 말을 이었다.

"훼손 따위가 됐을 리도 없겠지만, 만일 그렇다 해도 그 조각이라도 찾아서 가져가야 한다. 그렇지 않으면 우리가 이곳에 온 의미도 없을 뿐더러… 문주님의 노여움을 사게 될 테니까 말이야!"

사내의 대답에 무거운 표정과 눈길이 된 검은 반점의 사내는 고개를 끄덕였다.

그때였다. 다관의 잔해를 들어내던 녹의인들 중의 하나가 소리를 질렀다.

"뭔가 보입니다! 칼 같습니다!"

눈을 번쩍 한 사마귀 인상의 사나이가 훌쩍 신형을 도약했다. 그 뒤를 검은 반점의 사나이가 뒤따랐고 둘은 삼 장여의 거리를 건너뛰고 현장에 내려앉았다.

대주라 불린 사마귀 인상의 사내는 작업하던 녹의인이 가리키는 잔해 속을 내려다보았다. 수많은 나무의 잔해와 판자 조각들이 겹겹이 쌓인 아래쪽에 삐죽이 붉은 빛을 보이는 금속의 끝자락이 보였다. 그 날카로운 끝이 각을 이루며 예리한 살기를 풍겨내고 있었다.

가느다란 눈매를 더욱 가늘게 뜨며 내려다보던 사내는 뜨거운 숨과 함께 몸을 일으키며 소리쳤다.

"어서 파내라! 혈룡도다!"

소리치며 훌쩍 뒤로 물러난 사내의 눈에는 흥분과 긴장이 함께 흘러 나왔다. 이제 목적하던 것을 손에 넣게 된 까닭이다.

옆에 선 검은 반점의 사나이가 침을 삼키며 바라다보았다. 하지만 그렇게 흥분한 사내들의 눈에 갑자기 보인 것은 꿈처럼 허무맹랑한 일이었다.

파아아아아아!

층층이 봉분처럼 쌓여 있던 잔해들이 터져 오르며 사방으로 비산했다. 그 뿌연 잔해 속에서 지옥의 마왕처럼 몸을 일으키는 검은 그림자는 공포스러웠다. 그리고 그들이 찾아 헤매던 붉은 혈룡의 이빨은 그 손에 잡혀 있었다.

또한 그 손은 칼 잡은 도수부처럼 사방으로 혈룡도를 휘둘러 댔다.

시에에엑!

붉은 빛이 사방으로 난무했다. 빛은 흩어져 휘날리는 잔해들을 가르며 새어 나왔으며, 그를 둘러싸던 일곱 명의 녹의인들이 비명도 못 지르고 조각조각 갈라졌다.

엄청난 피가 잔해와 함께 흩어지며 터져 나갔다. 그리고 그 순간 사마귀 인상의 사내는 뒤로 몸을 날리며 소리를 질렀다.

"모두 뒤로 흩어져!"

그 소리에 놀란 새들처럼, 작업하던 녹의인들의 신형이 넓게 퍼져 나갔다. 그들이 퍼져 나가는 곳은 석궁을 든 경계 동료들이 있는 곳이었고 둥그렇게 다관을 둘러싼 포위망의 안이었다. 그러나 지옥마왕의 현신 같은 검은 그림자는 그들의 예상보다 배는 빨랐다.

흩어져 떨어지는 주위의 시체들 너머를 순식간에 둘러본 세철은 전력으로 바닥을 차며 뛰쳐나갔다. 여인과 아이를 한꺼번에 왼팔로 안은 모습이었고 오른손에 혈룡도를 그어 휘두르는 모습이었다. 그 칼의 휘두름에 앞쪽을 막아서는 녹의 무리들이 속절없이 갈라져 내렸다.

방향은 다관의 뒤쪽 숲이 울창하게 시작되는 산비탈이었으며, 그 앞을 둘러싼 녹의인들은 아직 방향조차 바꾸지 못한 상황이었다. 그런 무리를 향해 검은 반점의 사내가 소리를 쳤다.

"만폭비전을 쏴라!"

하지만 그 순간 사마귀 인상의 사내도 같이 소리를 질렀다.

"안 돼! 쏘지 마!"

그리고 그 순간에 세철의 몸은 막아선 녹의인들의 몸에 붉은 빛살을 그어 해체시키며 뚫고 지나갔다. 그 지나간 자리로 갈라진 녹의인들의 몸뚱이가 흩어져 떨어졌다. 세철의 뒷그림자는, 벌써 숲으로 사라지고 보이질 않았다.

눈 깜짝할 새에 부하들을 죽인, 세철이 사라져 간 방향을 보며 이를 갈아제낀 사마귀 인상의 사내는 거세게 고함쳤다.

"모두 쫓아라! 반드시 잡앗!"

그리고 사내의 눈과 손은 옆의 검은 반점 사내에게로 돌았다.

멱살을 틀어잡힌 검은 반점 사내의 눈이 공포와 의문을 말할 때, 살기 가득한 사마귀 인상 사내의 음성은 불길처럼 말했다.

"병신 같은 자식! 서로 마주 보고 쏘게 해서 다 같이 죽을 작정이었냐?"

그제야 상관이 흥분한 이유와 자신의 실태를 깨달은 검은 반점 사내는 떨리는 음성으로 입을 열었다.

"죽을 죄를……! 용서하십시오!"

내던지듯 멱살을 풀어버린 사마귀 인상의 사내는 차갑게 명령을 내렸다.

"어서 쫓아! 놓치면 네놈 목숨으로 대신할 것이다! 알겠느냐?"

"옛! 목숨으로!"

비장한 결의가 엿보이는 검은 반점의 사내는 수십의 무리를 이끌고서 세철이 사라져 간 숲 속을 향해 신속하게 뒤를 쫓았다. 그리고 그 모습을 보던 사마귀 인상의 사내는 남은 수하들에게 소리쳤다.

"비탈의 능선으로 오르는 지름길로 돌아 들어간다! 출발!"

사내를 선두로 한 녹의 무리들은 숲의 좌측으로 난 조도를 쫓아서 모두가 사라져 갔다.

조금 전까지 온기를 가진 사람들이 서성대던 다관이 있던 주위에는 정적 속의 불길만이 귀신의 혀처럼 너울거렸고, 그들의 뒤로는 온전한 모습을 갖추지 못한 갖가지 형상의 시신들이 산 자들의 뒷모습을 눈에 박으며 지옥으로의 길로 잡이끌고 있었다.

그 위를 지나는 바람은 귀신의 울음처럼 소름 끼치게 울어댔다.

휘이이이이잉.

태산혈풍(泰山血風) 4

　가파르게 흘러내리는 개울을 거슬러 비호처럼 몸을 솟구치는 세철은 차가움도 느끼지 못했다. 발이 담기는 삼월 초순의 산속 개울물이 주는 서늘함은 흐릿한 정신을 깨워주고 있지만, 자꾸만 힘이 새는 팔과 다리는 온몸이 전해주는 후끈한 통증과 더불어 기력을 뺏어만 갔다.

　왼팔에 안긴 채 고개를 늘어뜨린 모녀는 숨소리만 내쉬었다. 이미 묻혀 있던 잔해를 떨치며 일어서던 그 이전에, 모녀의 정신은 분명하게 깨어 있던 것을 감지했었다. 하지만 정체 모를 무리를 피해 포위를 뚫고 산을 오르기까지 모녀는 깨지 않은 척 눈을 뜨지 않았다.

　두려웠으리라. 눈앞에서 사소한 이유로 서로를 죽여대는 무림인들이 무서웠고, 그렇게 가축의 도살처럼 죽어버리는 사람들의 몸뚱이가 공포스러웠으리라. 그리고 엄청난 폭발과 함께 종말의 느낌으로 서로를 보듬은 모녀를 안고 달리는, 지금 이 사내가 무서울 것이다.

세철은 간간이 부들대는 두 모녀의 신형을 더욱 바짝 끌어안으며 흩어지는 정신을 다잡았다. 그런 세철의 귀 뒤쪽으로 붉은 피가 점점이 바람에 흩어졌다. 피는 팔과 다리를 포함한 전신에서 새어 나왔으며, 특히 걸레처럼 변한 회색 바랑을 물들이는 등 쪽의 상처는 보기에도 끔찍할 정도였다.

이미, 겸제 우충과의 격돌로 가볍지 않은 외상을 입고 있던 세철의 몸은 상처를 채 치유하기도 전에 또다시 겹친 만폭비전의 폭발로 목불인견이었다. 찢어진 검은 무복은 말할 것도 없거니와, 나뭇조각들과 기타의 잔해들이 분명한 뾰족한 조각들이 어깨와 등판을 찍고 들어가 커다란 가시처럼 박혀 있었다.

그 삐죽 솟은 모양마다 피가 새며 엉겨붙었고 움직이는 몸을 따라 새로운 속피를 계속해서 새어 보냈다.

쉬지 않고 개울의 시발을 찾아 몸을 차오르는 세철은 어지러움을 느꼈다. 하지만 여기서 쓰러질 수는 없었다. 저따위 무리들에게 쓰러지기엔 해야 할 일이 너무도 커다랗게 가슴에 남았고, 상처 입은 몸속에서 꿈틀대는 자존심 또한 허락하지 않았다.

그러나, 그렇게 상처 입은 심신을 쫓아오는 기척들은 사방에서 점점 더 가까워져만 갔고, 몸이 달려가는 급격한 경사의 개울 위로부터 유령처럼 터져 내려오는 은빛의 도신(刀身)들은 세철의 목줄기와 모녀의 가슴 안으로 날려 들어왔다.

번개 같은 동작으로 목숨을 도외시하듯, 마치 물을 향해 자맥질로 뛰어들듯 몸을 날려 칼끝을 뻗어내는 이 인(二人)의 녹의인을 보며, 세철의 오른발과 오른팔이 앞쪽으로 나서며 몸을 옆으로 틀었다. 그리고 그 순간에 혈룡도가 두 번의 혈광을 허공에 뿌려 그었다.

피핏!

직선의 창날처럼 뻗어 내리는 두 개의 칼을 타고 거스른 혈광은 칼을 붙잡은 팔을 타고 올랐으며, 그 어깨의 옆으로 붙은 두 개의 머리를 간질이고 뒤통수로 빠져나갔다.

티팅!

쇠를 가르는 극히 짧은 금속음이 미약하게 울렸다. 모녀를 안은 세철의 몸은 그림자처럼 두 사람의 사이로 빠져나가고, 스치듯 세철이 오르던 뒤편으로 떨어져 내리는 두 사람의 칼이 무처럼 썽둥썽둥 떨어졌다. 그와 동시에 혈선처럼 핏물이 솟구친 팔들이 잘라져 떨어지고, 초점 잃은 눈동자의 머리들은 이마가 쪼개지며 몸통을 아래로 처박았다.

스치는 바람처럼 두 사람의 습격자 사이로 빠져 올라가는 세철은 자신처럼 개울의 좌우에서 몸을 솟구치는 많은 그림자들을 보았다. 그리고 그 그림자들로부터 폭발하듯 이탈되어 날아오는 수많은 비전을 보며 이를 악다물었다. 그와 동시에 발끝으로 물 위에 도드라진 암반을 차며 몸을 띄웠다.

피피피피피피핑!

도약한 발 밑으로 화살의 빗발이 서로 교차했다. 하지만 예상했던 폭발은 있지 않았다. 너무 근접한 때문인지 폭발물을 장착한 화살이 아닌 일반 비전을 쏘아댄 것 같았다. 다행이었다. 그러나 그것만으로도 지금의 세철에겐 위협이 되었다. 특히나 저렇게 이선을 통해 거듭 쏘아 올려지는 제이의 비전들은.

허공에 뜬 상태인 세철은 체공 시간을 줄이기 위해서 왼발로 오른 발등을 찍으며 반발력을 받았다. 그러나 우측으로 개울을 벗어나는 그의 몸 앞으로 날아오는 화살들의 숫자는 워낙에 많았고, 그 빠르기에 대응하기에는 세철의 몸 상태가 너무 좋지 않았다. 거기에 남의 몸을 안기까지.

바람을 꿰뚫으며 몸통마저 꿰뚫기 위해 솟구친 비전들이 세철의 몸을 휘감았다. 안고 있던 여인과 아이의 몸도 그 빗살 속에 노출됐으며 비전들은 그 세 몸을 아래로부터 꿰뚫어 올랐다. 그리고 모두가 새를 잡는 아이들의 심정으로 올려다볼 때, 기대를 깨뜨리듯 붉은 빛의 그물이 종횡으로 펼쳐지며 비전들을 사이를 촘촘하게 비집었다.

투두두두둑!

조밀하게 수없이 휘두르는 혈룡도에 갈라지는 비전들의 소리가 세철의 귓가에 가득했다. 칼을 그어대던 순간에 몸을 뒤틀어 가슴 쪽에 안은 모녀는 진짜로 정신을 잃은 듯했고, 화살이 날아오는 방향으로 칼을 쥔 오른쪽 몸통을 내밀어 칼을 난자했다. 하지만 그렇게 조밀한 칼질에도 불구하고 붉은 그물 사이를 비집고 들어온 비전들은 세철의 몸통에 이빨을 박았다.

피잇!

슉! 픽!

내민 팔뚝을 스치며 오른 비전이 목덜미를 그으며 뒤로 날아갔다. 그 후끈한 느낌에 눈을 찡그릴 사이도 없이 오른 어깨의 뒤쪽과 허벅지를 파고드는 날카로운 쇠의 충격은 찬 서리를 뒤집어쓴 것처럼 뒷골을 잡아 세웠다. 그리고 갈라져 떨어지는 비전의 조각들과 같이 내린 세철의 사방에서, 요악한 칼날들이 도끼처럼 후려쳐 내려왔다.

한 개의 장작을 놓고 여러 개의 도끼가 사방에서 도끼질을 해대는 형국 속의 세철이, 왼발을 축으로 체중을 실으며 오른발로 땅을 밀고 제자리에서 빙글 돌았다. 숙인 상체에는 여전히 두 모녀가 허리를 꺾은 채 안겨 있고 치켜든 오른손은 혈룡도를 역으로 돌려 잡고 허공을 그어 돌렸다.

카카카카카카캉!

세철이 도는 중심으로 내리긋던 직도들이 이어진 붉은 원의 테두리처럼 돌아간 혈룡도에 부딪치며 몸통들이 잘려 날렸다. 그 순간에 뒤로 몸을 빼는 한 녹의인의 가슴 앞으로 휘청, 다가선 세철의 손이 위를 향해 그어 올렸다.

피잇!

역으로 잡았던 혈룡도가 사타구니부터 시작해 턱 끝을 쳐올리며 빠져나가고, 갈라지는 녹의인의 몸 옆으로 유령처럼 지나가며 그 옆 사내의 어깨부터 가슴까지 사선으로 그어 내렸다.

시엑!

그리고 그 몸조차 비껴가며 오른발과 왼발을 교차해 밟아 횡으로 몸을 돌려 칼을 그었다. 그 전광 같은 칼의 수평 회전에 옆으로 물러나던 또 다른 자의 목줄기가 꺾어지며 피분수가 솟구쳐 올랐다.

스걱!

푸하학!

하지만 세철의 악령 같은 몸은 이미 그 뒤쪽에서 달리고 있었고, 한순간 빛이 작렬하는 것 같던 그 순간에 칼을 맞은 세 사람의 몸은 그제야 칼의 자국을 남기며 땅 위로 갈라져 내렸다.

그런 녹의인들의 뒤쪽에서 턱밑에 검은 반점이 두드러진 사나이가 나타나며 소리쳐 부르짖었다.

"뭐 하는 거야! 어서 추적해!"

녹의인들은 세철이 사라진 방향으로 빠르게 뒤를 쫓았다. 하지만 숲

은 여전히 깊고 어두웠고, 그만큼이나 어두운 하늘은 쉬 밝아질 기미가
아니었다.

　세철은 능선을 향해서 쉬지 않고 달렸다. 몸은 뜨거웠고 호흡은 점
점 더 거칠어졌다. 등 쪽은 통증을 지나 열기만이 느껴졌고, 어깨와 허
벅지에 박힌 살촉은 새로운 열기와 통증으로 후끈거리며 몸의 동작을
방해했다. 그런데 얼굴을 때리는 차가운 감촉이 문득 이채로웠다.
　비였다. 얼굴과 손등과 머리끝을 서늘하게 때린 것은 빗방울이었다.
가닥가닥 흩날리던 그것들은 점점 더 많아졌다. 굵기도 굵어지며 후둑
후둑 산을 때리는 소리도 질렀다. 어느새 옷은 젖어들었고 얼굴을 타
고 빗물이 흘렀다. 그 느낌에 깨어난 것인지 계집아이가 우웅, 소리를
냈다.
　세철은 하늘과 경계가 불분명한 산의 능선을 보며 걸음을 멈췄다.
아래쪽으로부터 사방에서 일정한 간격으로 추적자들의 기척이 들렸다.
그리고 차갑게 입 안으로 스며드는 빗물 속에서 한 가지 사실을 깨달
았다.
　범 사냥. 이것은 범 사냥의 범 몰이였다. 갖은 요란한 소리로써 범을
흥분시켜 몰이하는 것은 아니었지만, 일자에 가까운 반원으로 퇴로를
차단한 채 위로 몰아가는 것은, 최종으로 몰아가는 그곳에 그들이 의도
한 결정적인 함정이 있기 때문일 것이다.
　그렇다면 능선으로 가선 안 된다. 그리고 이 빗속을 뚫고 아이와 여
자를 안고서 함정을 돌파할 수도 없는 노릇이다. 그러면 어찌해야 하
는가……. 세철은 다급하게, 그러나 빠짐없이 주위를 둘러보았다. 그
리고 비와 어둠에 제 속살을 숨기는 숲의 일부에서 그것을 보았다. 세

철은 땅을 박찼다.

마치 비를 퉁겨내며 달리는 것 같은 세철의 몸이 멈춰선 것은 커다란 고목나무였다. 주위엔 그만그만한 크기의 나무들이 빽빽이 서 있었고 허리 아래 발이 지나는 곳곳에는 작은 관목들이 빼곡한 모습이었다.

세철은 처음에 보았던 첫 번째 가지가 시작되는 고목 몸통의 작고 검은 구멍에 시선을 주었다. 그곳으로부터 아래로 시선을 돌리니 굵은 고목의 뿌리들이 땅 위로 불거져 나온 것이 보였다. 그 순간 왼팔에 둘러 안았던 모녀의 발을 땅에 내리고 팔을 풀어냈다. 곧바로 휘청거리며 주저앉는 모녀에겐 눈길도 주지 않고 고목의 몸통을 두들겼다.

퉁퉁.

손끝에선 속 빈 소리가 울려 나왔다. 그 꼴을 주저앉아 부둥켜안고 바라보던 모녀가 화들짝 몸을 떨었다. 갑작스레 세철이 칼을 치켜든 때문이었다. 하지만 세철의 칼은 고목의 몸통에 틀어박혔다. 박힌 칼날은 수박의 속을 따듯이 삼각의 모양으로 그어 내리며 상처를 남겼다. 그리고 마지막 손길에 뚜껑처럼 떨어져 나왔다.

삼각의 검은 구멍 속으로 고개를 들이민 세철은 위를 살펴보았다. 생각대로 설치류나 조류 따위가 뚫어 놓은 구멍은 빈 고목 속의 공간과 이어져 있었다. 바닥 또한 우묵한 것이 그런대로 괜찮아 보였다. 세철은 바로 고개를 빼고 모녀를 보고 말했다.

"이리 들어가시오."

계집아이는 빗물이 흘러내리는 세철의 얼굴을 보다가 제 어미의 품에 고개를 박았고, 여인 송연주는 떨리는 손길로 아이를 꼬옥 끌어안았다.

세철은 다시 얘기했다.

"시간이 없소."

시간이 없다고 말하지만, 피 섞인 빗물이 흐르는 얼굴과 달리 무덤덤한 그 음성에 여인은 세철을 바라다보았다.

여전히 붉은 빛을 뿌리는 요사한 칼. 그 칼을 잡은 굵은 손과 팔뚝, 팔과 이어진 커다란 어깨. 그리고 그 위로 비쭉 솟은 꿩 깃털의 화살.

화살은 한쪽 무릎을 땅에 댄 허벅지에도 꽂혀 있었다. 그 상처를 타고 비가 흘렀고, 피는 사내의 전신에서도 흘러 앉은 자리를 붉게 물들여 갔다.

송연주는 사내의 얼굴을 바라보았다. 검고 짙은 눈썹. 굵고 고집스런 입술. 범 같은 콧날에 역시 범처럼 크고 우묵한 눈. 그 눈 안에 담긴 무정(無情). 하지만 송연주는 기억을 해냈다. 공포에 떨고 있던 자신 모녀의 등을 감싸 안은 사람을. 그리고 그 뜨거웠던 지옥의 순간에도 곁을 떠나지 않았던 인물을.

여인 송연주는 휘청대는 몸을 일으켜 제 딸 미령이를 안았다. 그리고 말없이 세철이 눈으로 가리키는 고목의 구멍 앞으로 다가서며 몸을 수그렸다. 그때, 애원 같은 목소리가 그녀의 품 안에서 나왔다.

"엄마아… 흐아앙! 무서워! 무섭단 말이야."

제 품에 고개를 박고 도리질을 치는 딸의 머리를 쓸어 내리는 송연주는 나직이 속삭였다.

"쉬잇! 괜찮아……. 괜찮을 거야."

우는 딸의 몸을 더욱더 꼭 끌어안은 송연주는 구멍 속으로 몸을 들이밀었다. 들어서 입구 쪽으로 몸을 돌려 앉으며 우는 딸아이의 얼굴을 쓸어 내렸다. 그리고 고개를 들어 안을 들여다보는 세철의 눈을 바라다보았다.

세철은 한마디의 물음도 없이 고목 안으로 들어앉은 여인을 보며 가만히 이야기했다.

"내가 올 때까지 이곳을 벗어나면 안 되오. 약속하겠소?"

여인 송연주는 대답 대신 가만히 고개를 끄덕였다.

대답을 들은 세철은 허리춤의 단검을 끌러 내밀었다.

"갖고 계시오."

여인은 세철이 내미는 단검을 물끄러미 바라보다 조심스럽게 받아 들었다. 세철은 옆구리에 걸레처럼 늘어진 바랑을 뒤져서 또 뭔가를 끄집어냈다.

또다시 내민 것은 귀퉁이가 부서지기 일보직전의 죽통 하나와 유지에 싼 덩어리들이었다. 그것들을 여인의 손에 건네주며 세철은 다시 말했다.

"죽통에 든 건 곡분 가루고 유지에 싼 건 건두부와 육포요."

받아 든 여인은 말없이 세철의 눈만을 건네다 보았다.

세철은 그 눈빛의 물음을 알아내고 대답을 해주었다.

"시간이 지체될 수도 있겠지만… 해가 뜨기 전에 다시 데리러 오겠소."

대답과 함께 여인의 시선에서 눈을 돌린 세철은 찡그린 곁눈질로 눈을 감은 척, 훔쳐보는 계집아이에게도 말을 건넸다.

"소리 내면 안 된다. 알겠느냐?"

투박한 세철의 음성에 계집아이는 화들짝 놀라 눈을 떠버렸다. 그리고 그 눈길을 붙잡은 검은 사나이의 시선을 뿌리치지 못하고 작은 머리를 끄덕거렸다.

두려움이 완연한 기색으로 고개를 끄덕이는 계집아이의 얼굴에서 눈을 뗀 세철은 잘라낸 삼각의 나무 표면을 붙잡았다. 그리고 원래의 몸통에 맞추어 끼우는데, 여인의 음성이 들려 나왔다.

"조심하세요."

내리는 비만큼 가녀리고 고통과 슬픔에 젖은 음성이었다. 하지만 작은 목소리에는 진정이 묻어 나왔다.

문득, 끼우던 몸통 안의 검은 구멍으로 시선을 던진 세철은 여인의 지친 눈을 보았다. 그 눈이 자신을 걱정하며 말하고 있는 것이다. 그러나 세철은 차가울만치 무감정하게 말했다.

"고마워하지 마시오. 나에겐 물어볼 말이 아직 남아 있을 뿐이오."

차가운 음성에도 불구하고 바라보는 여인의 시선은 그대로였고, 세철은 뚜껑을 그대로 닫아 덮었다.

잠시 고목의 표면을 바라보던 세철은 사방에서 들려오는 기척에 몸을 돌렸다. 비는 계절에 안 맞게 억수처럼 쏟아져 내렸고 그 비를 흘리는 산의 표면은 온통 물줄기였다.

세철은 팔을 돌려 어깨 뒤로 박힌 화살의 몸통을 꺾어버렸다. 곧바로 허벅지에 박힌 화살을 잡아 힘주어 뽑아올렸다. 활촉의 역린이 찢는 살의 느낌이 화끈하게 다리통을 휘감았다. 그리고 그 살점 묻은 살촉을 따라 피가 솟구쳤다.

꺾어내고 뽑아낸 화살을 든 세철은 주변의 낮은 관목들의 아래쪽에서 가지를 꺾어냈다. 그렇게 꺾어낸 가지를 모녀가 숨은 고목의 앞쪽에 두르며 수북하게 위장을 했다. 그리고 몸을 일으켜 관목을 밟으며 솟구쳐 올랐다.

내리는 비로 찢어진 옷자락 펄럭이는 소리조차 들리지 않았다. 마치 나무 위로 날아오르는 올빼미처럼, 검은 그림자에 묻혀 소리없이 솟구친 세철은 고목에 올라 사위를 둘러보았다.

장마비처럼 쏟아지는 빗줄기는 땅에 남았던 세철의 핏물을 씻겨 주었고 발자국마저 지워주었다. 하지만 그럼에도 놈들은 세철과 모녀가 있었던 자리로 사냥개처럼 좁히며 다가왔다.

아래쪽의 기척을 저만치 내려다보던 세철은 딛고 있던 고목의 가지를 차며 앞으로 날아갔다. 곧바로 전방의 고목을 차며 방향을 꺾어 아래로 찍어 내려갔다. 그 모습이 흡사 먹이를 채는 밤부엉이 같았다. 그리고 먹이가 된 녹의인은 놀란 눈으로 허공을 올려봤다. 하지만 그 순간에 내리그은 붉은 칼은 정수리를 파고들었다.

스피잇!

놀란 눈의 녹의인은 아직도 얼굴 한복판을 지나간 뜨거움이 무엇인지 몰랐다. 그저 눈앞에서 사라지는 검은 인영의 그림자를 보며 손을 들어 가리킬 뿐이었다. 하지만 말은 나오지 않았고, 비 뿌리는 하늘을 보며 기울어지는 몸에는 감각이 없었다.

녹의인은 그렇게 쓰러졌다. 그리고 그 주변에서 고함이 터져 나왔다.

"이쪽이다!"

"놈이 여기 있다!"

삼 장여를 떨어져 소리치는 놈을 향해 세철의 몸이 폭발하듯 다가들었다. 하지만 고함침과 동시에 몸을 뒤로 뺀 놈은 아름드리 나무의 뒤로 몸을 숨겼고, 세철의 등 뒤쪽 사방에선 다른 놈들이 달려들었다.

앞쪽으로 내쳐 달리던 세철은 소리친 놈이 숨어버린 아름드리 고목의 옆을 스치며 혈룡도를 그었다.

시에에엑!

칼을 횡으로 그음과 동시에 오른발을 내밀어 땅 끝을 찍으며 몸을 뒤로 돌렸다.

패액!

빗물 튀기는 소리가 귀에 들릴 만큼 신속한 동작이었고 진행하던 힘을 거스르는 동작이었다. 하지만 그 동작으로 달려오던 방향으로 몸을 돌린 세철은 기울어지는 고목의 몸통 뒤에서 둘로 갈라진 녹의인을 볼 수 있었다. 그리고 그 뒤쪽에선 십수 명의 무리들이 몸을 날리며 뛰어 달려왔다.

빗물에 젖은 짙은 눈썹을 꿈틀, 구부린 세철은 마주 달려나갔다. 그 발이 쓰러지는 한 아름 고목의 몸통을 발로 차버렸다.

퍼어엉!

쓰러지던 고목이 앞쪽으로 몸을 뒤틀며 사방으로 부딪쳤다.

서 있는 주변의 고목에 부딪친 몸통은 또다시 밑둥 무게의 중심에 따라 방향을 알 수 없게 몸을 휘저으며 사방으로 부딪쳤고, 가지와 가지끼리 부딪쳐 휩쓸린 허공에는 온통 빗물과 부러져 날리는 나무들의 잔해들이 흩어져 휘날렸다.

빽, 뿌걱, 뿌지지지직!

요란한 소리와 나무들의 요동 속에 주춤하며 몸을 피하는 무리를 향해서 세철의 몸이 이빨 드러낸 짐승처럼 덮쳐들었다. 그 흉포하고 전광 같은 기세에 대응할 여유도 없이 세철의 붉은 칼은 춤을 추었다.

날이 바람 가르는 소리를 뒤에 달고서 한 사내의 허리를 수평으로 갈랐다. 그렇게 지나가던 세철의 몸뚱이가 사람 얼굴 높이로 떠오르며 회축을 돌려 찼다. 그 회전하는 무쇠 같은 다리의 뒷꿈치에 강타당한 머리가 수박처럼 깨어지고, 땅에 내리기가 무섭게 회전력을 빌어 돌려 그은 붉은 칼에 두 사람의 목이 동시에 떨어져 나갔다.

어둠과 빗물 속에 묻혀 벌어지는 처절한 죽음의 격투는 병장기 부딪치는 소리도 없었고 생명이 이탈하는 비명도 없었다. 그저 검은 그림자의 사내가 귀신처럼 나무와 나무 사이를 움직일 때마다 한두 사람씩 동시에 쓰러졌고, 부서지거나 갈라지는 사람들의 시신 옆에는 붉은 번개와 검은 뇌전이 예고처럼 번쩍거렸다.

어느덧 숲에는 이십여 구가 넘는 시체들이 버려진 들개들의 몸뚱이처럼 쌓여만 갔고 그 시체를 넘어 검은 그림자를 쫓는 녹의인들의 숫자는 그보다 더 많았다. 하지만 그 모든 상황을 외따로 떨어져 바라보는 한 사나이의 눈에서는 분노의 불길이 내리는 비를 말려낼 만큼 거세게 요동 쳤다.

사내는 빗물이 흐르는 얼굴을 손으로 훔쳐 내며 곁의 수하들에게 낮게 명령했다.

"만폭비전을 쏘아라……."

빗물이 맺히는 사내의 아래턱엔 검은 반점이 도드라져 보였다. 명령을 받은 사내 옆의 수하들은 사내를 한번 쳐다보았지만, 이내 비어 있던 손 안의 석궁에 비전을 장전하며 앞을 향해 겨누었다. 그렇게 겨누어진 전방의 나무들 사이에선 검은 그림자가 미친 범처럼 뛰어다녔고, 그 주위를 녹의의 무리들이 이리저리 몰리고 있었다.

"발사!"

검은 반점 사내의 목소리가 칼날처럼 끊어 나왔다. 동시에 빗속을 가르는 예리한 소리가 귀곡성처럼 연속해서 터져 나왔다.

피피피피핑!

그리고 소리의 앞에는 끔찍한 물건이 비상했다. 그 위험을 격돌하던 세철과 함께 녹의인들도 돌아보았고, 암울한 눈동자에 비친 죽음이 짙어질 때 세철은 몸을 던졌다. 그리고 그렇게 던진 몸은 등 뒤에서 칼을 들이밀던 두 명의 녹의인과 자리를 바꾸었다.

세철은 귀신처럼 스친 두 사람의 등을 차는 탄력으로 낮은 새처럼 직선으로 날아갔다. 그 순간에 등 뒤에서 섬광이 일었고, 혈룡도로 재차 바닥을 찍은 세철의 몸은 땅 위에 뜬 화살같이 앞으로 나갔다. 하지만 섬광을 동반한 엄청난 폭발은 산의 공기를 열기로 팽창시키며 광풍처럼 휘몰아쳤고, 낮게 떠서 날아가던 세철의 몸은 가랑잎처럼 그 안에 휘말렸다.

쿠콰콰콰콰아앙!

검은 반점의 사내는 다져진 육편 같은 고목들과 사람들의 시체 더미 속에서 고개를 들었다. 치켜 떠진 눈은 불붙은 화덕 같았고 악물린 입술은 찢어져 터질 것 같았다. 사내는 어두운 숲의 사방을 보며 고함을 질렀다.

"찾아라! 반드시 찾아내야 한다!"

사내의 고함 소리에 맞춰 녹의 사내들은 숲 속으로 스며들었다. 어느새 칠십여 명에 달하던 수하들은 반수 이상이 죽고 이젠 삼십여 명 남짓이 전부였다. 그 뒷모습을 바라보던 검은 반점 사내는 능선 쪽으로 시선을 돌렸다. 그리고 잠시간 흔들리던 눈빛을 거두어 다시 숲으로 돌리며 나직이 중얼거렸다.

"이놈! 분명히 성한 몸은 아닐 것이다! 이제 내 손으로 직접 죽여주마!"

챙!

섬뜩한 중얼거림과 함께 환두직도를 소리나게 뽑은 사내는 부하들이 사라져 간, 검은 사내의 종적이 있을 숲으로 들어갔다. 숲은 여전히 처음처럼 어두울 뿐이었다.

세철은 부유하는 먼지처럼 감각없이 두둥대는 몸의 상태를 이상하게 느꼈다. 고통도 없었고 여타의 인식도 없었다. 하지만 의식과 기억이 있었다. 분명 자신이 폭발의 폭풍에 휘말렸고, 내동댕이쳐진 짚새기 인영처럼 제멋대로 날아가 나무들에 부딪치며 땅에 처박혔다. 하지만 그런 기억에도 불구하고 시야는 어두웠고 몸의 존재감은 사라졌다.

어떻게 된 일일까. 설마 이대로 죽는 것일까. 아니, 어쩌면 벌써 죽은 것일까……. 확인할 수 없는 답답함에 세철은 조급증이 일었다. 그리고 마음 한구석에서 일어나는 분노가 뜨겁게 달아올랐다. 그것은 이대로는 결코 죽을 수 없다는 죽음보다 더한 세철의 신념이었다.

그 뜨거운 용암 같은 신념과 복수심이 존재감을 다시 불러일으켰다. 그것은 오른손이라고 어렴풋이 짐작되는 부분에서부터 불길처럼 달아올랐고, 손이라고 확신을 가졌을 때는 그 손아귀에 쥐어진 물체가 붉은 열기를 온몸에 뿜어 넣었다. 그리고 그것을 시작으로 온몸이 존재를 되찾았다.

그 과정에서 세철은 한 사람의 영상을 보았다. 언젠가 한 번 본 적이 있는 사람. 칼의 주인인 유씨 대장장이의 집에서 환영으로 나타났던 사람. 그리고 칼의 원래 주인이라고 생각되는 사람.

모습은 똑같았다. 육 척을 넘긴 장신에 관운장처럼 휘날리는 길고 검은 수염. 모습이 보이지 않는 검은 얼굴의 한복판에서 빛을 뿜는 패력의 눈. 용의 비늘처럼 번쩍이는 견갑과 흉갑을 비롯한 갑주들. 그리고 그 손에 들려 붉고 푸름한 기운을 동시에 뿌리는 만고신병 혈룡도.

 하지만 칼의 주인은 자신을 바라만 볼 뿐, 지난번처럼 칼을 들어 내려치지는 않고 있었다. 그러나 그렇게 바라보던 모습도 잠시, 서서히 바람에 흩어지는 모래처럼 사라지는 칼 주인의 영상은 어느새 흔적없이 사라졌다. 그리고 세철의 시야는 거짓말처럼 갑자기 현실을 받아들였다.

 투두두두둑.

 떨어지는 빗소리가 귓가에 천둥처럼 들리고 얼굴을 치는 차가운 느낌은 얼음덩이처럼 섬뜩했다. 그렇게 갑자기 찾아온 전신의 감각과 의식은 몸 속에 가득한 열기와 그 표면을 둘러싼 비의 냉기와 살거죽의 고통이 어우러져 끔찍한 고통을 주었다.

 세철은 이를 악물어 떨면서 고개를 옆으로 돌렸다. 자신이 누워 있는 곳은 커다란 참나무 둥치가 옆으로 보이는 바닥이었고 등에 닿은 바닥은 낙엽이 쌓여 있는 부엽토였다. 그 위에 자신의 몸이 누워 있는 것이었다. 폭발의 중심에서 얼마나 벗어난 것인지도 알 수 없었고 누워 있는 몸이 성한 것인지도 알지 못했다.

 하지만 세철은 몸을 움직였다. 온몸에 힘을 주고 일으키다 보면 말을 듣지 않는 곳이 있을 것이고, 그러면 고장난 곳이 어떤 곳인지와 얼마나 운신을 할 수 있는가 역시 바로 알게 될 것이다. 지금은 그래야만 하는 때인 것이다.

 “끄으응.”

 상체를 일으키는 세철의 입에서 된 신음 소리가 용쓰는 것처럼 흘러나왔다. 잔뜩 일그러진 미간에서는 고통스런 기운이 역력했고, 땅을 짚는 두 팔은 힘없이 후둘댔다. 그렇게 힘겹게 몸을 일으킨 세철은 온

몸이 질러대는 비명에 정신이 아득해졌다. 그러나 머리를 들고 가슴을 세워 큰 숨을 들이마셨다.

"후욱."

가슴과 하복부가 터질 것만큼 가득 숨을 들이마신 세철은 그 차가운 숨으로 몸속의 열기를 뒤섞었다. 차분히 조밀하고 세밀하게, 온 전신의 구석을 누빈 숨을 거두어 다시 복부에 모았다. 그리고 탁하고 뜨거운 그 숨을 길고 깨끗하게 내뱉었다.

"휘이이."

내뱉은 숨과 함께 전신의 열기가 서서히 가라앉았다. 직후엔 의도적인 호흡이 아닌 평숨으로써 연속해 몸속의 열기와 진탕을 다스렸다. 그리고 그와 함께 몸을 일으켜 세웠다.

뻐걱대는 소리가 전신에서 울려 나오는 것만 같았다. 후끈한 통증 역시 어디랄 것 없이 사방에 가득했다. 하지만 세철은 몸의 고통을 무시하고 외면했다. 천행인지 부러진 곳도 없었고 지금 당장 움직이지 않는 부분 또한 한군데도 없었다. 다만 물먹은 솜처럼 무거운 몸과, 자꾸만 흐릿해지는 정신과 시야가 문제였다. 그러나 그것조차도 무시할 수밖에 없는 것은 지금처럼 저렇게 기척을 내며 다가서는 녹의의 무리들이 있기 때문이었다.

흐트러지는 정신을 부여잡은 세철은 비 내리는 하늘을 올려다보았다. 높이 자란 거목들의 사이로 보이는 하늘은 여전히 어둡기만 했다. 하지만 세철은 느낄 수 있었다. 이제 곧 날이 밝으리란 걸. 그리고 그 시간은 한 시진이 조금 넘게 남았을 뿐이란 것도.

고개를 내린 세철은 기척을 죽이며 다가오지만, 그 기척을 여실히 알려주는 녹의인들 쪽으로 시선을 던졌다. 그리고 가만히 혈룡도를 고쳐 잡으며 참나무 둥치에 몸을 기댔다. 그렇게 나무와 한 덩어리가 된 것 같은 세철의 앞으로 한 사내가 모습을 드러냈다.

극도의 조심성으로 숲의 고목을 돌아 나타난 녹의인은 칼을 앞으로 내민 모습이었다. 밤을 새운 발길은 무거웠으며 전방을 둘러보는 눈길에는 꺼려지는 두려움이 가득했다. 그런 사내의 눈이 천천히 돌아와 세철이 등을 기대고 서 있는 참나무 고목을 발견하고 흠칫, 걸음을 멈췄다.

순간, 사내의 두건 속 눈이 커지며 온몸이 굳어버렸다. 연이어 두건 속의 가려진 입이 제 동료들을 향해 소리치려는 순간, 세철의 발이 기대던 나무를 밀며 몸을 날렸다. 그렇게 두 팔을 앞으로 내민 손끝에는 혈룡도가 잡혀 있었고, 붉은 그 날은 사내의 목줄기를 꿰뚫어 버렸다.

"거억!"

괴상한 기음을 낸 녹의인이 제 손의 칼을 놓치며 두 손으로 혈룡도를 부여잡았다. 하지만 예리한 신병의 날에 손가락이 베어지며 손바닥이 벌어지고, 그 순간 사내의 목을 한 바퀴 휘감듯이 돌아 뽑힌 혈룡도의 뒤로, 사내의 목도 빙글 솟구치며 떨어져 나갔다.

세철은 떨어진 사내의 목에는 시선조차 주지 않고 숲의 나무들 사이로 천천히 걸음을 옮겼다. 등 뒤로 쓰러지는 시체의 소리는 굵은 빗소리에 섞이면서 들리지 않았고, 가볍게 걷는 세철의 발걸음도 그 안에 파묻혔다. 다만 세철이 열어놓은 감각 속으로 온갖 소리들이 뒤섞여 들려왔다. 그 안에는 사람만이 내는 특유의 숨소리가 비를 타고 분명하게 전해져 왔다.

걸음을 걷는 세철은 삼십여 개로 추정되는 그 숨소리들을 찾아서 자신이 먼저 움직였다. 그리고 물결 사이를 거스르는 잉어처럼 유연하게 비 내리는 산의 숲 속을 헤쳐 갔다.

숲의 잔혹극은, 어쩌면 지금부터 들려오는 비명 소리가 그 시발이었는지도 몰랐다.

태산혈풍(泰山血風) 5

사내는 치를 떨었다. 검은 반점이 보이는 턱줄기로는 터진 입술을 타고 핏물이 흘러내렸다. 핏줄기는 흐르는 빗물에 곧바로 씻겨 내렸다. 하지만 사내의 가슴속에 치솟는 분노는 사그라들지 않았다.

발 밑에 죽어버린 시체로 버려진 부하는 가슴이 갈라져 있다. 공포로 부릅뜬 눈은 내리는 빗줄기를 맞으면서도 감기지 않았고 두 손은 벌어지는 제 가슴과 복부를 여미려고 몸통을 미는 모습이다. 그럼에도 불구하고 부하는 죽음을 피하지 못했다. 벌써 이런 주검이 몇이던 가……

하늘은 뚫어진 제방처럼 빗줄기를 뿜어댔다. 계절이 뒤집힌 게 아닌가 여길 만큼 빗줄기는 거세고 굵게, 그리고 줄기차게 내렸다. 흡사 한여름의 장마비처럼 온통 우막(雨幕)으로 뿌려 내리는 비는 무서울 지경이었다. 그렇게 내린 비는 벌어진 부하의 몸속으로 채워지며 핏물을 게워 내었다.

검은 반점 사내는 도마 위에 배를 벌린 생선처럼 죽어버린 수하의 시신에게서 고개를 들었다. 주변은 뿌옇게 막을 친 것처럼 빗줄기가 쉬지 않고 쏟아졌다. 이미 어둠은 푸르스름하게 밀려가고 있었지만, 눈꺼풀을 타고 내리는 빗줄기는 또 다른 어둠이었다. 그리고 그 어둠을 타고 놈은 사냥을 하고 있었다.

전세가 뒤집힌 것이다. 범 사냥을 하듯, 몰이를 하듯 숲을 뒤져 놈을 잡으려던 계획은 이미 오래전에 틀어졌다. 놈은 만폭비전의 연쇄적인 폭발 속에서도 몸을 빼내 살아남았다. 정녕 악귀 같은 놈이다. 그런 미친 범 같던 놈이 빗속에 몸을 숨기고 토끼 사냥하는 여우의 은밀한 발톱처럼 자신들의 등을 할켜대고 있는 것이다.

살아남은 부하가 이젠 몇인지도 파악이 되지 않았다. 암구호로써 위치와 숫자를 파악하려던 시도는 발아래 부하의 시체처럼 놈에게 공격의 기회를 제공했다. 놈은 산을 지배하는 검은 범의 귀신 같았다. 흩어지면 각개격파로써 하나씩 죽어 나갔고 뭉치면 사과껍질을 치는 칼날처럼 외곽을 치고 나갔다.

이대로라면 놈에게 전멸을 당할지도 몰랐다. 아니, 그건 거의 확실해 보였다. 예정대로라면 이미 산등성이로 놈을 몰아야 했다. 거기서 위쪽에 진을 친 대주의 병력과 합세해 놈을 둥글게 몰아넣고 거리를 확보한 뒤 폭전을 쏘아대는 것으로 끝나는 것이었다. 하지만 놈을 몰지 못했고, 지금은 오히려 살아남은 몇몇만이 놈에게 몰리고 있다.

대주 쪽에서도 예상했던 시간을 넘겨 날이 밝아오는 지금은 추측했을 것이다. 그리고 자신들을 찾아서, 아니, 놈을 찾아서 산을 내려올 것이 분명했다. 그러면 전세는 또다시 뒤집힐 것이다. 하지만, 그때가 될 때까지 과연, 견딜 수나 있을 것인지…….

사내는 부하의 시신 앞에 꿇었던 왼 무릎을 세우며 몸을 일으켰다. 곧바로 땅에 박혀 묻어나온 칼끝의 흙물을 휘뿌리며 사방을 돌아보았다. 그리고 모종의 결심을 굳힌 듯, 거센 휘파람을 힘차게 불어댔다.

휘이익!

소리가 빗줄기에 부딪치며 편향으로 퍼져 나갈 때, 연이은 사내의 고성은 뒤를 받치듯 터져 나왔다.

"십자진(十字陣)으로 모여라!"

소리에 대한 반응으로 숲의 곳곳에서 몸을 드러낸 불분명한 모습들이 검은 반점의 사내를 향해서 모여들었다. 빗속에 가려진 형체와 두건은 모습을 분간할 수 없었지만, 사내가 서 있는 중심으로 모여들면서도, 사방으로 돌아보는 고개짓들은 조급하고 불안한 기색이 역력했다. 그렇게 앞서거니 뒤서거니 숲의 사방에서 나타난 녹의인들은 수는 모두가 아홉 명이었다.

검은 반점의 사내는 모여든 수하들의 몰골과 아홉밖에 세어지지 않는 숫자를 헤아리며 떨리는 입을 열었다.

"이것밖에 안 남았나? 모두가, 모두가 죽었단 말이냐?"

사내의 자문 같은 말에 녹의인들은 고개를 숙이고 시선을 외면했다. 그들조차도 아홉밖에 남지 않은 이 현실이 거짓 같고 끔찍하기는 마찬가지였다.

검은 반점 사내는 터진 입술을 더욱 짓씹었다. 맞서 싸우던 부하들까지도 함께 폭사시키며 잡으려 했던 놈이었다. 하지만 놈은 잡히지 않았고 부하들만 죽어 나갔다. 그리고 그런 놈에게 이젠 남은 부하들마저 도륙되고 있었다. 놈을 잡아야 했다. 무슨 일이 있어도.

사내는 눈앞에 선 부하들을 보며 뼈를 갈아마시듯이 얘기했다.

"십자진을 잡고 숲을 관통해 오른다! 그러면 대주의 병력과 만나게 될 것이다! 그러면 그때! 놈을 찾아서 사지를 찢어 죽인다! 가자!"

사내의 선도로, 살아남은 아홉의 녹의인들은 사내의 등 뒤로 셋이 종(縱)으로 서고, 그 중심의 좌로 셋이, 또 우로 셋이 선 십자의 진형으로 발길을 옮겼다. 서로가 서로의 측면과 배후를 살펴주고 외곽의 공격이 있을 시엔 흩어져 일자나 원형의 진으로 상대를 압박하는 공수의 진이었다.

하지만 빗속의 조문객(弔問客)들처럼 숲을 걸어가던 녹의인들의 발길은 얼마가지 않아 우뚝 멈춰 섰다. 이유는, 그들이 진행하던 숲길의 한복판에 버티고 선 커다란 고목과, 그 아래 등을 기대고 주저앉은 한 명의 사내 때문이었다.

갈 길을 막고 앉은 사내는 벌거벗고 있는 맨몸이었다. 그리고 언뜻 보기에도 죽은 것이 분명했다. 그러나 이 산속에서 저런 모양으로 죽어 있을 사람은 그들의 기억 속엔 없었다. 있다면 오직 하나, 그들이 쫓는 그놈이거나 바로 자신들뿐이었다.

결론은 바로 나왔다. 놈이 죽지 않았으니 저렇게 죽을 자는 녹의인들 자신의 무리뿐이었다. 거기에다 그렇다고 확인하듯이 말해 주며 모습을 보인 저 칼은, 저렇게 이름 모를 나무에 제 몸을 박고서 비를 맞고 있을 칼이 아니었다.

주저앉아 등을 기대고 죽은 자의 머리 위, 나무에 몸을 박은 붉은 칼은 그들이 손에 넣고자 애쓰던 혈룡도가 틀림없었다. 그러나 저 칼은 여지껏 손에 쥐고 휘두르던 놈이 따로 있었다. 놈은 그 칼로 동료들의 몸통을 마구 그어 내렸었다. 그 칼이 지금 다시 눈앞에 나타난 것이다.

저렇게 임자없는 물건처럼 버려진 듯이.

발길을 멈추고 칼과 시체를 바라보던 점박이사내는 갑자기 급살을 맞은 것처럼 어깨를 떨었다. 그런 사내의 이상 행동에 뒤따르던 부하들의 시선이 경직되어 모여들었다. 그리고 사내처럼 칼과 시신(屍身)을 번갈아 보던 눈으로 사내를 다시 바라보았을 때, 해쓱하게 질린 낯빛의 사내가 천천히 뒤를 돌았다.

점박이사내의 시선은 십자진의 맨 끝, 유난히 체구가 두드러져 보이는 장신의 녹의인을 바라보았다. 그리고 두 사람의 눈이 마주쳤다.

"모두 흩어져!"

절규처럼 점박이사내가 소리친 것은 그때였다. 하지만 뒤돌아 자신들을 마주 보는 상관이 지르는 소리가 무엇을 뜻하는지 감지하기도 전에, 등 뒤로부터 몰아치는 살인 태풍은 그들의 몸을 휘감았다.

쉬에에에엑!

맨 뒤에 섰던 장신 녹의인의 손에 들린 환두직도가 앞선 자의 머리 끝을 중심으로 수직의 직선을 그어 내렸다.

좌우로 쪼개지는 그 몸을 뚫고 나온 칼날이 위로 되솟구치며, 그 앞에 선 자의 사타구니부터 역으로 재차 갈라 올렸다.

슈거억!

그 몸조차 두 개로 나눠질 때, 칼 쥔 장신사내의 몸이 우측을 횡으로 돌며 칼을 그었다.

쉬피잇!

칼날에 걸린 한 사내의 허리가 갈라지고 그 옆 사내의 칼 든 팔이 떨어져 나가며 비명이 터져 나왔다.

"으허억!"

그리고 그렇게 잘린 팔로 피 뿌리는 사내를 향해 다가선 장신사내가 사선의 칼날을 어깨에 박아 넣었다.

“크어억!”

팅!

어깨를 가르며 내리던 칼날이 가슴에서 걸리며 도신이 부러져 버렸다. 하지만 그 순간 장신사내의 왼손 평수가 두 눈 부릅뜬 사내의 복부를 강타했고, 뒤로 터지듯 날아가는 사내의 입에서는 핏줄기가 뿜어져 나왔다. 그리고 제 앞으로 날아오는 동료의 신형을 피하려는 또 다른 녹의인의 안면에, 어느새 솟구친 것인지 장신사내의 나무 기둥 같은 무릎이 떠오르며 아래턱을 쳐올렸다.

버걱!

두 발이 땅에서 떠오르며 뒤로 날듯이 넘어가는 사내의 신형 위로, 무릎을 차올린 장신사내의 신형이 위로 겹치며 팔꿈치를 찍어 내렸다.

퍼억!

뒤로 넘어가던 사내의 몸은 누운 자세로 그대로 땅에 처박혔고, 타격의 탄력을 받은 장신사내는 둥글게 만 몸을 앞으로 돌리며 공중제비를 돌았다. 그리고 그 발이 땅에 닿자마자 뒤를 향해 되튕기듯 벼락처럼 터져 나왔다.

“이노옴!”

그 순간 고성과 함께 허공으로 솟구쳐 오른 점박이사내가 두 손을 치켜 올렸다. 치켜 올린 손에는 직도가 잡혀 있었고, 그 칼날을 빗속에 마찰시키며 뇌전처럼 그어 내렸다. 그 은빛 빠름은 빗줄기 속에 떨어지는 낙뢰 같았고 살벌한 푸르름은 달리는 장신사내의 머리 위로 떨어지는 유성 같았다.

그 순간에 달리던 장신사내의 주먹 쥔 두 손이 머리 위를 향해서 각기 터져 나갔다.

파팡!

올려치고 돌려 친 두 주먹에 도면을 강타당한 칼날이 조각조각 부서지며 은빛으로 휘날렸다. 그와 동시에 떨어져 내리는 점박이사내의 정강이를 수평으로 그어 돌려 찬 오른발이 삿대처럼 후려갈겨 버렸다.

뿌걱!

"으하악!"

발이 땅에 닿기도 전에 정강이를 강타당한 점박이사내의 몸이 휘리릭 돌아가며 바닥에 떨어졌다. 그러나 터지는 비명보다도 더욱 끔찍한 것은, 옆쪽으로 꺾어져 튀어나온 두 다리뼈와, 옷가지와 근육에 붙어 덜렁대는 기괴한 다리의 모습이었다. 그 흔들림은 발광하며 땅을 구르는 사내의 몸짓에 따라 더욱더 참혹하고 비참해 보였다.

장신사내는 몸을 멈췄다. 녹의 두건 쓴 얼굴은 볼 수 없었지만, 그 두 눈에서 흘러나오는 냉기 찬 무감정은, 버러지처럼 용을 쓰는 점박이사내의 모습을 내려보고 있었다. 그리고 사내는 다시 시선을 돌렸다. 그 시선이 향한 곳은 순식간에 벌어진 목전의 상황에 칼끝만을 앞으로 내밀어 떨고 있는 나머지 사 인의 녹의인들이었다.

그들을 바라보던 장신사내가 두건을 벗어 던졌다. 그리고 몸을 덮은 녹색의 무복도 사정없이 찢어발겼다.

찌이이익!

살아남은 자들은 그제야 사내의 진면목을 볼 수 있었다. 그저 한 마리 미친 흑범이라고밖에 생각되지 않는 냉철한 그 흉포함과, 그 안에 내재된 잠든 화산 같은 엄청난 분노를 머금은 검은 사나이를.

옷을 찢어낸 세철은 칼을 겨누고 슬금슬금 뒷걸음질치는 네 명의 녹의인을 바라보았다. 하지만 전의를 상실하고 뒷걸음하는 그들에게 소리친 자는 발광하던 점박이사내였다.

"도망가! 병신들아! 놈의 소재를 알려!"

그 비명 같은 고함 소리에 퍼뜩 정신이 깬 듯, 네 명의 사내들은 귀신처럼 뒤를 돌아 뛰기 시작했다. 비단 뛸 뿐만 아니라 각기 다른 방향으로 흩어지며 방위를 분산시켰다. 하지만 그 순간 무감정한 냉기만을 뿌리던 세철의 두 눈이 빛을 내며 새파랗게 물들어갔다. 곧바로 검은 바람 같은 몸은 빗줄기를 치며 달려나갔다.

첫 번째로 뒤를 잡힌 자는 맨 우측으로 뛰던 자였다. 벌어졌던 거리를 귀신처럼 좁힌 세철의 손은 사내의 뒷목을 움켜잡았다. 사내는 놀랄 사이도 없었다. 그렇게 잡은 사내를 달려나가는 힘 그대로 밀어 전방의 측면에 선 고목의 몸통에 박아버렸다.

퍽!

나무에 부딪친 세철의 손 안에서 사내의 머리가 터져 나갔다. 피와 뇌수가 터지는 그 순간에, 사내의 손에 잡힌 칼을 빼내며 미끄러지는 사내의 등 쪽으로 돌면서 칼을 집어 던졌다.

씨이잉!

소리 내는 칼이 회전하며 숲을 날았다. 그렇게 날아간 칼은 맨 좌측으로 뛰던 자의 등을 치면서 몸통을 박았다. 홀쩍, 뛰어오르는 것처럼 몸을 뒤튼 사내의 몸이 앞으로 고꾸라졌다. 그 순간에 세철의 몸은, 어느새 중앙의 우측으로 달리던 또 한 사내의 등을 보고 떨어져 내렸다.

휘이잉!

도망치는 사내 측면의 나무를 차며 커다랗게 돌아 찍히는 검은 쇠장

대 같은 세철의 발에서 바람 소리가 일었다. 발끝은 호미처럼 각을 지어 아래로 향했고, 그 발이 찍어버린 등에서는 기음(奇音)이 터졌다.

쩍!

심하게 뽀개지는 소리와 같이 사내가 바닥으로 거꾸러졌다. 안면부터 땅에 처박힌 사내는 비명도 없이 즉사해 버렸다.

튕겨올랐다 옆으로 틀어진 사내의 입에서는 피가 흘렀고 가격이 있었던 등허리의 모양은 움푹 들어간 형상이었다. 그 안에 짧은 순간 빗물이 고였다.

세 번째 사내마저 처치한 세철은 마지막 사내의 등을 보며 다시 달려나갔다. 사내는 이미 십여 장을 앞서고 있지만, 세철은 전력으로 달렸다. 그리고 주력(走力)의 전세는 곧 역전되었다.

달리는 사내의 등 쪽으로 순식간에 접근한 세철은 사내의 옆쪽을 스치며 오히려 앞서 나갔다. 그러나 곧 그렇게 앞지른 몸이 사방에 수두룩한 나무 중 하나의 밑등을 걷어차며 뒤로 돌았다. 그리고 그렇게 돌아서 달려드는 세철을 본 사내가 괴성을 질렀다.

"으아아아아아!"

미친 듯이 소리치는 사내는 마치 충돌을 하기 위한 것처럼 마주 달려드는 세철을 향해서 칼을 휘둘렀다. 그리고 칼이 세철의 머리와 목어림으로 떨어지는 그때, 달리던 오른발을 내밀어 땅에 박듯이 쑤셔 넣은 세철이 왼손을 뻗어 사내의 칼 든 손목을 붙잡았다. 동시에 나간 오른손은 사내의 멱을 움켜쥐었다. 그리고 뒤에 받친 왼발을 돌려 거두어 사내의 하반신 앞에 무릎을 낮추며, 몸을 빙글 돌렸다. 그렇게 도는 순간 붙잡은 두 손을 전방의 아래로 뿌려 넣었다.

휘리릭!

마치 세철의 등에 업혀 타 넘는 것 같은 형상이 된 사내의 몸이 전광 같이 돌아가며 땅에 머리를 처박았다.

퍼어억!

반쯤 파들어 간 머리통이 꺾어지며 파쇄음이 들렸다. 허리 역시 꺾어져서 사내는 새우처럼 쓰러졌다. 너무도 간단한 죽음이었고, 그 과정의 신속함은 눈으로 보고도 믿기 어려웠다. 끝내, 마지막 사내까지도 모두 처치한 것이다.

그렇게 기괴한 형상으로 사람을 땅에 던져 죽인 세철의 얼굴은 처음과 변함없었다. 죽음을 보는 시선 또한 여전히 차갑기만 했다. 그런 시선과 발길을 돌려 세철은 처음의 그 자리로 향했다.

고통에 일그러진 시선으로, 돌아오는 세철을 바라보는 점박이사내는 그대로였다. 여전히 분노에 찬 얼굴이었고 경악해 마지않는 눈빛이었다. 하지만 움직일 수 없는 두 다리를 끌며 뒤로 기는 사내의 모습은, 이끄는 자의 위엄이 사라진 낡은 두려움이 어려 있었다.

세철은 두려움과 분노가 뒤섞인 복잡한 눈빛의 사내를 가만히 내려다보았다. 그리고 뜬금없이 물었다.

"저 칼이 그렇게도 갖고 싶으냐?"

세철의 느닷없는 질문에 사내의 시선이 혈룡도가 박힌 고목으로 돌았다. 고통으로 찡그려진 얼굴은 곧 다시 돌았고, 사내는 세철을 보며 입을 열었다.

"그게 아니면! 이 꼴로 이렇게 이곳에 있지도 않았겠지! 으윽!"

말끝에 느낀 통증 탓인지 사내는 점 박힌 얼굴을 흉하게 일그러뜨렸다. 하지만 그 얼굴을 무덤덤하게 내려다보는 세철은 감정없는 목소리로 다시 물음을 던졌다.

"그래서 아무 상관 없는 사람들을 그렇게 무차별로 죽인 건가?"

찡그리던 사내는 그때서야 의아한 눈길로 세철을 바라보았다. 그리고 되물었다.

"그렇지 않으면? 원하는 것을 얻기 위해 강제력을 쓰는 건 무림의 생리가 아닌가? 그렇지 않고 칼을 얻을 방법이 있을 수 있겠나?"

세철은 사내의 반문하는 얼굴을 말없이 바라보다 가만히 고개를 끄덕였다.

"그렇군. 너희에겐 그럴 만한 힘이 있어 보이니까. 그리고 힘있는 자는… 아무렇게나 해도 되겠지!"

빗소리에 섞일 만큼 낮게 이야기한 세철은 천천히 몸을 돌렸다. 그리고 고목을 향해 걸어가서 혈룡도를 뽑아 들었다. 박혀 있던 혈신이 빠져나오며 요사한 빛을 뿌렸다. 그렇게 귀기 서린 듯한 칼을 들고 세철이 다시 사내에게로 다가갔다.

"어, 어쩔 셈이냐?"

본능적인 위기감을 느낀 사내는 말을 더듬었다. 하지만 세철은 사내 앞에 다가서 한쪽 무릎을 땅에 대며 천천히 얘기했다.

"단지 이런 걸 가졌다고 해서……."

세철의 손에서 혈룡도가 빙글 돌려졌다. 그리고 말은 계속 이어졌다.

"너희 같은 놈들에게 죽임을 당한다면 너무 억울하지. 안 그래?"

"그, 그거야……."

"그런 억울함은 누구에게나 찾아올 수 있는 거야. 바로 지금 너처럼."

문득, 점박이사내는 내리는 빗물이 더욱 차갑게 닿는다고 생각했다.

그리고 검은 사내가 다시 말하는 낮고 흐릿한 음성에서, 죽음의 오한을 전신으로 직감했다.

"하지만… 너 같은 경우는 억울하다고 말해선 안 될 거야. 결코!"

피잇!

혈룡도가 점박이사내의 왼 가슴에 몸통을 박았다.

"허억!"

전율 같은 경련을 몸에 두른 사내가 천천히 제 가슴을 내려다보았다. 그 모습은 마치 어릴 적 뒷간 아래 어둠을 내려다보는 두려움과 호기심이 혼재된 듯한 그런 얼굴이었다. 그리고 고정된 시선에서 피어오르는 고통과 공포가 물결처럼 얼굴에 번질 때, 칼을 잡은 세철의 손은 혈룡도를 잡아 뽑았다.

푸휘이익!

벌어진 왼 가슴의 상처에서 뿜어지는 피가 내리는 비를 거스르며 높이 치솟아올랐다. 그리고 그 붉은 피를 바라보던 점박이사내의 신형이 천천히 뒤로 넘어갔다.

눈은, 아직도 솟구치는 제 피를 바라보았고, 두 손은 부들대며 올라가 벌어진 상처를 덮어 눌렀다. 하지만 벌어진 입에서 새어 나온 뜨거운 숨은 더 이상 계속되지 않았고 빗물만 고이는 그 입 아래 가슴 위의 두 손은 천천히 미끄러졌다. 마치 처음 올라갈 때처럼.

사내의 마지막을 지켜본 세철은 천근 같은 몸을 일으켰다. 전신을 치는 차가운 비는 후끈한 뭉치의 감각으로 느껴졌고 긴장이 풀린 시야는 자꾸만 흐려져 갔다. 이대로 주저앉고만 싶었다. 더 이상 아무것도 신경 쓰고 싶지 않은 심정이었다. 손가락 하나하나에 만근의 추를 매단 것만 같았고, 땅바닥에 붙은 발은 점점 더 밑으로 늪처럼 빠져드는 것만 같았다.

하지만 세철은 칼을 보며 이를 악물었다. 위험은 아직 코앞에 있는 것이다. 그들은 악랄하고 집요하며, 또한 대단히 위험했다. 그런 자들이 아직도 산에 개미처럼 깔려 있는 것이다. 어서 빨리 움직여야만 했다.

세철은 무거운 발길을 돌려 걸음을 옮겼다. 그리고 약속한 사람들이 있는 장소를 향해서 숲을 가로질렀다. 언제나 그렇듯이 그의 뒤에는 시체만이 남았고, 피는 빗물과 섞이면서 땅속으로 깊이깊이 스며들어 갔다.

아주 넓고도 깊숙하게.

퍼붓는 것처럼 내리던 이상한 계절의 비는 거짓말처럼 그쳤다. 여전히 하늘은 잿빛으로 어둑했지만 어둠이 물러간 광명의 시간은 산속을 뒤늦게 고루 밝혔다. 그리고 그 산속을 녹색 옷 입은 무리들이 짐승처럼 누볐다.

무리들이 발견한 시신은 처참했다. 숲의 곳곳에 빠짐없이 쓰러져 있는 시신들은 성한 것이 하나도 없었다. 어떤 것은 머리가 쪼개지고 또 어떤 것은 반동강이로 허리가 잘려 바닥을 굴렀다. 그런 동료들의 시체를 헤치며 녹의인들은 치를 떨었다. 그러나 다른 무엇보다도 더욱 치떨리는 것은, 칠십을 넘는 인원 중에 단 한 명의 생존자도 없다는 것이었다.

그렇게 진저리 치고 경악하는 무리 중에 움직이지 않는 자가 있었다. 사마귀처럼 기다랗고 뾰족한 턱을 가늘게 떠는 사내. 그 사내는 발치에 누워 있는 시체를 보며 길고 무거운 숨을 내쉬었다. 사내의 시선이 가는 곳에는 심장이 갈라진 채 죽음을 맞은 점박이사내가 누워 있었다. 눈은 아직도 감기지 않아 하늘을 보고 있었고 벌어진 입 안에는 고인 빗물이 출렁였다.

사마귀 턱의 사내는 벌려지지 않을 것 같은 입술을 떼며 고요히 중얼거렸다.

"어쩌면 범 꼬리를 붙잡았는지도 모르겠구나……. 우리가……."

의미 모를 소리의 여운이 꺼지기도 전에 사내는 등을 돌렸다. 비감 어렸던 눈빛은 사라지고 살기 가득한 눈길만이 다시 앞을 보았다. 그런 사내의 앞으로 한 녹의인이 급하게 뛰어왔다.

"전갈입니다! 대주!"

제 앞에 다가온 녹의인을 보며 사마귀 인상의 사내는 물었다.

"우천(雨天)으로 전서구(傳書鳩)도 오지 않았을 텐데 무슨 전갈이란 말이냐?"

"인편(人便)으로 직접 온 전갈입니다!"

녹의인이 건네는 것은 작고 동그란 죽통이었다. 사내는 그걸 받아들어 뚜껑을 열고 작은 종이를 꺼냈다. 종이가 전하는 내용은 간단했다.

철수.

태산삼신 출현.

종이를 내려다보던 사마귀 인상 사내의 눈이 째질 듯 치켜 올라갔다. 그리고 잠시 동안 종이 쪽지만을 내려다보며 아무 말도 하지 않았다. 그렇게 미동 없던 사내가 문득 고개를 치켜들었다. 곧바로 나온 커다란 소리는 산의 곳곳을 누비던 녹의인들의 귀로 명확히 퍼져 나갔다.

"철수한다! 동료들의 유류품을 챙겨라!"

소리친 사내는 미련없이 걸음을 옮겼다. 그런 사내의 뒤로 죽은 수하의 시체가 멀어져 갔다. 하지만 사내는 미련을 두지 않았고 다른 녹의인들도 마찬가지였다.

그렇게 그들은 동료들의 시체를 버려두고 철수를 했다. 그것이 당연한 이유는 그들 모두가 알고 있었다.

왜냐하면, 그들이 속한 곳은 중원 십팔만 리의 모든 산을 지배하는, 녹림연합이었으니까…….

*   *   *

동굴은 생각보다 크고 넓었다. 관목들로 가려져 있었고, 지렛대가 숨겨 끼워진 자그마한 바위가 막았던 입구는 오소리 굴 같았지만, 그 내부는 다관의 실내를 옮겨놓은 것처럼 넓고 이늑했다. 하지만 암반으로 이루어진 동굴 특유의 냄새는 코를 자극했고 어두운 안쪽의 구석은 축축하고 눅눅했다.

동굴은 통풍도 가능한 구조였다. 엇갈려 몸을 맞댄 거대한 암반들은 천장을 이루었고 그 틈 사이로 외부 공기가 유입되며 빗물이 떨어져 내렸다. 그렇게 떨어진 물이 오랜 세월 바닥 암반을 파내고 작은 웅덩이를 만들었다. 물은 비가 내릴 때마다 넘쳐 나며 새 물을 받아 고이는 듯했다.

세철은 눈에 익은 동굴의 어둠과 정경을 보다가 문득 여인을 돌아보았다. 여인은 아직도 어둠이 눈에 익지 않은 듯 가만히 계집애를 끌어

안은 모습이었다. 하지만 이 동굴은 **여인**의 안내를 받아온 곳이었다.

세철이 돌아와 고목의 껍질을 들어냈을 때, 여인은 세철의 흉악스럽게 상처 입은 몰골과 지친 눈빛을 보며 숨을 곳이 있다고 말했다. 그 즉시 두 사람을 다시 안은 세철은 이곳으로 달려온 것이다.

그렇게 찾은 동굴은 정말 교묘했다. 외부는 커다란 고목들로 둘러싸여 보이지 않고, 고목들의 안쪽은 나무들이 자라지 않는 암반이었다. 그리고 그 사이에 흔적없이 숨겨진 작은 입구.

"이런 곳을 어떻게 알았소?"

세철의 물음에 어두운 사방을 분간 못하는 여인이 좌우로 두리번거렸다. 세철은 다시 물었다.

"사람이 있던 흔적이 있는데 원래 알았던 곳이오?"

다시 들려온 목소리에 방향을 잡은 여인이 세철 쪽을 보며 얘기했다.

"어렸을 적 처음 이 산에 들어와 부모님과 살던 곳이에요……."

말을 하는 여인의 눈은 초점이 없었지만, 어둠 속에서 스스로 빛을 낸다는 야명주처럼 반짝거렸다. 그 눈을 바라보는 세철의 질문은 또다시 나왔다.

"부모님과 동굴에서 살았단 말이오?"

여인은 질문에 대한 답이 아닌 다른 소리를 했다.

"안쪽에 짚과 싸리나무가 있을 거예요."

불을 붙이란 소리였다. 그 얘기에 반사적으로 고개를 돌린 세철의 눈에 검은 무더기가 저만치 벽 쪽으로 보였다. 옆쪽으로도 그보다 작고 검은 물체들이 보였지만 무엇인진 확실치 않았다.

세철은 잠시 망설였다. 하지만 여인의 대답은 망설임을 지워 버렸다.

"밖에선 불빛이 보이지 않아요."

바로 몸을 일으킨 세철은 검은 무더기로 다가가 손을 갖다댔다. 표면에 만져지는 것은 역시 생각한 대로 검은 보자기였다. 그걸 치워내고 짚과 섞인 싸리나무 가지들을 한아름 집어 들었다. 그리고 중앙으로 가져다 내려놓고 찢어진 바랑 속에서 부시를 찾아 튀겼다.

탁. 탁. 탁.

소리와 함께 튀는 불꽃이 동굴의 음영을 잠깐씩 드러냈다. 그리고 세 번 만에 지푸라기로 불을 붙이며 어둠을 밀어냈다.

불길은 금세 일었다. 정갈히 손질해 말려 보관했던 것이 틀림없는 싸리나무는 불땀 좋은 화력으로 타올랐고, 그 기초가 되어준 짚 역시도 건조한 제 몸을 살랐다. 하지만 그 불을 보고 세철은 분명히 느낄 수 있었다.

말린 싸리나무와 건초가 보관된 동굴. 이곳은 준비된 장소가 틀림없었다. 무엇 때문인지는 모르지만, 아주 오래전부터 사람의 손길을 받은 것이 분명했다. 불길이 일어나도 연기를 피우지 않는 싸리나무. 그것 한 가지만 보아도 모든 것은 유추되었다. 이곳은 위험을 피하는 대피 장소였다.

불길을 돋우는 세철의 맞은편으로 아이를 안고 다가온 여인은 걷어낸 검은 천을 바닥에 깔고 계집애를 눕혔다. 빗속의 추위와 공포로 젖었던 계집아이는 새우처럼 몸을 말고 잠든 모습이었다. 하지만 꿈속에서조차 춥고 무서운지, 조여 안은 작은 두 손으로 감싼 어깨가 계속해서 떨렸다.

아이의 흐트러진 머릿결을 가만히 쓸어 올리던 여인이 다시 입을 열었다.

"처음 이 산에 온 것이 우리 미령이만할 때였어요."

세철이 다시 묻지 않았지만, 그저 남의 애기하듯 잔잔하게 꺼낸 여인의 이야기는 계속되었다.

"먼 친척 중에 조정의 고관이 있었는데 역모로 몰려 참살당했죠. 아버지는 지방 관아의 하급 관리였지만 그 소식을 듣자마자 밤을 새워 도망을 했습니다……. 그 친척은 아버지조차 얼굴을 본 적이 없는 사람이었어요."

여인은 머리를 쓸어 올리던 딸에게서 눈길을 돌려 온기와 빛을 제 몸으로 태워내는 불 속으로 시선을 주었다. 그 눈은 기복없는 목소리와 달리 아련한 회상에 젖는 것 같았다.

이윽고 여인은 또다시 입을 열었다.

"그렇게 목숨을 걸고 도망쳐 온 곳이 이 산이었어요. 그리고 이 동굴을 발견했죠. 이곳은 세상에서 숨어야 했던 도망자에겐 천행이었지요……. 이 속에서 사 년을 부모님과 살았어요."

이야기를 듣는 세철은 그저 싸리나무 가지를 올리며 불기운을 더할 뿐 말이 없었고, 잠든 계집아이는 온기가 몸을 파고든 듯 더 이상 떨지 않았다. 하지만 여인은 계속 이야기했다.

"영산인 덕분에 관의 기찰은 없었고, 참배객들을 상대로 아버지는 허름한 다관을 시작했지요. 하지만 언제나 불안을 떨치지 못했고 저희 가족은 항시 이곳으로 올 준비를 마련해 두었었습니다. 그리고 그건… 부모님이 돌아가신 이후에 저 역시 그래왔습니다."

불을 보며 혼자처럼 말하던 여인은 제 다리를 베고 잠든 계집애의 이마를 쓰다듬으며 가는 음성으로 말하고 입을 다물었다.

"그렇게 살 수밖에… 없었지요."

여인은 희고 가는 손으로 소중한 보석을 더듬듯이 계집애의 얼굴을 쓰다듬었고, 맞은편에 앉은 세철은 시종일관 불만을 바라볼 뿐 말이 없었다. 그렇게 앉은 두 사람의 사이에 있는 싸리나무 불 더미에서 탁! 탁! 하고 불씨가 튀어올랐다.

튀어올라 명멸하는 작은 불꽃을 보던 세철이 불현듯 입을 열었다.

"그자 말이오."

아이를 쓰다듬던 여인의 손길이 한순간 멈칫, 정지했다.

세철은 다시 말했다.

"복수를 해줬다는 그자 말이오."

제 딸을 내려다보던 여인의 시선은 천천히 세철에게로 돌았다.

"그자와 어떤 관계요?"

돌려 물을 줄 모르는 세철의 질문은 묘하고도 여러 가지의 의미를 풍겨냈다. 하지만 물어오는 자의 의미는 정확히 전달되고 있었다.

여인 송연주는 두 눈조차 깜박거리지 않은 채 세철의 얼굴을 마주 보았다. 감정이 담겨 있지 않은 것 같은 그 눈은 마주 보는 세철의 눈과 닮아 있는 듯했다. 여인은 그렇게 흔들리지 않는 듯하던 얼굴을 깨고 입을 열었다.

"아무 관계도 아닙니다."

나직하게 대답하는 목소리까지도 무색무취했다. 그러나 갈라지는 음성 끝의 미약한 떨림은 감추지 못했다. 그리고 철귀신 같은 세철은 아무것도 개의치 않는 듯 다시 되물었다.

"아무 관계도 아닌데 느닷없이 나타나서 도와줬단 말입니까?"

송연주는 대답하지 않았다. 그저 가만히 세철만을 바라다 볼 뿐이었다. 하지만, 목상(木像)같이 감정없던 그 하얀 얼굴이, 어쩐지 자꾸만 슬픈 빛으로 물드는 것만 같았다. 점점 더 아프고 깊숙하게.

하지만 세철의 질문은 계속되었다. 마치 심문처럼.

"그자와 닷새를 같이 있었다고 했지요?"

급기야는 홀로 사는 여인에게 치명적일 수 있는, 금기와도 같은 말을 서슴없이 내뱉었다.

"아이 아버지는 누굽니까?"

여자는 후르릇, 소름을 떨었다.

나무토막이나 돌덩이를 던지듯이, 상대를 생각지 않고 툭툭 던져 대는 세철의 물음은 여인 송연주의 가슴에 비수처럼 박혀들었다. 그 때문인지, 슬픈 빛으로 감기던 눈가에는 맑은 이슬이 고이고, 하얗게 탈색된 것 같은 창백한 얼굴에는 두 줄기 샘물이 흘러내렸다.

그 눈을 들어 송연주는 세철을 보며 되물었다.

"물어보고자 했다던 것이 이것이었나요?"

세철은 바로 대답했다.

"그렇소."

여인의 목소리는 커져 나왔다.

"왜지요? 뭘 알고 싶은 거지요? 원하는 것을 알고 난 후에는 어쩔 셈이지요?"

갑자기 반발하듯 되묻는 여인의 질문에 세철은 여인을 보던 돌덩이 같은 시선을 불로 돌렸다. 그리고 잠시 동안 불만을 바라보다가, 또다시 물었다.

"아이 아버지가 누구요?"

여인 송연주는 맥이 빠져나가는 듯, 바라보던 고개를 힘없이 떨구었다. 그리고 가녀린 두 어깨를 애처롭게 떨면서, 소리없이 오열을 했다.

그렇게 오열하는 중에 나온 목소리는 사무치도록 슬프고 서러웠다.

"그건… 나도 몰라요……."

여인의 턱을 타고 떨어진 눈물이 아이의 얼굴로 떨어졌다. 새끼 양처럼 제 어미맡에서 잠든 아이는 아무것도 알지 못했고, 그 어미는 새끼를 보듬으며 아프게 오열했다.

대답을 들은 세철은 우는 여인을 외면하고 몸을 일으켰다. 발걸음은 동굴 중앙에 대야처럼 고인 웅덩이로 향했고, 그 앞에 주저앉아 거침없이 바랑과 웃옷을 벗어제꼈다.

피딱지가 엉겨 붙기 시작한 몸은 끔찍할 정도였다. 원래부터 크고 작은 흉터로 도배를 하다시피 한 몸통에는 성한 곳이 없을 만큼 상처가 가득했고, 특히나 나무판자의 쪼개진 파편 등이 박힌 등 쪽은 처참할 지경이었다.

넝마처럼 너덜대는 상의를 물웅덩이에 담가 휘저은 세철은 상처를 닦아 내렸다. 그 손길을 따라 흥건한 물과 함께 핏물이 흘러내렸다. 등 뒤는 머리 위로 옷을 들어 올려 물기를 짜내 흘렸다. 떨어진 물들이 상처 위를 덮으며 씻겨 내려갔고, 짜릿한 통증이 전신을 엄습했다. 하지만 그때, 머리 위로 들어 짜내던 넝마 같은 상의를 누군가 붙잡았다.

여인 송연주는 사내의 옷을 붙잡아 가만히 빼내었다. 그리고 참혹하기 그지없는 상처를 바라보며 깊은 한숨을 내쉬었다. 손은, 조심조심 상처 위를 쓰다듬듯 씻어 내렸고, 그 위에 박혀 솟은 이물들을 건드릴 때마다, 저도 모르게 손끝을 떨었다.

그때, 갑작스레 들린 사내의 음성은 여인의 혼을 빼놓았다.

"그것들 좀 뽑아주시오."

여인 송연주는 잠시 뒤에 되물었다.

“뽑으… 라구요?”

사내는 천성인 듯 거침없는 대답을 바로 내놓았다.

“내가 준 작은 칼로 상처를 벌려요. 그리고 손으로 잡아 뽑으면 다 뽑힐 거요.”

뒤통수만이 보이는 사내는 또 말했다.

“특히, 어깨에 박힌 화살촉은 많이 벌려야 할 거요.”

송연주는 할 말을 잃고 사내의 등만을 바라보았다. 하지만 핏물이 조금씩 배어 나오는 상처들을 바라보던 잠시 후, 작은 단검을 잡은 그녀의 손은 바르르 떨어가며 세철의 등으로 다가들었다.

불빛을 받은 단검은 유난히 반짝이며 보는 자의 눈을 아프게 했다. 그리고 불가에 남은 아이는, 눈물을 흘려내며 자고 있었다.

5장 철비 철각호(鐵臂鐵脚虎)

　태산에 원인 모를 폭발이 있은 지 보름이 지났다. 산을 보고 놀랐던 사람들은 폭발 뒤에 내린 때 아닌 폭우로 상제의 노여움을 말했고, 수상한 무리들의 움직임을 눈치 챈 약초꾼들은 은밀한 소문으로 서로 간에 확인 안 된 진상을 이야기했다. 하지만 물경 삼백이 넘는 죽음이 있었던 산은 인적이 끊어진 채로 황량함만 더해갔으며, 어느새 바뀐 하늘의 바람은 양광(陽光)의 훈훈함을 타고 천지를 고루 만졌다.

　다관이 있던 폐허의 자리에 쪼그리고 앉은 네 명의 노인들은 불을 피워놓고 있었다. 따뜻한 춘광(春光)이 내리쬐이는 산의 풍광은 한가로웠지만, 잔해만이 남은 다관 앞에 모여 앉은 노인들의 모습은 다분히 이질스러웠다.

　그중, 흰머리에 흰 수염을 기른 선풍의 노인은, 곁에 앉아 불 속을 쑤셔대는 거구의 고슴도치 수염 노인에게 야멸찬 편잔을 주었다.

"야, 미련한 자식아! 자꾸 그렇게 불을 키우니까 고기가 겉만 타고 익지를 않지!"

꼬치처럼 꿴 작은 짐승의 몸통을 한 손으로 들고 돌리던 거구노인은 콧방귀를 뀌었다.

"체, 하는 일도 없으면서 매양 큰소리치는 꼴이라니."

흰머리노인은 곤두선 미간으로 즉각 되받아쳤다.

"이 자식이! 임마! 내가 왜 하는 일이 없어? 이 불도 내가 피웠구만!"

"그거 말고 한 게 뭐 있냐 말요? 있으면 말해 보쇼!"

거구노인은 턱짓으로 비웃적하게 되물었다. 그리고 흰머리노인이 반격할 틈도 없이 곧바로 또 말했다.

"그 많던 시체들도 다 내가 치웠고, 이 토끼도 셋째가 잡았잖수? 우리가 그러는 동안 매일 햇빛만 쪼인 사람이, 참, 염치도 좋구려. 제기랄!"

"이 자식이? 너 심심해지니까 또 한 번 해보자는 모양인데, 그거냐? 그거 맞냐? 그래에! 오늘 어디 나랑 한번 끝장을 보자꾸나! 쌍노무거!"

"헹! 누가 무섭대나!"

"어랍쇼! 이젠 정말 뵈는 게 없다 이거지? 허 참, 기가 막혀서!"

"젠장, 기막힐 일도 드럽게 없나 보네. 허구헌날 꼬투리는."

"에유! 이 싸가지라곤 빈대 간만큼도 없는 자식이 정말!"

흰머리노인은 검지와 중지를 앞으로 내밀어 눈을 찌르는 시늉으로 위협했다. 하지만 재빨리 손을 올린 거구노인 악중산은 손날을 들어 얼굴 앞에 세우며 이리저리 몸을 틀었다.

"그까짓 것 누가 당할 줄 알고?"

"어쭈, 피해보겠다 이거지! 좋아! 그래, 해보자!"

　도무지 나이 먹은 태를 보이지 못하고 있는 두 사람의 어이없는 실
갱이는, 마치 꼬챙이를 들고 찔러보겠다는 아이와, 그걸 피하겠다고 용
쓰는 미련 곰퉁이의 모습처럼 희한스럽기 그지없었다. 그리고 그에 대
한 평가가 틀리지 않았음은, 곁에 앉아 무추름이 보고 있던 두 사람의
대화를 통해서 증명되었다.
　"정말 우리끼리 보고 있기 아깝지요?"
　약장수의 묘기를 감동없이 보는 어른처럼 심드렁하게 얘기하는 사
람은 궁신 김영주였다. 옆에 앉은 도신 최홍결의 눈빛도 그러하기는
마찬가지였다.
　"돈 내고 보래도 보겠구나."
　김영주는 또 말했다.
　"돈 내고 보라면 욕하지 않을까요?"
　최홍결도 또 대답했다.
　"세상에 희한한 거 좋아하는 놈들 많잖아."
　두 사람을 물끄러미 보던 궁신 김영주는 고개까지 끄덕였다.
　"그건 그래요. 그리고 저 두 사람은 보기 드물게 희한하죠."
　하지만 두 사람을 보는 김영주와 달리 최홍결은 다른 것을 보고 있
었다.
　"그건 그렇고, 셋째야."
　"왜요?"
　"저 자식 손에 들린 거 말이다."
　"고기요?"
　"저건 뺏어야 되지 않겠냐? 쟤 다 묻는데."
　최홍결이 가리킨 토끼 고기는 두 사람의 조잡스런 실갱이 속에 이리

저리 불 속과 재 위에서 춤을 추어대는 상황이었다. 그걸 본 김영주는 가만히 눈빛을 빛내고 보다가, 때를 노린 사람처럼 바로 소리를 질렀다.

"아! 그만들 둬요!"

"어?"

"뭐?"

화들짝 놀라 돌아보는 두 사람에 다가든 궁신은 번개처럼 부신의 손에서 고기를 나꿔챘다.

"야! 뭐야?"

"어? 저 자식은 또 왜 저래?"

제 손에서 궁신의 손으로 넘어가는 고기를 보며 부신은 화들짝 소리 쳤고 흰머리노인 독고지명은 동그란 눈으로 쳐다보았다. 하지만 누르 스름하게 잘 익은 토끼 고기를 손에 넣은 궁신 김영주는 도신을 돌아 보며 한가롭게 얘기했다.

"형님, 재는 좀 묻었지만 잘 익었는데요?"

말을 하며 표면을 이리저리 툭툭 털어낸 궁신은 다리 한쪽을 쭉 찢 어서 도신에게 내밀었다. 모락모락 김이 오르는 그것을 받아 들고 아 무 말 없이 한 입을 베어 문 도신은 우물떡우물떡 씹어 넘기며 입을 열 었다.

"노란내는 좀 난다만, 음… 소금 없냐?"

곁에서 다른 한쪽의 다리를 열심히 뜯어먹던 궁신이 대답했다.

"짭잘하구만요 뭐."

"음, 내 입맛이 그런가?"

"정 싱거우면, 소금 드릴까요?"

두 사람의 수작을 불 너머에 앉아서 황망히 바라보던 나머지 두 사람은 줄어드는 고기를 보며 벌컥 소리를 질렀다.

"뭐 하는겨! 시방!"

"아니, 이 자식덜이 우아래도 없이 지덜끼리만 처먹어!"

하지만 개의치 않는 듯 먹는데 열중인 두 사람은 무심하게 외면했다. 그 꼴을 보고 콧김을 뿜어내던 부신은 궁신에게 다시 소리 질렀다.

"야! 고기 안 내놔!"

그제야 빼꼬롬이 고개를 돌린 궁신은 입 안 가득 우물거리면서 슬며시 말했다.

"내놓으라니? 이 토끼, 형이 잡았소?"

"뭐? 이 자식이 치사하게시리!"

"야! 관둬라, 관둬!"

흥분하는 부신을 눌러 앉힌 것은, 금방 전까지 티격대던 독고지명이었다. 독고지명은 희끔하게 흘겨보는 눈길로 두 사람을 바라보며 매운 입을 열었나.

"에라이, 드럽고 치사한 자식들아! 니덜이 지금 일부러 그러는 모양인데, 좋아! 우리도 손 있다고! 야, 곰탱아! 우리도 한 마리 잡아먹자!"

"까짓것 그럽시다! 나도 아니꼬와서 더 이상 안 달랠라요!"

언제 투덕댔는지도 잊고 작반하여 일어서는 두 사람을 보며 궁신은 고개를 가로저으며 낮게 읊조렸다.

"단순하기는……."

그리고 도신은 고개도 들지 않은 채 혼자서 중얼거렸다.

"곰 같은 자식."

하지만 말을 하던 두 사람은 동시에 고개를 들었다. 그리고 여태 하

던 고기 뜯는 일도 잊은 채 한곳을 뚫어지게 바라보았다. 그렇게 바라
보기는 불가를 일어서던 두 사람도 마찬가지였고, 할 말을 잃은 것처럼
네 명의 노인들이 바라보는 저 건너 숲 속에는 사람의 그림자가 나무
뒤로 나타났다.

그림자는 셋이었고, 사람의 형상을 갖춰 숲 밖을 나서는 그들을 보
며 부신은 감탄처럼 입을 벌렸다.

"저 자식! 진짜로 살아 있었네!"

같은 눈길로 바라보는 독고지명도 헛소리처럼 입을 열어 말했다.

"내가… 안 죽었을 거라고… 했잖아. 임마……."

앉아 있던 궁신과 도신도 몸을 일으켰다. 곤두선 눈은 천천히 자신
들 쪽으로 다가오는 세 사람의 형상을 바라보았다.

선두를 걸어오는 검은 청년은 변함이 없었다. 힘이 꿈틀대는 것 같
은 온몸이 그러했고 무쇠처럼 무표정한 얼굴과 그 눈빛이 그러했다.
하지만 겉의 모습은 많이 달라 보였다.

어깨와 가슴을 비롯한 상체의 전부는 찢어진 넝마를 걸친 것처럼 너
덜거렸고, 특하나 잘라 버린 것처럼 사라진 팔과 다리의 옷은 맨살을
바로 드러내 보였다. 그러나 팔다리의 절반을 둘러싼 검은 쇳덩이들은,
역시 보는 이들의 눈길을 잡아끌었다. 그 손에 들린 붉은 광채의 칼 역
시도.

그런 사내의 뒤로 두 인영이 뒤따랐다. 마치 꼬리처럼 따라붙어 불
안한 눈길을 사방으로 내보이는 그들은, 다관의 주인이었던 젊은 여인
과 그 소생인 깜찍한 계집아이였다. 그렇게 폐허로 잔해만이 남은 다
관 앞으로 다가온 그들을 빛나는 눈으로 보며 독고지명이 말을 걸었다.

"오랜만이로구나! 잘 지냈느냐?"

자신을 향한 것임이 분명한 그 말에도 세철은 돌아보지 않았다. 대꾸없는 그 옆얼굴을 보며 흰 수염을 쓸어 당긴 독고지명은 또다시 얘기했다.

"꼬라지를 보아하니 그런 것 같지는 않지만서도, 어쨌든 이렇게 다시 보니 반갑기는 하구나!"

세철은 여전히 폭발로 날아간 다관만을 볼 뿐 말이 없었다. 그 옆에 선 여인 송연주와 계집아이 미령 역시 넋을 잃은 것처럼 다관이 있던 자리만을 바라보았고, 대꾸없는 세철의 태도에 비윗장이 틀렸는지, 처음과 달리 눈썹을 꿈틀거린 악중산이 슬그머니 불퉁스런 소리를 했다.

"야, 이봐라! 어른이 반가워서 물으시면 대답을 해야 할 거 아니냐? 엉?"

그 우렁한 말소리에 처음부터 경계하던 미령과 그 어미 송연주가 풀쩍 놀라 물러나며 서로를 부둥켜안았다. 그리고 여지껏 외면하던 세철이 고개를 돌렸다.

"용건이 뭐요?"

무표정하고 단조로우며 차분한 세철의 대응에 보고 있던 악중산의 얼굴이 조금씩 더 굳어져 갔다. 하지만 흰머리노인 독고지명은 개의치 않는 듯 빙그레 웃어가며 웅대를 했다.

"딱히 용건이랄 게 있나. 하릴없는 늙은이들이다 보니 양지에 앉아 햇빛 바라기를 하는 것뿐이지."

세철은 처음 보았을 때의 느낌처럼 결코 예사로이 보이지 않는 수상한 노인, 독고지명의 눈을 가만히 바라보다가 불쑥, 또 물었다.

"모두 사라졌는데 노인들만 이곳에 있는 이유가 뭐요? 날 기다린 거요?"

세철의 질문을 받은 독고지명은 여전히 웃음 지으며 속으로 생각했
다

'이놈아, 사라진 게 아니라 녹색 옷 입은 놈들에게 죽어 나가고, 그
놈들은 또 네가 도살한 거지!'

하지만 그사이 대답을 하고 나선 자는 뒤틀리는 배알을 참지 못해
수염이 곤두서기 시작한 부신 악중산이었다.

"그래, 널 기다렸다! 그렇지 않았다면 우리가 아무리 할 일이 없어도
그렇지, 보름이나 여기 쪼그리고 앉아서 궁상을 떨었겠느냐?"

불만과 적의가 조금씩 드러나는 부신의 표정을 돌아본 세철은 다시
흰 수염을 가다듬어 내리며 떨떠름한 표정을 짓고 있는 독고지명에게
입을 열었다.

"날 기다렸단 말이지요?"

"어, 그게 실은……."

"내가 다시 올 줄 알았고 내 행적을 뒤쫓았단 얘기군요."

세철의 말에 웃음으로 유들대던 독고지명도 잠시 말문이 막히는지
눈만 멀뚱거렸다. 그때 뒤에 섰던 큰 키의 궁신 김영주가 한 발 나서며
세철에게 말했다.

"주시하고 있었던 건 사실이네. 그리고 우리조차 큰 폭발에 휩쓸려
정신이 없던 외중에, 나중에야 녹의 무리들이 부산히 산을 뒤지는 걸
보고서 짐작했을 뿐이지. 거기다 한 놈을 붙잡아 토설시켜 보니, 저 모
녀와 함께라 하더군."

설명하듯 말하는 김영주와 그 뒤쪽에 매서운 눈을 한 왜소한 노인을
차례로 바라다 본 세철은 다시 독고지명을 보며 말을 건넸다.

"내게 원하는 것이 무엇이오?"

독고지명은 슬쩍 부신과 궁신 등을 돌아보며 말을 흐렸다.

"뭐, 그게, 원하는 거라기보다는……."

세철은 바로 또 말을 찔렀다.

"칼이오?"

그 모양을 보던 궁신 김영주가 다시 나섰다.

"우린 그 칼에 대해서 자네와 해야 할 이야기가 있네. 그것 때문에 기다린 것이기도 하지."

그렇게 말하는 궁신 김영주의 시선은 독고지명에게로 돌아갔다. 그 앞에서 말은 듣고 있지만, 세철 역시도 독고지명만을 보고 있었다. 그 눈길이 부담스러운 듯 수염을 매만지는 그는 헛기침만 해댔다. 그리고 세철은 다시 물었다.

"노인에겐 칼에 뜻이 없는 것으로 알았소만, 적의 또한 없어 보여서 몸을 드러내었는데, 결국은 칼인 거요?"

세철의 말에 계면쩍은 표정을 짓고 있던 독고지명의 얼굴이 이전의 표정을 모두 지우고 차분한 신색으로 가라앉았다. 장난기나 비웃음이 사라진 그 얼굴은 선기가 흐르는 듯했고, 그렇게 엄숙하고 고요한 눈길로 세철을 보며 입을 열었다.

"난 그런 칼 따위에 욕심이 없다. 다만… 그 칼의 소재는 거대한 태풍을 불러들이는 단초가 되는지라, 그 때문에 너와 이야기하고자 할 따름이다."

이전에 보이지 않던 모습에 무거운 어조를 띤 독고지명의 말을 들은 세철은 그 눈만 들여다볼 뿐, 이렇다 할 말이 없었다. 그러나 그렇게 바라보던 잠시 후에 나온 세철의 말은 독고지명의 미간에도 주름을 만들었다.

"다른 뜻을 가진 듯 말을 하지만… 역시 뭐라 뭐라 얘기해도 결국은 칼을 내놓으란 말이로군. 늙은이들까지도 말이야."

독백 같은, 그러나 모두의 귀에 뚜렷이 들리는 그 소리는 네 늙은이의 얼굴을 돌처럼 만들었다. 그리고 그중에 참지 못한 하나는 결국, 폭발을 하고 말았다.

"이런 썩을 놈이! 보자보자 하니까 정말 눈에 뵈는 것이 없는 모양이로구나!"

천둥 같은 그 고함 소리에 세철의 눈길이 부신에게로 향했다. 그 순간 분노한 악중산은 한 발짝을 앞서 나서며 다시 소리를 질렀다.

"알량한 겸제 따위를 때려눕혔다고 해서 세상이 전부 발 아래로 보이느냐? 그 따위 수수깡 같은 팔다리로 싸움질 좀 한다고 해서 모두가 네놈 손에 거꾸러질 것 같더냐? 정말이지 새파랗게 어린 애송이 놈이 세상 무서운 줄 모르고 싸가지없이 구는구나! 썅!"

꾹꾹 눌러 참았던 분노를 커다랗게 터뜨리는 부신의 고함과 얼굴을 대한 세철은 특유의 무표정으로 일관하며 독고지명을 보고 다시 얘기했다.

"노인의 뜻이 어디 있든 내겐 칼을 노리던 다른 무리와 다를 바 없소."

자신을 무시하며 담담하게 이야기하는 세철의 표정에 부신의 얼굴이 더욱 험악해졌다.

"이런! 쳐 죽일 놈이!"

하지만 무거운 낯빛으로 세철을 보는 독고지명은 말없이 듣기만 했고 그 앞에 마주 선 세철은 계속 이야기했다.

"이 칼을 내가 원했던 바는 아니지만, 모두가 힘으로 강탈하려 내게 달려들었소."

그 이야기에 뒤쪽에 치우쳐 바라보던 매서운 눈매의 도신과 앞쪽에서 바라보던 궁신의 눈이 점점 더 무거워져 갔다. 그리고 그런 눈을 하기는 세철의 앞에 마주 선 독고지명도 마찬가지였고, 이야기는 계속 이어졌다.

"때문에 난 원하지 않는 싸움을 했고, 싸움이 끝난 후에 또 다른 사람들이 지금 칼에 대해 이야기하고 있구려."

세철의 이야기에 눈을 빛낼 뿐인 독고지명은 쉽사리 말을 꺼내지 않고 있었다. 하지만 그 사이를 끼어든 것은 성난 부신이었다.

"그게 무슨 소리냐? 그러니까 네놈의 말은 우리가 네놈에게서 칼을 빼앗기 위해 일부러 기다렸다는 말이냐? 그런 거냐?"

화난 음성으로 다그치는 악중산을 세철은 잠시 바라보았다. 그리고 대답은 역시, 독고지명을 바라보며 간결하고 담담하게 내어놓았다.

"내게서 칼을 뺏고자 하던 자들은 모두가 무리였고, 노인들 역시도 무리 지어 날 기다렸구려."

그 말에 일그러질 대로 일그러진 악중산의 얼굴은 붉고 푸르게 달아올랐고, 바라보던 궁신과 도신의 얼굴은 얼음처럼 싸늘해졌다. 그리고 급기야, 참지 못한 악중산은 세철의 어깨를 잡아 돌리려 손을 뻗었다.

"이노무 새끼가! 누굴 강도 떼로 모는 것이여!"

하지만 어깨를 움켜쥐려던 부신의 손은 귀신처럼 마주 뻗어오른 세철의 왼손에 손목을 붙잡혔다.

"어?"

분노한 중에 놀란 듯 외마디를 뱉어낸 부신에게, 범의 눈알로 변한 세철이 낮게 으르렁거렸다.

"손을 쓰겠다면 나 또한 참지 않겠소!"

그렇게 불붙은 범의 얼굴을 보던 악중산은 손목에 전해지는 은은한 압박과 통증을 느끼며 무섭게 분노했다. 그리고 생전 겪어본 적 없는 쇳덩이 같은 애송이에게서 강렬한 승부욕과 파괴의 욕구를 느꼈다.

"참지 않겠다고? 오냐! 그럼 어디 참지 말아봐라, 핏덩어리 같은 놈아!"

음산한 살기가 서리서리 풍겨 나오는 말을 조용히 뱉어낸 후, 악중산은 잡힌 손목을 핑그르 돌려 뿌리며 앞으로 나섰다. 그 전투의 기세와 파괴의 눈빛을 쫓아서 달아오른 쇠처럼 세철 역시 걸음을 떼어놓고, 그렇게 급박하게 대결로 치닫는 목전의 사태와 거부를 들고 성큼 앞으로 나서는 부신을 보며 궁신과 독고지명은 만류의 소리를 냈다.

"둘째 형!"

"야, 이놈아!"

하지만 곤두선 수염과 머리칼로 나서는 부신을 보며 던진 세철의 한마디에 모두 입들을 다물었다. 그리고 그들의 얼굴은 창백해졌다.

"혼자서 덤빌 참이오?"

충격을 받은 듯, 눈만을 부릅뜬 부신은 말하지 않았다. 다만 악귀처럼 흉측하게 일그러진 얼굴 위로 뻣뻣이 솟구친 가시수염만을 떨어대며 눈에 불을 켰다. 그리고 그런 상황을 지켜보던 세 노인도 눈빛을 차갑게 하며 불가로 발길을 뒤로 다시 물렸다. 바라보는 그들의 얼굴은 침울한 듯, 경직된 듯, 분노한 듯, 복잡하고 무겁기만 했다.

세철은 바닥을 뒤집어 올려놓은 것처럼 붉은 흙으로 헤쳐진 공지의 중앙으로 천천히 나서며 그처럼 발걸음을 옮기는 부신을 보고 입을 열었다.

“날 쓰러뜨리거든, 칼을 가져가시오.”

그 말 한마디와 함께 우뚝 멈춰 선 세철은 부신이 아닌 제 손의 칼을 들어 올려 쳐다보았다. 그렇게 보던 잠시 후, 휘리릭! 소리나게 칼을 바닥으로 집어 던진 후 다시 고개를 들어 앞을 보았다.

그 눈은 전의로 감싸이며 검은 호랑이의 눈알로 변해갔고, 땅바닥에 텅! 소리를 내고 꽂혀드는 혈룡도와 그걸 던진 세철을 보던 부신 악중산은 씹어 먹을 듯이 소리를 질렀다.

“이놈의 자식! 말처럼 알량한 실력을 보이지 못하면 먹을 날려주마! 준비해라!”

그렇게 세철에게 거친 사전 경고의 음성을 보내며, 오른쪽 허리 아래로 늘어뜨린 부신의 거부에서 퍼르스름한 빛의 응결이 생겨나기 시작했다.

서로를 마주 보는 세철의 몸에도 긴장이 서리고 두 주먹을 가슴 앞에 십자로 세우며 푸른 옷을 입어 가는 부신의 거대한 도끼를 가만히 지켜보았다. 그리고 부신! 악중산의 오른발이 앞으로 한 걸음 내딛는 순간, 세철의 무쇠각반 찬 두 다리가 땅을 박찼다.

오 장의 거리를 한순간에 접어 넘은 세철의 몸 움직임에 악중산의 눈빛이 한순간 흔들렸다. 그러나 오신 중 부신의 이름을 거져 얻은 것이 아니듯이 그의 도끼는 쾌섬의 질주로 공간을 잘라냈다.

슈광!

왼쪽 옆구리께에서 오른쪽 가슴켠으로 찍어 올리는 시퍼런 도끼에 세철의 몸이 같은 방향으로 옆을 돌듯 뒤집어지며 오른 주먹을 휘어 내질렀다.

파앙!

아랫면을 맞아 방향을 바꾸고 튕겨 나가는 도끼를 보며, 부신의 몸 앞에서 하늘을 보고 뒤집어진 세철의 두 발이 차례로 하늘을 챘다. 그렇게 솟구쳐 가는 발끝에는 당황한 악중산의 얼굴이 마주 내려보고 있었다.

악중산의 얼굴이 세철의 두 발에 난타당할 순간, 황급히 올라 얼굴을 가려 막은 그의 왼팔에 두 개의 전각(電脚)이 동시에 작렬했다.

파광!

튕겨 나가는 도끼를 힘주어 잡은 악중산의 몸이, 왼팔 하박에 스며드는 극렬한 통증에 입술을 짓씹으며 바람처럼 몸을 돌렸다.

팔에 전해오는 막중한 힘을 몸통 회전으로 흘려 버리고, 튕겨 나간 도끼의 힘을 회전으로 배가시켜, 등으로 땅을 받고 가물치처럼 다리를 차고 튀어 오르는 무쇠각반 찬 놈의 머리를 가차없이 찍어 내렸다.

슈학!

짧은 거리의 대기를 섬광으로 가르는 소리와 같이, 쪼개질 것 같았던 놈의 머리가 빙글 옆으로 돌았다. 동시에 머리를 따라 풍차처럼 몸이 돌고 그 끝에 붙은 다리가 연속으로 땅을 차며 떠오르는 순간, 눈으로는 확인 못할 수많은 권각(拳脚)들이 소용돌이처럼 밀려들었다.

슈―피―앙―

소리는 한 소리처럼 이어졌다. 정신없이 퍼부어지는 공격에 악중산의 거부가 쉬지 않고 휘둘러지며, 점점 많아지는 주먹과 발의 공격을 막기 위해 뿌옇게 도끼가 푸른 막을 생성하고 있었다. 그 위를 세철의 손과 발이 쉬지 않고 두들기며 때려댔다.

쉬파파바바바바방!

두 사람의 공방이 격한 소리로 주변에 바람을 일으킬 때, 조금씩 뒤로 물리던 악중산의 몸이 한순간, 큰소리의 흔들림과 함께 크게 세 걸음을 물러났다.

퍼엉!

물러난 발은 땅을 파고 있었다.

흡사 포탄이 터지는 것 같은 굉렬한 소리와 함께 뒤로 밀려나는 악중산의 몸 앞에서 뿌연 팔다리의 정신없는 잔영만을 보이던 세철의 몸이 회전하며 내려섰다.

기다랗고 둥글게 땅을 파며, 다섯 바퀴를 연속해서 돈 후에야 멈춰 선 세철의 얼굴에는 송골송골한 땀방울이 이슬처럼 맺혀 있었다.

그와 반면에 거부를 두 손으로 치켜들고 세철을 노려보는 악중산의 얼굴은 거친 호흡으로 벌어지는 입을 오그리며 악신의 모습처럼 흉악하게 일그러뜨리고 있는 모습이었다. 그의 모습을 바라보는 도신과 궁신의 얼굴에는 믿지 못할 사실에 대한 눈앞의 실재로 인해 당혹함을 감추지 못했고, 흰머리노인 독고지명은 무거운 얼굴로 한숨을 내어쉬었다.

“으드득! 이놈의 새끼! 죽여 버리겠다!”

한 차례의 손나눔에서 젊은 놈에게 밀려나, 오랜 시간 경외이 칭송받고 떠받들렸던 명예에 상처를 입은 악중산이, 이성을 상실한 창노한 목소리로 소리를 질러댔다. 그의 손에 들린 커다란 도끼는 가벼이 떨어대며, 퍼런 빛깔의 투명한 날을 도끼 위로 만들어 뒤집어써 갔다.

팔십 평생을 살아오며 무림에서의 그를 있게 한, 천풍부법(天風斧法)의 파풍혈인(破風血刃)을 펼쳐 내려는 것이다.

흥분에 일그러졌던 표정이 다시 돌아오고 얼굴을 둘러싼 까치 수염과 숫대머리가 사정없이 곤두서 올랐다. 그리고 힘을 모으던 도끼의 빛깔이 퍼런 물이 떨어질 듯하던 그때, 한소리 기합과 함께 검은 눈을 빛내며 자신을 주시하는 세철의 몸뚱어리를 향해 도끼가 휘둘러졌다. 한 번, 두 번, 세 번. 연속해서.

"이여어어업!"

두 주먹을 내민 세철의 몸으로 푸른빛을 뒤집어쓴 반월(半月)의 강기(罡氣)가 파천(破天)의 기세로 날아들었다.

눈가를 퍼런 빛깔의 혼몽함으로 유혹하며 홀려 버리고, 봄날 가득 하늘과 땅을 희롱하며 짝을 찾는 나비 떼처럼, 경쾌한 가벼움에 요염한 푸른 색정을 둔부처럼 흔들어대며, 죽음의 날을 허공에 감춘 사신의 낫이, 대지를 초멸하는 유성우(流星雨)처럼 쏟아져 내렸다.

자신을 쪼개려는 의지를 담고 물결처럼 밀려들어 오는 푸른 강기의 날(刃)들을 보며, 송골한 땀을 흘리던 세철의 볼이 어금니를 물었다.

온몸을 난자하려고 달려드는 푸른 강기덩어리들은 이제까지 만난 그 어떤 적보다도 위험해 보였다. 앞서의 격돌에서도 느낀 거한의 도끼는 자신도 놀랄 만한 빠르기와 엄청난 패력을 뿜어대는 공포스런 병기였고, 공간을 조밀하게 분할하며 사정없이 난자해 휘둘러 치는 도끼질에는 서먹한 거리낌과 자신이 접해보지 못한 기묘한 현기가 서려 있었다.

그 현기가 풀어지지 않도록 하는 데에는 쉬지 않는 주먹질과 발길질만이 있을 뿐이었다. 그리고 그것은 성공했다. 하지만 눈앞의 저 강기덩어리들은, 마치 원거리에서 날려 보낸 수많은 혈리표의 아류와 같은 저것들은, 바위처럼 변해 버린 손과 발 저 깊은 곳에서부터 피어나는 아련한 통증과 같이 세철의 시야를 아득함 속으로 밀어넣었다.

그러나 마음과 달리 세철의 몸은 먼저 반응을 보였다. 언제나 그렇듯이 다가오는 적을 서서 맞이하지 않는 세철의 두 발이 목숨을 위해 하는 것들의 무리를 향해서 반발하듯 폭발해 나갔다.

첫 번째로 다가든 강기를 향해 양 주먹을 연속해서 내뻗었다. 직선이 아닌 급격한 빠름으로 올려치고 휘어치는 동작을 따라 엄청난 반발력이 팔을 통해 전해오고, 일수오타의 순간 타격에 맞은 강기의 방향이 머리 위를 비끼며 치솟았다.

위잉! 하는 육중하고도 쾌속한 파동음이 귓가를 스쳐 울리고 산사면을 때려 치는 알 수 없는 파괴음이 뒤로부터 터져 나왔다. 그러나 고개를 돌릴 사이도 없이 두 번째 강기를 정신없이 차올려야만 했다.

질풍처럼 연속기로 차올리며 공간의 맥을 끊어놓는 발차기에는 역시나 빼곡한 충격이 발과 다리를 통해 온몸으로 퍼져 나갔다.

무쇠각반에 부딪친 강기가 하늘로 떠오를 적에 유령 같은 제삼의 강기가 뒤를 이었다. 이번엔 세철의 두 발이 동시에 뛰어올랐다.

몸통 앞에 다다른 반월의 강기를 향해 쐐기처럼 틀어박히는 발 그림자가 무수한 잔영을 남기며 자렬했다. 엄청난 울음소리를 내고 쟁기처럼 땅을 파며 비껴 나간 강기의 뒤로, 독빛을 머금은 듯한 시퍼런 힘의 결정체가 또다시 첨단의 날을 앞세워 눈앞에 다가와 있었다.

세철의 눈에 힘이 고이고, 주먹을 내뻗기에 너무 가까워진 강기를 향해 팔굽을 접어 후려치며 몸통을 회전시켰다. 견디기 힘든 충격이 몸을 휩쓸 적에 첨예하게 날선 아픔이 옆구리를 통해 자신을 알렸다. 그렇게 회전하는 세철의 몸 위로는 뒤를 잇는 시퍼런 강기들이 사정 후의 정충들처럼 엄밀히 날아들었다.

세철은 돌아가는 몸 주위로 흩어지듯이 퍼져 나가는 붉은 액체가 옆구리로 시작된 자신의 피임을 알고 있었다. 속도에 있어서는 누구에게

도 뒤지지 않을 거라 생각했는데 저놈의 강기는 속도를 발휘할 틈을
주지 않는다. 거기에 뒤를 잇는 것일수록 점점 더 무거워지며 빨라지
는 것은, 아마도 시전자의 의도와 쏘아내는 강기의 법식이 가진 고유한
전형인 듯했다. 그리고 그것은 그만큼 세철의 몸을 위협하는 요인이었
다. 시뻘겋게 흩어지며 옆구리에서 흘러나오는 핏줄기가 말해 주듯이.

온몸을 덮어오는 강기를 보는 세철의 눈이 한순간 같은 빛으로 파랗
게 빛나는 것 같더니, 강기를 쳐내고 돌아가던 몸의 아래로 시커먼 무
쇠각반의 오른 다리와 왼 다리가 차례로 땅을 감아 차올렸다. 한순간
허공에 시커먼 철의 장막이 생기는가 싶더니 그 장막을 뚫고 먹빛의
검은 번개가 쉬지 않고 쏟아져 나왔다. 그 번개들과 푸르고 예리한 강
기의 날들이 춘절의 폭죽처럼 부딪쳐 터져 버렸다.

콰콰콰콰콰콰쾅!

현란한 빛의 파장을 동반한 기의 폭풍이, 깨어지고 부서져 나가는
강기의 조각들과 함께 세철의 몸을 휩싸고 터져 오르며 사방으로 퍼져
나갔다.

나무가 쓰러지고 바위가 구멍났다. 터져 올랐던 땅이 또다시 갈라
뒤집어지고 구덩이가 생겨났다. 폐허로 변했던 주변의 모든 것들이 다
시 한 번 휘말리며 날아올랐고, 멀찍이 떨어져서 바라보던 다른 이들은
터져 날리는 위험을 피해 몸들을 날려야 했다.

도신과 궁신이 귀신처럼 몸을 흔들었고, 놀란 두 모녀의 손을 붙잡
은 독고지명은 질풍처럼 전권을 벗어났다. 그리고 그들이 서 있던 자
리 위를, 짐작 가는 위험한 것들이 역병처럼 휩쓸어 버렸다.

그것은 흡사 천재(天災)와 같았다. 돌풍에 휩싸인 모래먼지처럼 자
욱이 날아오른 모든 것들이 눈처럼 떨어져 내렸다. 붉은 황토 흙이 비

처럼 뿌려 내렸고, 쪼개진 나무뿌리들이 둔탁하게 몸통을 처박아 내렸다. 시야는 온갖 것들의 부유와 하강으로 뿌옇게 흐렸으며 그 속에 흐릿하게 보이는 검은 그림자는 두 사람이었다.

바라보는 사람들의 눈을 가로막던 부유물의 장막이 점점 옅어져 내려앉은 후, 그들의 눈에 비친 목전의 상황은 말 그대로 온 무림이 들썩이며 경악해 마지 않을 그런 모습이었다.

벌어진 오른 옆구리와 왼팔의 상박에서부터 어깨어림까지 길게 찢어진 흉측한 상처, 거기에 오른 다리의 허벅지와 왼 다리까지 길고 깊으며 가늘고 예리하게 벌어진 수많은 붉은 자욱들. 그렇게 세철이 입고 있던 넝마 같은 검은 무복이 갈가리 찢어져 갈라진 자리에는 어김없는 상처가 온 전신에 가득했다. 그러나 범 같은 세철의 눈은 아직도 부신만을 보고 있었으며, 얼굴을 가르고 간 옅은 상처들이 뱉어낸 붉은 선혈이, 앞을 보는 세철의 검은 두 눈 사이로 말없이 흘러내렸다.

세철의 눈은 아직도 훨훨 타고 있었다. 마주 서서 바라보는 부신의 눈길 또한 그러하기는 마찬가지였다. 하지만 조금씩 흔들리기 시작한 두 다리와, 창백하게 질려가는 얼굴로 꽂혀드는 세철의 기세를 감당해 내지 못하는 부신 악중산은, 무거워진 도끼를 땅에 박고 피를 토했다.

"쿠헉!"

한쪽 무릎을 땅에 대고 거머쥔 도끼의 자루로 체중을 지탱하며, 숙여진 고개의 밑으로 흘러나오는 검붉은 피는 진득한 피의 진저리와 알 수 없는 감흥을 보는 이들의 마음속에 불러일으켰다.

서 있는 자. 알 수 없는 자다.

이곳에 오기 전까지 누구도 알지 못했으며 스스로도 말하지 않는 자다. 다만 혈룡도를 내어놓고 죽어버린 자의 입을 통해서 언급된, 신풍도 조철련과 무영도 팽귀호와의 이야기가 있을 뿐이었다. 그러나 사람들은 믿지 않았었다. 그래서 모든 이들이 그가 가진 칼을 뺏고자 덤벼들었고 그런 모두가 죽어 나갔다.

그중엔 무림을 떨어울린 거흉들도 있었고, 집단으로 습격한 녹의의 무리도 있었다. 그러나 다른 무엇보다도 더욱 경악스러운 것은, 삼제 중의 한 명인 겸제 우충이 그에게 패했고, 무림오신 중의 일 인인 부신 악중산마저도 무릎을 꿇었다는 사실이다. 보는 이들은, 요행처럼 믿기 어려운 눈앞의 사실에 그저 침묵할 뿐이었다.

반면에 무릎을 꿇고 피 토하는 자. 모두가 아는 자다.

전 무림을 떨어울리던 공포와 경외의 대명사였으며, 맞설 수 있는 적수라곤 열 손가락을 넘기지 않는다는 초절정의 고수다. 그의 무공은 신인(神人)에 가까웠다. 그래서 사람들은 그에게 신이라고 불렀다. 부신 악중산이라고.

그런 그가 무릎을 꿇었다. 팔십 평생 중원 십팔만 리를 질타하며 거칠 것 없고 두려워할 대상 또한 없던 무림의 다섯 신 중 한 명인 그가, 오로지 꺼려하는 것은 형제들의 잔소리와 계집아이의 울음소리밖에 없다는 그가 도끼를 땅에 처박은 것이다. 그 일을 만든 사람은 나이 삼십조차 넘겼을 것 같지 않은 검은 철각반과 무쇠비구를 두른 검은 범 같은 청년이었다.

그 앞에 무릎 꿇은 부신은 안타깝게 소리 질렀다.

"이 자식! 쿨럭, 쿨럭! 아, 아직 끝난 게 아니야! 이제… 부터가 시작, 이라고! 알겠나? 앙? 카흑, 퉤!"

밭은 기침과 피가 섞인 가래침을 뱉어내는 악중산의 눈이 점점이 선홍이 묻어진 수염 덮힌 얼굴의 중앙에서 결전의 의지를 밝히며 무섭게 빛을 냈다. 그 모습을 보는 궁신과 도신의 얼굴에 때려죽일 것 같은 책망의 일그러짐이 보이고 있을 때, 말없이 바라보며 처음처럼 두 손을 십자로 매기고 선 세철의 고개가 가만히 끄덕거렸다. 그리고 끄덕이던 고개가 멈춰 선 직후에, 강기를 받을 때처럼 검은 두 다리가 터져 나갔다.

그와 동일한 순간에, 도신 최홍결의 참마도 같은, 아니 작두 같은 모양의 커다란 칼이 폭발해 들어오는 세철의 몸뚱어리로 뇌전처럼 내리꽂혔다.

보는 이들은 눈을 감아버렸다. 아니, 감을 수가 없었다. 눈꺼풀이 내려 덮이기 직전에 충돌한 도신의 칼과 세철의 무쇠각반 다리가 실제로 번개 같은 불똥을 퉁겨내며 사람들의 고막을 또다시 터뜨려 버린 것이다.

쾅!

고막을 두드려 대는 소리와 함께 시퍼런 불똥이 어둠 속에 피어났다. 그리고 달려가던 쪽이 아닌 서 있던 자리 쪽으로 세철의 몸뚱이가 허공을 맴돌며 떨어져 나갔다. 추락하던 몸으로부터 주먹이 뻗어 나오고 바닥을 치며 튀어오른 몸이 정신없이 다시 돌아갔다. 그렇게 돌아가던 몸이 다리로 바닥을 찍으며 멈춰 서버렸다. 그러나 세철 앞에 그어진 바닥의 고랑은 기다란 이 장의 땅을 한 줄로 파헤친 채 세철의 입가로 새로운 피를 보이게 만들었다.

멈춰 선 세철의 가슴은 커다랗게 들썩거리고 있었다. 맞은편에는 커다란 칼을 든 왜소한 늙은이가 싸늘함 속에 복잡한 눈빛으로 날을 세우고 자신을 바라보았다.

도신 최홍결은 어이가 없었다. 손에 든 애병 거종도(巨宗刀)가 울고 있었다. 저 젊은 놈의 무쇠 두른 다리와 부딪친 직후로 온몸을 떨어가며 울고 있는 것이다. 그것도 피와 전투에 대한 희열로 기뻐 우는 게 아니었다. 아파서, 부딪친 제 몸통이 너무 아파서, 그래서 무섭고 그 때문에 더욱 화가 나는 그런 울음이었다.

스무 살 나이에 처음 손에 잡았으니 칠십 년을 넘게 몸처럼 지내온 칼이었다. 그런 칼이 이렇게 거북한 울음을 울었던 것은 기억도 까마득한 검제(劍帝)의 서리 낀 차가운 검과 부딪쳤을 때뿐이었다. 하지만 오늘, 눈앞에 선 젊은 놈의 무쇠 다리와 접촉을 하며 계집처럼 울어댄 것이다.

기분이 더러웠다. 둘째 놈의 도끼가 힘을 잃는 걸 보며 있을 수 없는 일이 벌어졌다고 생각했다. 아무리 저놈이 검제를 무릎 꿇렸다고는 하지만, 둘째와 검제의 실력에는 차이가 있었던 것이다. 그런데 이렇게 있을 수 없는 일이 실제로 벌어졌다. 아니, 일어나서는 안 되는 일이 벌어졌다고 생각했다. 불안한 예감은 첫 격돌 이후로 뇌리를 감아왔었다.

그러면서도 둘째를 말릴 수가 없었다. 왜, 그는 무림오신 중의 일 인이며 태산삼신의 둘째인 부신 악중산이니까. 하지만 창피하게도 둘째는 무릎을 꺾었다. 무리한 강기의 운용으로 내기(內氣)가 엉클어진 때문이다. 그러나 저 무식한 놈은 제 몸을 생각지 않고 또다시 맞서려 하고 있다. 결코 지금의 몸으로 감당할 수 없음을 알고 있으면서도.

왜 그랬는지는 이제야 알 것 같았다. 한 번의 손나눔에서 밀려 버린 칼의 부끄러운 울음. 아마도 둘째의 도끼 역시 그러했으리라.

"형님, 저놈은 내가… 끝을 봐야겠소!"

거친 호흡을 뚫고 씹듯이 끊어 뱉는 악중산의 음성이 칼을 잡고 복잡한 생각을 갈아내던 최홍결의 생각을 한 길로 몰아세웠다.

뒤도 돌아보지 않은 채, 단단한 음성이 늙고 작은 노인의 입을 통해서 조용히 흘러나왔다.

"집어치워! 병신 같은 놈… 아직도 저기 저놈이 만만해 보이냐?"

"하지만 이건 내 싸움이오. 쿨룩!"

"시끄러워! 내, 언제고 이런 일이 있을 줄은 예상했지만 하필이면 다 늙어서, 그것도 저런 새파란 어린 놈에게… 정말이지 울화가 치미는구나!"

도신 최홍결의 꾸지람을 들으며 창백해진 얼굴에 굵은 흉터를 크게 일그러뜨리는 악중산의 몸이 무릎을 세우고 일어나려 했다. 그조차도 작금의 상황이 믿기 힘겨웠으며 자신을 바라보는 형제들과 독고지명의 시선이 따갑게 느껴지기만 했다. 하지만 저 시커먼 젊은 놈의 더 시커먼 두 다리가, 아니, 주먹과 다리, 무릎과 팔굽, 몸을 구성하는 모든 것이 다시금 진저리나는 영상으로 눈앞에 다가왔다.

길다면 제법 긴 세월을 살아왔지만 저렇게 젊은 나이에, 또 저런 터무니없이 강함을 갖춘 놈은 진정 처음이었다. 게다가 놈은 바로 보름 남짓한 시간 전에 죽음의 격전을 치러낸 성치 않은 몸이기까지 했다. 그런 생각을 하니 차가운 얼굴이 뜨겁게 달아올랐다. 부끄러웠다.

필생의 비기인 파풍혈인을 저놈은 맨몸으로 박살 낸 것이다. 놈의 빈손과 발, 그리고 온몸은 온통 무기와 한가지였다. 어찌 보면 투신(鬪神) 흑호왕(黑虎王) 이한동(李漢東)과 닮아 있었다. 그러나 손에 잡히는 모든 것을 무기로 삼는 투신과는 한편으로 달랐다.

투신 그자 역시도 박투술을 밑천으로 세상에 이름을 드러내고 입지를 굳힌 자다. 그리고……

투신에게 생각이 미치던 악중산의 왼손이 얼굴을 내리 가르는 굵은 화인 같은 흉터를 어루만졌다. 손끝이 떨렸다. 치욕의 상처. 젊은 날의 패배를 안겨준, 흑호왕이 남긴 호랑이의 발톱 자국.

그날의 기억 속에 눈앞의 젊은 놈을 섞어보는 악중산의 눈가에 충혈된 핏빛이 도드라졌다. 끄응! 하는 된 한소리와 같이 몸을 일으켜 세웠다.

또다시… 패배로 얼룩지던 그날과 같은 일을 되풀이해 겪을 수는 없는 일이었다. 그러기엔 자신의 자존심이, 형제들의 드높은 이름이 너무도 큰 까닭이었다. 그러나 저놈의 무쇠 같은 몸뚱이는 자신의 단월부(斷月斧)가 다시 힘을 얻는다 해도 승리를 말하기엔 요원한 상대였다. 진실로……

그렇게 이율배반의 심정으로 몸을 일으키는 악중산의 어깨를 따듯하고 익숙한 손이 가만히 잡아왔다.

"큰 형님에게 맡겨요……"

셋째, 궁신 김영주가 많은 말과 심정을 한데 뭉뚱그린 얼굴과 눈빛으로 가만히 바라보고 있었다. 악중산은 눈을 마주쳐 오는 김영주의 눈을 말없이 읽다가, 이윽고 까치 수염을 털어내는 작은 미소를 얼굴에 그려내었다. 미소는 점점 커지며 말문을 틔워냈다.

"그럼, 형님에게 맡겨 버리고 조금 쉬어볼까?"

김영주의 화답 어린 미소 속에 악중산은 제자리에 주저앉았다. 그리고 눈을 감고 내식을 가다듬으며 엉클어진 내기를 가다듬었다. 그 옆을 궁신이 다가서며 호위하고 눈길은 대치하고 있는 두 사람에게로 돌아가 있었다. 두 사람은 서로를 마주 보며 눈빛의 날(刀)을 서로에게 날리고 있는 상황이었다. 그러나 대치를 깬 것은 혈기의 젊은이가 아니라 맵고 교활한 늙은 생강이었다.

"차륜전을 펼쳐 상대를 핍박했다는 소리는 듣고 싶지 않다. 지금 네놈의 상태로는 내 칼을 받아내기 힘들 것이다. 처음 말했던 것처럼… 우린 그저 저 칼의 장래에 대해서 이야기하고자 할 뿐이다. 더불어, 무례를 저지른 건 네놈이 먼저이니 그에 대한 사과를 하고 원만히 대화로써 해결한 후에, 각자의 길로 가면 그뿐이다. 어떤가? 그렇게 하겠는가?"

조용하지만 또렷한 음성이 관도를 울려 나가며 세철의 귓가에도 울려 퍼졌다. 세철의 손이 올라가며 입가를 흘러내린 피를 쓰윽 닦아냈다. 시커멓고 차가운 무쇠 강철의 비구 위로 붉은 혈선의 얼룩이 번지며 흘러내렸다.

이대로 마르면 보이지 않을 얼룩은, 평생 지워지지 않을 것이다. 그렇다. 한번 생긴 피의 자욱은 이렇게 일생을 두고 지워지지 않는 것이다. 다만 갚아야 할 채무와 받아내야 할 혈채만이 남아 있을 뿐.

또한 그것은 일방이든 쌍방이든 이니면 다자 간에 얽히고설킨 실 뮤음과 같은 것이든 모두가 당사자만이 풀어낼 수 있는 원한의 매듭인 것이다. 그리고 그것은 구르는 눈덩이처럼 손대는 자의 수가 늘어날수록 점점 커지고 두터워지는 실타래와 같은 것이다.

"나에겐 사과할 것도, 그러고자 할 용의도 없소. 내게서 원하는 것이 있다면, 나를 쓰러뜨리시오!"

도신의 제의에 대한 세철의 대답이 울려 나오자, 한쪽 구석에서 비피하는 쥐새끼처럼 몸을 웅크린 채 보고 있던 독고지명은 가만히 혀를 찼다.

"쯔쯔쯧! 저 미련한 자식들이 자존심만 세 가지고 아주 끝장을 볼 모양이네그려.”

그 말에 옆으로 고개만 빼꼼히 내밀고 바라보던 송연주와 어린 미령의 얼굴에 두려움을 동반한 걱정이 드러났다. 그리고 제 어미의 옆구리에 착 붙어서 작은 두 눈을 깜박대던 미령이 처음으로 입을 열었다.

“어떻게 해, 엄마. 말려야 되잖아.”

누구를 지칭하며 하는 걱정인지 모를 작은 그 소리에, 헤벌쭉 웃는 얼굴을 만든 독고지명이 미령을 보며 말했다.

“괜찮다, 꼬마야. 그래 봐야 팔다리 하나쯤 잘라지고 금방 끝날 거란다.”

그렇게 황당한 소리를 지껄이고 돌아간 독고지명의 눈에도 긴장이 배어 나왔다. 무림에 알려진 도신의 행보는 성질 급하고 단순한 악중산보다 더했으면 더했지 덜하지 않는 인물이었다. 차라리 소리 지르는 부신보다는 말없이 칼을 처대는 도신의 손아귀가 사람들에겐 한결 더 공포스러울 뿐이었다. 그런 도신이 먼저 한 발을 물린 것이다.

상대에게 조건을 주고 응낙을 기다린다는 것은 사람들이 아는 도신의 모습에 전혀 맞지 않았다. 그건 그만큼이나 눈앞의 청년을 인정하고 부담스러워한다는 반증이었다. 그럼에도 불구하고 청년은 거절을 했다.

보는 이들은 이제부터가 두려운 것이었다. 자존심에 칼질을 당한 도신의 분노. 아무리 젊은 사내가 강하다 해도 도신의 번개 서린 칼날은 피할 수 없을 것이다.

그는 세상이 인정한 오신 중에서도 흑호왕 이한동과 수위를 다투는 유일한 사람이었던 것이다. 거기에 젊은 사내는 이미 이전의 상처와 부신과의 혈투로 새로운 부상까지 당했으니 승부의 결과는 불을 보듯

뻔한 것이 되고 있었다.

그렇게 뻔한 승부에도 불구하고 눈길을 굽히지 않는 청년을 향해 도신은 최후의 한마디를 선고하듯 던졌다.

"그렇단 말이지. 좋다! 한갓 필부지용(匹夫之勇)이라 할지라도 죽음을 두려워 않는 네놈의 목을… 반드시 갈라내 주마!"

양 미골을 꿈틀대는 도신의 얼굴이 서리처럼 굳어지며 칼을 잡은 두 손을 절도있게 털어내었다.

파앙! 하는 명쾌한 칼 울림이 허공 중에 흩어지고 커다란 칼이 서리처럼 시리게 변해갈 때, 예상처럼 젊은 놈의 몸통이 화살처럼 쏘아져 나왔다. 그 몸을 향해 거종도가 번개를 뿌려 갈겼다.

휘아아아아앙!

하지만 모든 일은 예상처럼 되지만은 않는 법, 젊은 놈의 팔다리와 거종도가 뿌린 뇌정일섬(雷霆一閃)이 충돌할 무렵, 옆을 치며 느닷없이 날아온 무음무색(無音無色)의 강대한 권력이 중간을 파고들었다.

세철은 느닷없이 옆을 파고드는 부정형의 강맹한 힘의 뭉치를 향해 본능적인 삼중의 회선각을 차대고 방향을 틀어 나왔다.

슈파광!

가격당한 힘의 결정은 거세게 땅을 파며 회전해 퉁겨 나가고 그 사이를 시린 번개의 날이 흉악하게 덮쳐들었다.

쿠앙!

천번지복의 음향과 자욱한 흙먼지가 장내를 다시금 가득 뒤덮었다. 때마침 산을 타고 내려온 바람이 먼지를 걷어갈 무렵, 막막하던 시야가 트이며 전경이 드러났다.

세철이 달려들던 자리에는 기다랗게 땅이 갈라진 웅덩이가 패어 있었고, 방향을 틀어 몸을 펼친 세철은 공지의 왼편으로 치우쳐 나가 있었다. 그리고 무리한 몸 동작에 넘어오는 피가래를 억지로 집어삼키는 세철의 바른편 쪽 산길에는 회색 승포를 바람에 휘날리는 외팔이 승려가 그들을 향해 불호를 외고 있었다.

"아미타불!"

하나뿐인 그의 왼손은 앞을 보고 떨었고, 소리는 여운처럼 산을 휘감으며 죽은 자들의 넋이 호응하듯 메아리를 만들어 울려 나갔다.

철비철각호(鐵臂鐵脚虎) 2

중원의 사람들이 오악(五岳)이라 일컫는 산중에 신령하지 않은 곳이 없다. 서쪽으로 우뚝 솟은 섬서성의 서악(西岳) 화산(華山)이 그러하며 남풍을 타고 오른 호남성의 남악(南岳) 형산(衡山)이 그러하다. 또한 북쪽을 굽어보는 산서성의 북악(北岳) 항산(恒山)은 위엄이 넘치며 온세상의 중심에 박힌 듯한 하남성의 중악(中岳) 숭산(崇山)은 언제나 경건하다.

하지만 그중 유독 동악(東岳)의 태산(泰山)만을 가리켜 오악지장(五岳之張)이니 오악독존(五岳獨尊)이니 하여 천하제일의 명산으로 꼽는 이유는, 역대의 제왕들이 이곳에서 하늘의 뜻을 받는 봉선(封禪)의식을 거행했기 때문이다.

그러한 역사적 연고와 민간의 신앙이 한데 어우러져 숭배의 대상이 된 이 산은, 일반 백성들에게도 한번 오르면 적어도 십 년의 장수뿐만

아니라 영생을 얻을 수 있다고까지 전해지며 누구나 태산등정의 숙원
을 마음에 품게 하였다.

대묘(岱廟).

태산의 신을 모시는 사당이다. 이곳에서 황제들이 하늘에 제사를 올
렸다. 태안(泰安)에서 동쪽으로 산을 보고 가다가 다리를 건너면 대묘
가 있는데, 안에 있는 천황전(天皇殿)은 열성조의 도읍이 있었던 고궁
이나 곡부(曲阜)의 대성전(大成殿)에 비길 수 있는 손꼽히는 건축물 중
하나이기도 하다. 또한 천주전(天柱殿)에서 북쪽을 바라보면 산 위에서
남천문(南天門)까지 올라가는 급경사 길이 가물가물 보인다.

일천문(一天門)은 태산에서 정식으로 등정을 시작하는 문으로, 여기
서부터 산꼭대기에 있는 신전인 벽하사(碧霞祀)까지 칠천사백열두 개
의 돌계단이 이어져 있다. 이십삼 리나 되는 등산로 양쪽에는 역사 속
에 이름을 남긴 명필들의 글씨가 새겨져 있는 비석들이 늘어서 있다.
또한 일천문에서 사 리쯤을 못 가 계곡에서 물소리가 들리는 곳에 두
모궁(斗母宮)이 나오는데, 여기서 동쪽으로 일 리 남짓 가면 까마득한
옛적에 새겨넣었다는 바위에 음각된 금강경을 보게 된다.

다시 돌아와서 오 리를 더 오르면 회마령(廻馬嶺)이다. 거기서 이 리
를 조금 못 되게 더 오르면 중천문(中天門)이 나온다. 중천문에서 다시
삼 리를 더 오르면 진시황이 봉선(封禪)을 올리기 위해 태산을 오르다
가 폭풍우를 만나 피했다는 노송이 있는 오송정(五松亭)을 만나게 된
다. 오송정에서 이 리를 다시 못 미쳐 더 전진해서 대송정(對松亭)에 오
른 다음, 태산 등정의 가장 가파른 장소인 남천문(南天門)에 이른다. 이
로써 칠천사백열두 개의 계단을 다 올라온 것인데, 이곳에서 벽하사와
태산의 정상인 천주봉(天柱峰)을 눈앞에 보게 되는 것이다.

이렇듯, 역사와 고적을 두루 휘감고 신령스러움과 영험함으로 참배 객들의 등정을 유혹하던 태산에 인적이 끊긴 것이 벌써 여러 날이었다. 분명 흉악한 일이 벌어진 것이 틀림없는 산에서는, 본래의 신이함과 보는 것만으로도 경배스러운 자태와는 달리 흉측한 몰골의 무림인들이 도망치듯 뛰어내려 왔었다.

그들은 전쟁터를 빠져나온 사람들모양 부상자를 이끌고 약포와 의원을 누비고 다녔고, 한숨을 돌린 후엔 주루와 객잔으로 뛰어들어 미친 듯이 술을 퍼마셨다. 그렇게 하루가 가고 이틀이 가고 지나간 날이 갸웃할 무렵, 새로이 몰려드는 무림인들의 그림자는 점점 더 많아져 갔다. 그런 여파로 찾아드는 참배객이 사라져 버린 태안의 거리에는 인심이 흉흉해졌다. 다만 술을 팔고 잠자리를 제공해 주는 주루와 객점의 장사치들만이 바쁜 미소를 만들었다.

그중에서도 제일로 바쁘기 그지없는 이곳은, 동악루(東岳樓)라는 이름을 내걸고 장사를 시작한 지난 이십 년 이래 최고의 영업 실적을 연일 갱신하는 중이었다. 그리고 그것은 하루 전 외팔이 중을 선두로 찾아든 한 무리의 사람들로 인해 절정으로 치달으며, 마침내 감당하기 힘든 인파의 물결로 몸살을 앓아 누울 지경이 되어버렸다.

태산을 바라고 찾아든 사람들을 위해 주루와 객잔이 일렬로 늘어서듯 서로를 마주 보며 작은 거리를 만든 중심에 위치한 이곳은, 붉은 날개처럼 펄럭이는 휘장을 옆에 단 편액의 아래로 정문이 활짝 열려져 북적거렸다. 연신 드나드는 사람들의 행렬은 어깨를 부딪치는 장터를 연상시켰고, 사십 석은 족히 될 듯한 넓은 주루의 안쪽에는 빼곡한 사람들로 숨 쉴 틈조차 없어 보였다.

그렇게 가득 들어찬 사람들의 사이를 대여섯 명의 점소이들이 쉬지 않고 뛰어다니며 음식과 술을 들어 날랐다. 하지만 땀 흘리며 움직이던 어떤 점소이는 엎어지기도 하였는데, 그들의 바쁜 걸음을 방해한 것은 탁자와 탁자 사이로 삐져 나온 각종 병장기들이었다.

손님으로 앉아 있는 그들은 모두 무림인들이었다. 하나부터 열까지 모두가 병장기를 들었고, 일층부터 이층에 이르는 모든 사람이 한결같이 그렇다는 걸 온몸으로 보여주었다. 그들은 모두가 거칠게 떠들고 왁자하게 술을 마셨으며, 그러한 와중에도 빛나는 눈은 내원의 객방으로 통하는 입구를 살피기에 은밀했다.

그런 중앙의 한가운데 있는 탁자에 둘러앉은 사내들의 면면도 그러하기는 마찬가지였다. 하지만 사내들의 표정과 말소리에는 거침이 없었고, 신원을 알 듯한 차림으로 떠들어대는 그들의 목소리는 점점 더 커져 갔다. 그리고 사람들은 그 목소리에 차츰 귀를 기울였다.

굵은 은빛 사슬이 연결 부위를 보이는 청동색 삼절곤을 탁자 위에 올려놓은 사나이가 보기 좋게 술 한 잔을 입에 털어넣고 말을 꺼냈다.

"크아! 정말이지, 내 살아생전에 그런 자는 처음 보았어!"

후덕하게 인상 좋아 보이는 사십줄의 사나이는 제 손에 잡힌 술잔을 내려보며 눈을 껌뻑였다. 그 얼굴을 보던 맞은편의 두 사나이는 애가 타는 듯 조급하게 되묻고 나왔다.

"이보십시오, 부 형(扶兄)! 철비철각호(鐵臂鐵脚虎)란 그자가 정말로 겸제를 쓰러뜨렸단 말이오? 그게 정말 사실입니까?"

얼굴을 바싹 들이대고 묻는 사내는 평범한 황의를 입었고 억센 골격에 큰 주먹이 돋보이는 삼십 대의 사나이였다. 하지만 사내는 바로 옆에 앉은 청의 사나이로부터 조심스런 면박을 받았다.

"이보오, 언 형(彦兄). 아무리 강호의 밥이 호식(虎食)과 같다지만,

부 대협에게 부 형이라 호칭함은 너무 과한 결례오이다."

단정한 눈매에 갸름한 얼굴 선을 보이는 청의 사내를 훌떡 돌아본 황의사내는 잠시 말이 없었다. 그리고 곧장 큰 손을 들어 뒷머리를 긁적이며 사과의 말을 꺼냈다.

"죄송하오이다. 급한 마음에 앞뒤 분간도 못하고 제가 결례를 했소이다. 부 대협! 용서를 바라옵고 사과를 드리는 의미로써 제가 석 잔의 술을 마시겠습니다!"

말을 마침과 동시에 황의사내는 제 앞의 잔에 술을 따라 연거푸 석 잔을 마셔 버렸다. 사내의 분별력과 호방함이 드러나는 보기 좋은 광경이었다. 그 모양을 마주 앉아 의미 깊게 바라보던 후덕한 인상의 사십 대 중년인이 빙긋이 웃으며 입을 열었다.

"집을 나서면 친구 아니면 도적을 만나게 된다 하더니, 내 오늘 비격진검(飛擊震劍) 하남(厦南)에 이어서 또 하나의 친구를 사귀게 되었구나!"

빈 잔에 술을 채워 넣은 사내는 언씨 성의 황의사내를 보며 말을 이었다.

"과연 언가(彦家)의 가풍은 호방한 데가 있군 그래! 호칭이야 아무려면 어떠한가? 서로 편하게 지내세나!"

황의사내는 웃으며 잔을 드는 중년 사내를 보며 기꺼운 표정으로 입을 열었다.

"그럼, 앞으로 이 언두수(彦頭秀)! 부춘호(扶春浩) 대협을 형님으로 모시겠습니다!"

왁자하게 잔을 부딪치는 그들을 보며 주변의 사람들은 긴가민가하던 그들의 정체를 바로 알아내었다.

중년 사내는 강소 땅에 이름 높은 삼절곤의 명인 절수불이곤(折手不二棍) 부춘호였다. 또한 갸름한 얼굴 선에 청의를 입은 사내는 생김과 달리 중검(重劍)의 기예로 이름을 떨치는 비격진검 하남이었고, 호탕함을 보이는 황의사내는 중원을 떠돌며 수업한다는 진주언가의 장남이자 소문난 무골, 십보권(十步拳) 언두수였다.

사람들은 그들의 언행을 눈여겨보았다. 그것은 십보권 언두수가 별호처럼 열 발자국을 가기 전에 상대를 끝장내는지가 아니었고, 비격진검 하남의 이름난 중검이나 상대의 팔을 꺾어 분지르는 데 결코 두 번의 몽둥이질이 필요치 않다는 부춘호의 기예를 보고자 함도 아니었다. 다만, 일이 있던 산에서 살아 내려온 수십의 사람들이 모두 그런 것처럼 지금부터 흘러나올 부춘호의 이야기가 듣고 싶을 뿐이었다.

그런 기대를 충족시켜 주는 것처럼 술잔을 들이킨 부춘호가 다시 입을 열었다.

"철비철각호! 맨 처음 그자에게 덤벼들었던 자는 일로무극도 위진경이었다네."

"일로무극도 위진경이라면, 무극도문의 대제자가 아닙니까?"

뭐가 그리 다급했는지 선 굵은 눈매를 들이밀어 물어오는 언두수의 질문에 부춘호는 천천히 대답했다.

"그래, 바로 그자였지. 그리고 그자는 제 사부의 절기인 회선도법을 쓰다가… 맞아 죽었지."

부춘호의 대답에 언두수는 두 눈만 잠시 동안 꿈벅꿈벅거렸다. 그리고 목마른 사람처럼 다시 물었다.

"그 사람의 사부라면 무림십대… 아니, 지금은 칠대도객 중의 한 명인 무극도(無極刀) 이선경(李鮮景) 어른이 아닙니까? 그런 자가 맞아서 죽었다 하는 것도 믿기 어려운데… 철비철각호가 빈손으로 그랬단 말이 정말 사실입니까?"

빛나는 눈동자의 언두수를 보며 부춘호는 가만히 고개를 끄덕거렸다.

"왜 아니겠나? 그자는 그저 두 손과 두 발, 그리고 온몸으로 싸웠을 뿐이라네. 다만, 팔과 다리에 검은빛 강철의 비구와 각반을 차고 있었지. 하지만 그가 휘두르는 손과 발에 위진경은 온몸이 부서지는 참혹한 몰골로 죽어버렸지. 그건 실로… 눈 깜짝할 사이였다네."

되새기듯 음미하며 이야기하는 부춘호의 얼굴에는 경이로움이 어른대는 것 같았다. 그 여운을 받쳐 주듯이 나온 비격진검 하남의 말은 언두수의 고개를 바로 돌려 버렸다.

"하북 땅으로부터 흘러온 그자의 소문이 사실이었군요."

"소문이라니, 무슨 소문 말이오?"

바싹 되묻는 언두수의 얼굴을 보며 하남은 진실로 몰라 묻는 것인가, 하는 표정을 만들며 입을 열었다.

"소문은… 그자가 다시 나타난 신풍도 조철련과 그가 이끄는 무리들을 박살 냈다는 것이었소. 그 때문에 조철련이… 맞아서 죽고, 이유는 분명치 않으나 한 자리에 있던 무영도 팽귀호 역시 몸을 상했다 하오."

하남은 역시 맞아서 죽었다는 말을 할 때에 잠시 주저하는 듯했다. 하지만 그런 것보다도 말이 전해주는 내용에 놀라 버린 언두수는 탁자 위에 올려진 두 주먹을 꼭 쥔 채로 두 눈만 크게 뜨고 있었다. 그리고 이어서 들려나온 부춘호의 이야기는 그의 혼을 점점 더 빨아내었다.

"그럴 수밖에 없겠지. 그자는 미안검 송요주와 비편비도 방왜, 그리

고 청랑군의 합격을 격파해 낸 자이니까 말이야. 또한 그건, 아무도 예
상하지 못했던 일이기도 하고……."

　말을 늘이던 부춘호는 손 안에 잡힌 술잔에 술을 따라 들어 올려 단
숨에 들이마셨다. 그리고 술의 잔맛에 찡그리던 얼굴을 펴며 다시 이
야기했다.

　"감히 누가 상상이나 했겠나? 그 세 사람의 합격을 받아낸다는 것
자체를 말일세? 하지만 그자는 그 사이를 뚫고서 방왜와 송요주의 몸
을 반 동강이로 잘라 버렸지! 그리고 청랑군의 다리 한쪽을 마저 갈라
내고 개처럼 한주먹에 처박아 버렸어!"

　부춘호의 음성은 어느새 힘이 들어가 높아져 있었고 얼굴은 무엇 때
문인지 모르게 붉게 달아올라 있었다. 그런 그의 목소리는 웅성대던
주루의 구석구석까지 특상진미의 요리 냄새처럼 빠짐없이 퍼져 나갔
고, 왁자한 몸짓으로 술을 마시며 분주하던 주변 사람들의 시선은 그에
게 몰려들었다.

　부춘호를 바라보는 모든 사람들은 그의 얼굴이 붉어지는 이유가 술
기운 때문이 아니란 것을 알고 있었다. 그것은 바라보며 듣고 있는 자
신들조차도 가슴이 이유 모르게 뛰어오르며 후끈한 열기로 눈자위가
달아오름을 느끼기 때문이었다.

　빈 술잔을 내려다보던 부춘호는 다시 한 잔의 술을 따라 거푸 마시
고는 뜨거운 숨을 내뿜듯이 입을 열었다.

　"그자의 몸놀림은 마치 포악한 미친 범과 같았어! 그리고 그 위험한
손에 천고의 보도 혈룡도가 들려 있었지! 모두가 그것을 갖고자 했지
만, 덤벼든 자들은 모두가 박살이 나고 말았어! 그리고 그건 겸제 우층
도 마찬가지였지!"

뜨겁고 높은 음성을 내뱉은 후 부춘호는 언두수의 얼굴을 바라다보았다. 열기가 꿈틀대는 그 눈길에 언두수는 대꾸나 질문도 잊은 채 입안에 가득한 침만 꿀떡거렸다. 부춘호는 또 말했다.

"겸제의 천웅마겸이… 맞선 자에겐 저주와도 같다던 그 천웅마겸이 편강(鞭罡)을 쏘아 보냈지! 줄기줄기 수십 가닥을 말이야! 숨 쉴 틈도 없이! 하지만 그자는 그걸 모두 쳐냈어! 단지 두 주먹과 두 발, 아니, 온몸으로 말이야!"

어느새 주루 안은 열기 가득한 숨소리의 흐름과 함께 사람들의 시선이 한덩어리로 엉켜 부춘호의 얼굴과 입만을 바라보고 있었다. 그의 뜨거운 이야기는 계속되어졌다.

"번개가 치는 순간을 수십으로 나눈 것 같은 지극히 짧은 그 순간에 승부가 나고 말았지! 그자의 무쇠다리에 어깨뼈가 내려앉은 겸제의 패배로 말이야! 그리고 저녁이 되어서 그들이 나타났지!"

부춘호는 정해진 습관처럼 술잔에 술을 채워넣었다. 말이 끊어진 그 짧은 간극에, 침만 삼키던 언두수가 끼어들어 참지 못한 질문을 던졌다.

"그들이라면 누구를 말함입니까?"

다급한 그 물음에 들어 올리던 술잔을 멈춘 부춘호는 가만히 자신만을 바라보는 언두수의 두 눈을 마주 응시하며 대답을 해줬다. 그리고 그 목소리는 낮고 건조로웠다.

"그들은 강북무림의 신화. 사자철기맹일세."

어쩐지 종전과 다르게 단조롭게 들리는 부춘호의 음성과 달리 마주보는 언두수를 비롯한 하남의 얼굴에는 물결 같은 흔들림이 있었다. 그것은 주변에서 듣는 이들 중 이미 사건의 전모를 알고 있는 자들을 제외한 대다수의 인물들에게도 같은 충격이었다.

"사자철기맹이라면, 사자철기대였단 말씀입니까?"

이번에 물어온 사람은 비격진검 하남이었다. 진중한 그 눈을 보며 부춘호는 다시 고개를 끄덕였다.

"그래, 그 사자철기대였다네."

끄덕이며 시인하는 부춘호의 얼굴에선 열기가 가신 듯 보이고 있었지만 그 말에 귀를 기울이고 있는 사람들의 눈엔 아직도 가득하였다. 그리고 기다리던 부춘호의 음성은 또다시 흘러나왔다.

"하지만 한 마리 미친 야수와 같은, 아니, 흑범의 악령이 씌인 것 같은 철비철각호, 그자가 무서운 것은……! 무적의 사자철기대 마저 박살을 내버렸기 때문이지! 단신으로!"

"우우우."

감탄인지 경악인지 모를 괴성이 주루 안의 뜨거운 숨결을 비집고서 한 바퀴 맴을 돌았다. 언두수와 하남은 아무 소리도 듣지 못하는 듯 부춘호만을 바라보며 말을 잃은 모습이었고, 마시려다 멈춘 술잔을 다시 들어 올린 부춘호는 천천히 음미하듯 맑고 강렬한 액체를 들이마셨다.

"크으! 좋군!"

다른 안주는 손도 대지 않은 채 청경채 볶음 한 조각을 대젓가락으로 집어 든 부춘호는 맛있게 씹어 먹었다. 아득대는 그 소리가 얼마나 맛깔지게 들리던지 잠시 주의를 잃은 언두수는 저 역시도 집어 먹을까 하는 생각으로 접시를 내려보았다. 그 순간에 부춘호의 이야기가 다시 또 시작됐다.

"그런데 지옥 같은 일은 그때부터 시작되었지. 어디로부턴가 폭약을 단 비전들이 날아왔는데, 그것이 그 자리에 있던 모든 걸 휩쓸어 버렸지.

무적의 사자철기대도, 그 수장인 용악검 이백도, 그들의 드러나지 않은 힘인 철혈수 조강도 모두가 도망을 가야 했지. 정신없이 말이야……."

힘에 겨운 것을 떠올리는 듯, 미간을 찌그리고 숨을 고른 부춘호는 천천히 다시 자신의 말을 이어 나갔다.

"나를 비롯한 산에 있던 모든 사람들이 도망을 쳤지. 하지만 녹색 옷을 입고 폭발하는 비전을 쏘아대는 놈들은 귀신처럼 산의 길목을 막고서 우릴 쫓았어! 사람들은 그놈들이 날린 비전 속에 산산이 조각나며 터져 나갔지! 끔찍했어! 마치 지옥과 같았지!"

진저리를 떨어내듯 어깨를 흔드는 부춘호를 보던 몇몇은 고개를 주억거렸다. 아마도 그들 역시 산의 참상을 겪은 생존자이거나, 이미 실상을 들어 일의 전모를 파악하고 있는 사람들임에 분명해 보였다. 그러나 이제 처음 엄청난 이야기를 듣고 있을 뿐인 언두수는 급체한 사람처럼 벌게진 얼굴로 되물었다.

"그들이 누구입니까?"

진저리 치던 고개를 치켜든 부춘호의 눈가는 다시 붉어져 있었다. 그의 대답은 언두수만큼이나 격하게 튀어나왔다.

"모른다네! 하지만 그놈들이 날린 비전이 무엇인지는 알고 있지! 그것은 이백 년 전 혈룡마제의 손에 멸문한 벽력문의 만폭비전이었어!"

주루 안에 술렁거림이 또 한 번 물결처럼 퍼져 나갔다. 사람들의 경악은 극에 달했고, 부춘호와 마주 앉은 하남과 언두수는 말을 잊고 눈동자만 흔들어댔다. 하지만 웬일인지 사람들의 소요는 금세 가라앉았고, 그 원인이 되는 젊은 승려 한 명은 뜨겁게 바라보는 사람들의 시선을 몸곁으로 흘려내며 주루의 입구로 들어섰다.

유난히 불거진 광대뼈가 두드러져 보이는 젊은 승려는 법진의 동행이며 소림의 사대금강 중의 한 명, 정명이었다. 그는 사람들의 시선과 그 중심을 헤치며 주루를 가로질러 내원의 객방으로 통하는 입구로 유유히 사라져 갔다.

그 모양을 가만히 바라보던 언두수가 다시 말했다.

"소림은 이번 일에 어떤 관계가 있는 걸까요?"

마찬가지로 정명의 뒷모습을 보고 있던 부춘호는 나직하게 중얼거렸다.

"모르지……. 이번 일에 얽힌 복잡함을, 뉘라서 헤아리겠나……."

사람들의 시선은 정명이 사라져 간 곳에서 떨어질 줄을 몰랐다.

작은 술단지를 입가에 대고 있는 악중산의 수염 위로 맑은 술 방울들이 흘러내렸다. 벌써 그렇게 비운 것이 꽤 되는 듯, 혼자 앉은 탁자와 발치께에 구르는 단지가 여러 개였다. 그렇게 술 냄새를 풍기며 앉아 있는 객방의 중앙 벽에 둥그런 월동문이 보이고, 문 안쪽의 또 다른 방엔 악중산의 다른 일행들이 모여 앉은 모습이었다. 하지만 특이한 것은, 그들의 사이에 외팔이 승려 법진이 끼어 앉았고, 그들이 둘러앉은 탁자의 뒤쪽 벽 앞 침상에는 다관의 모녀가 앉아 있는 것이었다.

그들 모두의 시선은 월동문을 건너로 보이는 옆방의 악중산에게로 모여 있었다. 그리고 술 기운 오른 악중산은 소리를 쳐댔다.

"제기랄 놈! 배짱도 좋게 아직까지도 처 잔단 말이야! 씹어 먹을 놈이! 나, 악중산을 대관절 뭘로 보고!"

누구를 향한 것인지 모를 욕설 끝에 손에 잡힌 술단지가 또다시 입으로 올라갔다. 벌컥대는 소리가 커다랗게 들렸고, 곧바로 또다시 터져 나오는 욕설은 사람들의 귓가를 어지럽혔다.

“다시 한 번 붙자니까 무서워서 잠만 처자는 놈이 뭐? 철비철각호라고? 헹! 웃기는군! 일어나기만 하면 내가 가루를 만들어 버릴 테다! 쌍노무거!”

그렇게 소리치는 부신 악중산을 지그시 바라다보던 흰머리노인 독고지명이 혀를 찼다.

“쯔쯔쯧! 불쌍한 놈. 아주 주접을 떨고 앉았구나.”

고개까지 좌우로 흔드는 그 모습에 궁신은 한숨을 쉬었고, 도신은 여전히 바라보기만 했다. 그리고 법진은 슬며시 시선을 돌렸다. 하지만 독고지명의 비아냥은 역시 그냥 끝나지 않았다.

“개망신 한번 당한 걸로 부족해서 저 지랄로 미친놈 경 읽듯이 지랄 발광을 떨고 있으니, 참으로 보기에 가긍하구나. 에휴! 등신 겉은 눔!”

그 얘기에 뭔가를 들었음인지 옆을 돌아본 악중산이 월동문의 너머로 소리를 질렀다.

“거, 뭐라고 자꾸 씨부리는 거요?”

“응? 아냐, 아무것도. 우리끼리 그냥 얘기하는 기다. 그러니까 신경 쓰지 말고 너는 술이나 퍼마셔라.”

헤벌죽 웃으며 대답하는 독고지명의 이야기에 강한 의심의 눈길을 실어 보내던 악중산은 다시 술단지에 입을 처박았다. 그리고 키득대는 독고지명을 보던 도신 최홍결은 진중하게 입을 열었다.

“이제는 선배가 알고 있는 걸 털어놓을 때가 되지 않았소?”

무거운 그 음성과 표정에 찔끔하는 기색이 된 독고지명은 금세 다시 되물었다.

“알고 있는 거? 내가 뭘 알고 있는데?”

뻔한 오리발에 옆에서 바라보던 궁신 김영주도 금방 뛰어들었다.

"이거 왜 이래요? 사람을 끌어들였으면 자초지종을 얘기해야지요. 그 덕분에 둘째 형은 뭣 모르고 그 무식한 젊은 친구하고 싸움질까지 하고 저렇게 앉아 있는데."

"허! 이 자식이 이상한 소리 하네? 얌마! 입은 삐뚤어졌어도 말을 바로 하랬다구, 싸움질이야 저 자식하고 그 자식하고 무턱대고 투덕댄 거지, 나 때문이냐?"

"선배야말로 자꾸만 딴소리하지 말아요! 선배가 찾아오지 않았다면 우린 이 자리에 이렇게 함께 있지도 않습니다!"

뜻밖에 강한 궁신의 반응에 끝까지 내밀려던 오리발을 질끈 밟힌 독고지명은 무안한 얼굴로 법진을 바라보았다. 그리고 애처로운 얼굴로 입을 열며 동정을 구했다.

"이보시게, 법진 대사. 보는 바와 같이 저놈들이 늙은이를 핍박하는 구먼. 대사야말로 싸움을 말려 예까지 데려온 장본인이고, 또 그 무식한 놈과 얘기까지 나눠본 친한 사이이니 대사가 말 좀 해주게나 응?"

어쩐지 신 것이 먹고 싶어지는 그 얼굴과 은근한 말투에 법진은 당황하여 불호를 외웠다. 그리고 발을 뺐다.

"아미타불… 소승은 아는 것이 없습니다만……."

그런 태도에 독고지명의 은근하던 얼굴이 갑자기 험악하게 돌변했다.

"이런 빌어먹을 중놈이! 어디서 흐리게 연막을 치는 거야! 네놈들 소림과 그 젊은 놈이 그렇고 그렇게 얽힌 내막이 있는 걸 내가 모를 줄 아느냐? 천만의 말씀이다! 이 땡땡이 중놈아!"

당황한 법진은 엉덩이까지 들썩거렸다. 그럴 수밖에 없는 것이 곁에 앉은 삼신의 대형 도신만 해도 자신의 사형인 소림의 법종(法宗) 방장과 같은 위치의 인물인 데다가 눈앞에서 소리 지르는 늙은이는 그 보다도 수십 년을 더 산 무림의 선배 고인인 것이다. 그리고 그가 말하고 있는 내용은 전부가 사실이기도 했다.

"아! 아! 왜 소림의 법진 대사는 끌어들이는 거요? 그 얘기는 소림의 문제고, 우리가 물어본 건 그것이 아니잖소? 본질을 흐리고 슬쩍 빠져 나가려고 하지 말아요!"

궁신의 다그침이 또다시 터져 나왔다. 그 소리에 슬쩍 도신을 돌아본 독고지명은 돌처럼 굳은 그 얼굴에 나직하게 한숨을 내쉬며 하는 수 없다는 듯 입을 열었다.

"노려보지 말어, 이 흉악한 칼잡이 자식아!"

욕설로 운을 띤 그의 입은 차이를 두었다. 그리고 곧바로 얘기를 시작했다.

"사실은, 너희를 찾아온 건 짐작한 것처럼 도움을 얻기 위해서다. 그리고 그 이유는 돌아가신 사부님 때문이다."

진중해진 어투로 수염을 쓰다듬으며 내놓은 짐작 밖의 말에, 도신과 궁신의 눈매가 한층 가늘어졌다. 도신은 바로 물어왔다.

"북천(北天) 상무달(尙武達) 어른 때문이라니, 그게 무슨 소리요?"

묻는 도신의 이야기 속에 갑자기 나온 이름으로, 법진의 고개 역시 독고지명에게로 자석처럼 돌아갔다.

북천 상무달. 그 이름이 누구이던가. 혈룡마제 이후에 무림을 이끌던 다섯 개의 하늘, 무림오천 중의 하나였으며 바로 법진 자신의 사조가 되는 중천(中天) 현각(賢覺) 대사와 같이 거론되는 위대한 이름 중의 하나였다. 그 이름이 지금 여기서 느닷없이 나온 것이다.

"그래, 참견하기 좋아하던 바로 그 어르신 때문이다."

한숨처럼 내뱉은 그 말에 세 사람은 속으로 같은 생각을 했다.

'그건 선배도 누구 못지않소!'

하지만 들을 리 없는 독고지명은 더욱더 무게를 잡아가며 좌중의 이목을 한껏 잡아끌었다. 그러나 정작 본론을 말하려는 그 순간에, '정명입니다' 하며 문밖에서 들려온 한 소리에 입을 찌그리고 말았다.

법진은 무안한 얼굴로 문을 보고 대답했다.

"그래! 들어오너라!"

슬며시 문을 열고 들어와 합장하며 읍을 보인 정명은 법진이 앉은 탁자의 옆으로 다가왔다. 그리고 잔잔한 음성으로 얘기했다.

"의원의 이야기를 들으니 정오는 거의 나은 듯싶고, 정도와 정수 역시도 거동에 불편이 없을 듯싶습니다."

"그래, 수고했구나."

가만히 고개를 끄덕이며 응대하는 법진을 샐쭉이 보던 독고지명은 끝내 한마디를 거들고 나섰다.

"느이 새끼덜이 벌써 나았다고? 하! 그 자식덜 젊은 게 좋긴 좋구나! 아냐, 가만가만, 그게 아니지? 산속에서 풀만 처먹은 놈들이면 그럴 수가 없지?"

또다시 은근한 눈빛과 어투가 된 독고지명은 법진의 어깨 뒤로 어렵게 서 있는 정명을 보고 간지럽게 말을 붙였다.

"애야! 니네덜 어른들이 안 보는 데서 니덜끼리만 좋은 거 먹었지? 그렇지? 아, 왜 있잖아? 쫄깃쫄깃하고 미끌미끌하고 비릿비릿한 거? 그렇지, 맞지?"

당황한 얼굴의 정명은 주춤 한 걸음을 뒤로 물러났다. 대답은 무안과 당황이 겹친 법진이 다급하게 했다.

"그런 것을 먹을 턱이 있겠습니까? 수행하는 아이들이……."

"뭐? 수행? 그럼 네놈들이 이슬만 처먹고 구름똥만 싼다는 거야? 웃기고 있네, 자식들이! 예전에 네놈 사형들도 내가 잡아준 뱀꼬리를 얼마나 많이 처먹었는데 그 따위 식은 방구 같은 소리를 하고 자빠졌어!"

독고지명이 밝힌 숨은 비화에 법진은 끝내 고개를 숙이고서 불호를 외워야 했다.

"아미… 타불."

하지만 한 가지 다행인 것은 자신이 너무 어려 그 당시에 기억조차 가물한 저 인간의 미수에 동참하지 않았었다는 것이다. 하지만 사형들은…….

법진은 등 뒤에 선 정명의 시선을 따갑게 느끼며 한가득 한숨을 내쉬었다. 그리고 붉어진 얼굴의 정명은 천장만을 말없이 올려다볼 뿐이었다.

"딴소리 그만 하고 하려던 말이나 마저 꺼내봐요!"

또다시 시작된 궁신의 재촉에 퍼뜩, 잃어버린 것을 찾아낸 모양의 얼굴 표정을 만들며 독고지명이 손을 들어 머리를 쳤다.

"이차! 그렇지! 내가 어디까지 얘기했더라?"

능글능글한 그 모습에 배아지가 꼴려 못 참겠다는 듯이 궁신은 버럭 소리를 질렀다.

"어디까지는 뭐가 어디까지요? 아무 얘기도 안 했잖소!"

그러나 언제나 독고지명이 눈치를 보는 건, 지금처럼 소리 지르는 궁신이나 부신이 아닌 도신 최홍결의 말없는 얼굴이었다.

"그랬… 나? 에, 뭐, 어쨌든 그래서… 사부님이 돌아가시면서 말씀을 하셨는데……."

힘겹게 다시 이어지던 독고지명의 말은 또 끊기고야 말았다.

"식사 왔습니다!"

주루의 점소이가 분명한 문밖의 목소리는, 주문했던 음식이 도착했음을 알렸다. 그 소리에 독고지명의 얼굴은 확 구겨졌고, 제일 먼저 반응을 보인 것은 뒤편 침상에 말없이 앉아 있던 다관 모녀 중 어린 미령이었다.

"엄마! 밥 왔어!"

얼마나 밥을 기다렸던지 적응하지 못하던 분위기 속을 뚫고 나가 제 손으로 문을 열어주고는 활짝 웃었다. 그 천진한 모습에 구겨졌던 독고지명의 얼굴도 스르르 풀려 버리고, 자신들의 생각만 했음을 깨달은 나머지 사람들도 슬며시 표정들을 풀었다.

그러나 분위기 깨는 소리는 월동문으로 이어진 옆방으로부터 벼락처럼 들려 나왔다.

"야, 이놈아! 음식 시킨 지가 언제인데 이제야 갖고 오는 거야? 엉?"

놀란 점소이는 작은 손수레인 밀차에 실린 음식들을 내려다보며 황급히 고개를 조아렸다.

"죄, 죄송합니다! 워, 워, 워낙에 손님들이 마, 많이……."

"시끄러워! 음식이나 이리 갖고 와!"

부신의 흉악한 거구와 외모에 말을 더듬던 점소이에게 호통이 떨어졌다. 그리고 점소이는 부신이 던진 말에 거스를세라 황급하게 작은 밀차를 밀어 부신의 방 탁자 앞에 들이밀었다. 곧 이어 떨리는 손으로 정성스레 음식을 올려놓고는 식은땀이 송글한 얼굴로 고개를 조아렸다.

"마, 마, 맛있게 드, 드십시오!"

"가봐!"

부신은 보지도 않고 손짓을 했다. 그 목소리에 사면을 받은 죄인처럼 점소이는 부리나케 문밖으로 사라졌다. 하지만 정작 여지껏 음식을 기다려 온 어린 미령은 시무룩한 얼굴로 문 앞에 서 있을 뿐이었다. 그 모양은 본 독고지명이 말을 건넸다.

"아가야! 밥 먹어야지?"

하지만 부신 쪽을 바라만 보며 미령이는 꼼짝도 안 했고, 독고지명의 말소리를 들은 악중산은 붉은 얼굴로 돌아보고 입을 열었다.

"꼬마야! 밥 먹어라!"

그 커다란 목소리에 미령이는 주춤 뒤로 물러나며 제 어미를 돌아보았다. 송연주는 그런 제 딸의 눈을 보고 차분히 일어서서 다가갔다. 그리고 작은 손을 붙잡아 데리고서 부신이 앉은 옆방의 탁자 앞에 마주앉았다.

"실례하겠습니다."

이미 한 손에 오리 다리를 찢어 잡은 악중산에게 송연주가 공손히 얘기했다. 그리고 부신도 화답했다.

"어, 실례는 무슨, 밥은 제때에 먹어야지. 어여들 먹어!"

그 말뿐으로 부신은 제 먹는 일에만 신경을 썼다. 그리고 그 앞에 앉은 미령과 송연주도 조심스레 음식에 손을 댔다. 그중 하얗게 모락대는 김을 피워 올리는 만두에 손을 댄 미령이는 두 손으로 번갈아 잡아 호호거리며 그 몸통을 베어 물었다. 그리고 몇 번을 씹지 않아 손에 든 것을 내려놓았다. 그것을 본 송연주가 살며시 물었다.

"왜? 맛이 없어?"

"응! 맛이 좀 이상해."

미령이 먹던 만두를 들어 한입 물고 오물거린 송연주는 가만히 다시 이야기했다.

"이상한 게 아니고 여러 가지 고기가 들어가서 그래. 우리 집 거 하고는 재료가 달라서 그럴 뿐이야."

"그래도 이상해. 못 먹겠어."

상심한 듯 울상으로 찌푸려지는 미령의 표정은 단순한 투정 이상이었다. 송연주는 그런 딸의 머리를 쓰다듬으며 어떻게든 달래보려고 마음먹었다. 하지만 불벼락은 뜻하지 않은 앞에서 튀어나왔다.

"요 꼬마 놈이! 지금 음식 타박을 하는 것이냐? 엉? 귀한 음식 앞에서 감사하게 먹지는 못할망정 버릇없이 어디서 타박이여!"

종탑을 두들기는 것 같은 그 목소리에 송연주가 화들짝 놀라 고개를 치켜들고, 경기 들린 갓난아이처럼 파랗게 질려 버린 미령의 얼굴이 점점 가로로 퍼지며 울상으로 변모해 갔다. 그리고 설움에 복받친 어린 계집애의 감당 못할 울음소리가 객방 안에 떠나갈 듯이 울려 퍼졌다.

"우와아아아아아아앙!"

샘물이 터진 것처럼 쏟아지는 계집아이의 눈물은 쉼없이 흘러나왔고, 큰 눈으로 멀뚱히 바라보던 부신의 얼굴 표정은 점점 무참하게 일그러져 갔다. 그리고 옆에서는 예의 카랑한 목소리가 염장을 질러댔다.

"저 무식한 산적 같은 놈이 왜 애는 울리고 지랄이여? 지랄이! 어여 달래! 빨리 안 달래? 이 거지 같은 놈아!"

독고지명의 무식한 협박이 아니더라도 부신 악중산은 지금 정신이 없었다. 눈앞에서 울어대는 계집아이의 울음소리는 온 정신을 흔들어 짓밟으며 혼을 빼놓았고, 계속해서 흘러나오는 저 눈물샘과 서러운 몸짓은 눈을 어지럽고 가물거리게 만들었다.

그랬다. 사람들은 잊고 있었다. 부신 악중산이 세상에서 제일 무서워하는 한 가지, 바로 계집아이의 울음소리. 그것이 지금 눈앞에서 터지듯 흘러나오고 있는 것이다.

악중산은 혼비백산한 얼굴로 미령에게 다가들었다.

"애! 애! 아가야! 왜 우니? 엉? 울지 마라! 이 할아버지가 잘못했다!
제발 울지 마라! 응? 부탁이다!"

갑자기 달라진 부신의 태도에 울면서도 의아해진 미령이가 실눈으
로 빼꼼히 쳐다보더니, 한층 더 서럽게 울어 젖혔다.

"으아아아아앙!"

"아이고, 제발 울지 좀 마라! 내가 이렇게 빌 테니까 응? 너 해달라
는 거 뭐든지 다 해줄 테니까 울지 좀 마라, 제발!"

부신은 이제 미령이에게 머리를 조아리며 손까지 맞붙여 빌고 있었
다. 그 희한한 모양을 딸 옆에 앉은 송연주가 이상스럽게 쳐다보았고
옆방에서 넘겨다보던 사람들은 제각각의 표정으로 머리를 흔들었다.
그중 독고지명은 궁신을 돌아보며 희한한 듯이 물었다.

"야, 저 자식, 저거 갑자기 왜 저러냐?"

하지만 한숨을 내쉬며 바라보는 궁신은 별다른 말이 없었고, 여전히
굳은 눈매인 도신은 눈길을 돌려 버렸다. 그리고 때를 맞춘 것처럼, 갑
자기 문이 활짝 열리며 안으로 들어선 검은 그림자에 사람들의 이목이
모두 쏠렸다.

미령의 목소리가 요란하게 울려 퍼지는 객방의 소란 속으로 느닷없
이 나타난 사람은 지금도 저 밖의 주루와 이 거리의 전체를 메운 무림
인들 모두가 뜨겁게 입에 올리는 검은 사나이, 바로 철비철각호 장세철
이었다.

안으로 들어선 세철은 차분하게 모두의 시선을 훑어갔다. 껌벅대며
쳐다보는 독고지명의 눈, 여전히 차갑게 번쩍이는 도신 최홍결의 눈,
그 사이에서 의미 모르게 바라보는 궁신 김영주의 눈, 그리고 지인의
눈빛으로 바라보는 법진의 눈과 정명의 눈까지.

가지각색의 눈을 돌아본 세철은 귀에 들리는 어린 계집애의 울음소리를 좇아서 월동문이 넘겨다 보이는 안쪽까지 몇 걸음을 옮겼다. 곧바로 그의 눈엔 울고 있는 미령과 애쓰며 달래고 있는 악중산, 그리고 자신을 바라다보는 송연주의 모습이 눈에 들어왔다.

세철은 울고 있는 미령에게 말을 걸었다.

"무슨 일이냐? 왜 우는 거냐?"

굵고 낮은 그 음성에 열심히 울어 젖히던 미령의 고개가 확 돌아갔다. 그리고 흑흑거리고 울음을 줄이며 세철을 바라보았다.

"계속 울 거냐?"

언제나 무감정한 세철의 그 음성에 흑흑대던 미령은 고개를 가로저었다. 그 모양에 사람들은 또 한 번 희한한 얼굴을 만들었고, 세철의 출현을 그제야 감지한 부신 악중산은 거구의 몸을 일으켰다.

"너! 잘 왔다!"

음산한 힘이 묻어 나오는 그 목소리에 울음을 그쳐 가던 미령과 송연주의 얼굴에 또다시 불안과 염려가 스쳤다. 악중산은 그런 주변과 상관없이 세철에게 다가서며 또박또박 말했다.

"이제 다 잔 거냐? 아주 대단한 놈이구나! 나를 하루씩이나 기다리게 해놓고 줄창 잠을 자다니 말이야!"

세철은 다가오는 악중산을 보며 말이 없었다. 하지만 악중산은 참았던 이야기가 많았는지 계속해서 이야기했다.

"이젠 더 이상 기다리게는 못하겠지? 여기서 못다 한 승부를 끝장내자! 애송이 놈아!"

이미 살기를 온몸에 돌리며 다가선 악중산의 기세를 보고 독고지명과 법진의 만류가 튀어나올 순간, 여지껏 울던 꼬마 계집애의 목소리가 사람들의 귓속을 갑자기 파고들었다.

"할아버지, 싸우지 마세요!"

다급히 들려온 그 목소리에 세철에게 다가서던 부신을 비롯한 모두의 시선이 미령에게로 쏠렸다. 옆에 앉은 제 어미조차도 의아한 시선을 주고 있을 때 다시 나온 계집애의 목소리는 악중산의 얼굴을 일그러뜨렸다.

"조금 전에 제가 원하는 건 뭐든지 들어준다고 했잖아요! 아저씨랑 싸우지 마세요!"

부신은 급하게 입을 벌렸다.

"아니, 그건!"

하지만 큰 숨을 들이키다 막힌 사람처럼 말을 멈췄다. 그리고 표정 없는 세철의 쇠 같은 얼굴을 돌아보다가 인상을 찡그렸다. 그 얼굴은 점점 더 흉측하게 일그러지며 비참하게 찌그러들었다.

세철은 그런 악중산의 얼굴을 마주 보다가 천천히 뒤로 돌았다. 그리고 자신을 바라보고 있는 모두에게 말을 걸었다.

"씻고 다시 오겠소. 그때 할 이야기들을 합시다."

올 때처럼 간단하게 사라져 버리는 세철의 등을 보며 부신은 짐승 같은 소리를 질렀다.

"으으으으으! 이노무자식!"

그리고 궁신은 감탄처럼 입을 열었다.

"참 대단한 친구로군. 오자마자 잠이 들더니 하루 만에 일어나서 이젠 뭐, 씻고 오겠다고? 허허, 참!"

김영주의 말에 세철이 사라져 간 문 쪽을 바라본 독고지명은 고개를 가로 흔들며 얘기했다.

"대단한 놈이지! 아무리 오해를 풀기 위한 자리였다는 걸 알았다지만 호굴 같은 속에서 제 몸의 피곤함을 먼저 달래다니 말이야. 어쩌면 놈은 우리를 호위병으로 삼고서 그랬는지도 모르겠는걸?"

이번엔 법진이 고개를 주억거리며 염주알을 굴려댔다. 하지만 여전히 서 있는 채로 짐승처럼 꺽꺽대던 악중산은 몸을 돌려 세우더니, 앉아 있는 도신 최홍결에게로 다가와서 사정을 하였다.

"형님! 형님이 대신 내 원 좀 풀어주쇼! 나 대신 저놈 좀 박살을 내달란 말이요!"

어울리지 않게 애절한 그 모습에 독고지명은 혀를 차댔고, 가만히 손을 들어 제지시킨 최홍결은 궁신에게 물었다.

"넌 어떠냐?"

뜬금없는 그 물음에 대답을 내놓지 않은 채 궁신은 두 눈만을 깜박거렸고 옆에서 지켜보던 독고지명은 고개를 외로 꼬며 혼잣말처럼 지껄였다.

"아서라! 네놈 나이를 생각해야지. 뻔히 보이는 개망신을 당할려고 애쓰는 꼴이라니, 이겨도 본전이고 지면 끝장인데… 에잉! 쯔쯔쯔쯧!"

그 말에 주름진 농군 같은 도신의 얼굴이 새파란 눈길로 돌았다. 하지만 도신의 흥분은 거기까지였고 미령처럼 울상으로 구겨진 악중산의 얼굴은 점점 더 비참해졌다.

열린 문밖에서는 사람들의 열기와 웅성거림이 뺨을 스치는 바람처럼 훅 하고 밀려들었다.

철비철각호(鐵臂鐵脚虎) 3

목조로 이루어진 원형의 욕조에 몸을 담근 세철은 꽁지처럼 뒤로 묶었던 머리를 풀어헤쳤다. 치렁하게 늘어지는 머리칼들이 눈앞을 가리며 드리웠고, 그 사이사이로 올라오는 욕조물의 뜨거운 증기가 안개처럼 피어나며 시야를 어지럽혔다.

천천히 머리까지 물속에 몸을 담갔다가 살며시 다시 내밀었다. 따뜻한 온기가 온몸을 파고들며 전신을 주물러 주는 것만 같았다. 노곤한 아늑함이 파도처럼 밀려들었다. 생각해 보니 산을 떠난 이래 처음 하는 목욕이었고, 거기에다 이렇게 호사스런 온수욕은 더욱이나 생각지도 못했다.

문득, 산 생활 동안 내내 지치고 부상에 혹사당한 몸을 어루만져 준 온천이 생각났다. 그곳의 물은 참으로 뜨거웠다. 마치 뼛속까지 파고드는 듯한 그 열기가 정신을 혼몽하게 할 정도였다. 하지만 그곳에 몸

을 담그고 나면 아무리 힘든 육체의 고통과 피로도 말끔히 씻어내듯
사라졌었다.

지금도 몸에는 상처가 가득했다. 특히 부신의 강기가 베고 지나간
옆구리의 상처를 비롯해서 전신을 새로 도배한 것 같은 많은 상처들이
쓰린 통증을 주고 있지만, 그까짓 피륙에 묻은 상처 따위 대수롭지 않
았다. 하지만 연속된 격전과 엄청난 폭발, 그리고 감당 못할 고수들과
의 격전은 내부의 기력을 마구 흐트려 놓았다.

그걸 다스리기 위해 하루간의 잠을 청했다. 산속의 수행 중에서 이
미 만상투격술의 기본 요체인 호흡법과 그를 다스려 천지의 기운을 받
아들이고 장애없이 소통함의 경지를 체득했지만, 여행 내내 행공(行功)
으로써 몸을 만들고 열어 외기와 내기의 자연스런 어울림을 이루어가
는 중에 엄청난 화기와 폭발의 충격으로 모든 것이 뒤엉켜 버렸다.

엎친 데 덮친 격으로 부신과의 대결은 물기 빠진 빨래감을 빨래 방
망이로 후려치는 것과 같은 충격을 재차 던져 주었다. 견디기 힘든 충
격과 피로가 온몸을 덮쳤다. 보름간 상처를 달래며 은신했던 동굴에서
회복의 기초를 마련한 몸이, 한순간에 무너지는 모래탑처럼 나락으로
떨어진 것이다.

지금도 몸 전체가 엉망이기는 마찬가지였다. 하지만 하루간의 쉼없
는 회복의 노력과 그와 병행된 꿀 같은 단잠은 다시 기초를 다잡았고,
이대로 행공이 계속 이루어진다면 며칠 사이에 몸은 정상으로 회복될
것이다. 하지만 그 후유증을 딛고 정진하기에는 다소 무리가 있어 보
였다.

세철은 생각을 털어내며 손에 물을 움키어 얼굴을 쓸어내렸다. 까칠
한 흉터의 자국들이 만져지며 콧날과 볼을 타고 물이 흘러내렸다. 그

리고 그때 문밖의 인기척이 자신의 방문을 알렸다.

"손님! 말씀하신 것들을 준비해 왔습니다요."

객잔의 점소이였다. 세철은 닫혀진 문을 보며 대답을 했다.

"들어와라."

조심스럽게 문을 열고 들어온 앳된 점소이는 안쪽의 침상 위에 손에 들고 온 것들을 가지런히 내려놓고 세철을 향해 돌아섰다.

"시키실 일이 있으시면 또 부르십시오."

무엇이 그리도 어려운지, 눈조차 맞추지 못하고 고개를 숙인 점소이는 겨우 한마디를 내뱉고는 도망치듯 부리나케 사라져 버렸다.

세철은 그렇게 문을 닫고 나가는 점소이의 뒷모습을 보고 있다가 욕조에서 몸을 일으켰다. 커다란 몸에서 물이 흘러내리고 점점이 물기가 가시는 구릿빛 몸이 열려진 창문으로 들어오는 햇살 아래 드러났다.

견갑과 흉갑을 두른 것 같은 어깨와 가슴은 청동의 조각상처럼 불끈 솟은 근육으로 힘이 넘실대는 것 같았고, 작은 쇠 기둥들을 깎아서 붙여놓은 듯한 두 팔은 보기에도 위협스러웠다. 거기에 전설 속의 하늘을 떠받친다는 기둥처럼 우람한 두 다리는 세상 어떤 것보다도 강인함을 풍겼다.

하지만 그렇게 넘실대는 힘과 강인함으로만 뭉쳐진 것 같은 세철의 전신에, 머리부터 발끝까지 가득 들어찬 흉터와 또 그 위에 새겨진 새로운 상처들은 보기에도 흉측하고 안쓰러웠다.

그러나 아무것도 개의치 않는 듯 상처 위로 흐르는 물기를 천천히 닦아낸 세철은 점소이가 가져와 침상 위에 가지런히 늘어놓은 물건 중에서 작은 사기 단지를 집어 들었다. 손바닥만한 그것의 밀봉된 뚜껑을 열자 시큼하고 알싸한 고약 냄새가 확 하고 코를 찔렀다. 거무죽죽

한 색의 찐득한 그것을 손에 듬뿍 찍어서 갈라지고 찢어진 온몸의 상
처에 고루 발라 나갔다.

약효는 빨랐다. 금창약이 스며드는 상처에서는 후끈한 열기가 퍼지
는 듯하다가 잠시 시원한 바람 같은 느낌으로 상처 주위에 천천히 퍼
져 나갔다. 그렇게 빠짐없이 고루 약을 바른 후 면포를 정갈히 돌려 상
처에 두루 감았다. 가슴과 옆구리, 팔과 허벅지 위에 빠짐없이 흰 면포
가 고루 감겼다.

직후엔 면포 옆에 가지런히 놓여 있던 검은 무복을 펼쳐 몸에 걸쳤
다. 바시작대는 새 옷의 느낌이 약간은 거북하게도 느껴졌지만, 익숙
한 흑색의 까칠한 느낌에 이내 마음을 편히 실었다. 마지막으로 침상
에 놓여 있는 회색 바랑을 집어 들었다. 이것 역시 새것이 주는 감촉이
거북하지만 친숙했다.

세철은 집어 든 바랑을 내려다보다가 몸을 돌렸다. 곧바로 방 중앙
의 탁자로 걸음을 옮겨 걸레처럼 찢어지고 구멍난 헌 바랑을 뒤집어
안의 내용물을 끄집어냈다.

내용물은 많지 않았다. 뽀개지기 직전의 팔뚝만한 죽통이 하나, 화
석(火石)과 작은 강철 부시 하나, 반절로 접혀 찢어지고 흐트러진 검은
비단이 한 필. 그리고 검누르스하게 색 바랜 마포로 둘둘 싸인 육중한
뭉치가 하나.

그중 거치른 마포로 싸인 뭉치를 조심스럽게 풀어헤친 세철은 가만
히 그것에 손을 갖다 대었다. 차가운 한기가 검은 먹물이 풀어지는 것
처럼 손을 타고 올라왔다. 까만 윤기로 오후의 햇살에 반질대는 둥근
원반의 몸통은 사악한 기운이 물씬 피어올랐고, 그것을 쓰다듬는 세철
의 관자놀이엔 굵은 힘줄이 지렁이처럼 도드라졌다.

자꾸만 힘이 들어가는 손끝을 저지하며 세철은 이를 악물었다. 손에 잡힌 이것, 둥그런 검은 원반. 차가운 냉기가 흐르는 악마의 병기. 자신의 손으로 만든 저주받은 물건. 결코 세상에 있어서는 안 되는 말세(末世)의 악병(惡兵). 하지만 언제고 이것을 던질 날이 올 것이다. 그 날이 빨리 오기를 바라고 또 바라지만, 손 안에 잡힌 이놈이 바라는 마음을 들을 때엔 자신조차 소름이 돋았다.

그 소름 끼치는 물건을 내려다보며 세철은 부르짖듯이 낮고 강하게 이야기했다.

"그래! 반드시 날려주마!"

말과 함께 뚫어질 듯이 내려다보던 세철은 큰 숨을 뿜어내며 마포로 다시 감쌌다. 틈새없이 조밀하게 둘러 감고 매듭을 지은 그 물건을 새로 장만한 바랑 속에 집어넣었다. 그리고 화석과 부시, 반으로 접혀진 검은 비단을 구겨 넣었다.

그렇게 바랑을 정리하고 소매를 걷어 올려 강철 비구를 채워 넣었다. 마찬가지로 바지도 걷어 올리고 무쇠 각반을 다리에 감아 붙였다. 그리고 벗어버린 헌 옷가지의 한 부분을 찢어내어 머리를 뒤로 쓸어내리고 질끈 감아 묶었다.

연이어 탁자 위에 놓여 있던 혈룡도를 집어 들고는 탁자를 덮고 있던 회청색의 보자기를 쓸어버리듯 걷어내고 발뒷꿈치로 사정없이 찍어 내렸다.

콰작!

사각의 커다란 탁자가 부서져 내리며 이어 붙인 나뭇결들이 튀어 올랐다. 그중에서 온전히 벌어진 두 쪽을 집어 들고 혈룡도의 날 길이에 맞추어 끝을 잘라냈다. 곧 이어 두 쪽의 기다란 나뭇쪽을 도신의 양쪽에 맞대고 회청색 보자기로 둘둘 감았다. 그렇게 작은 장작 뭉치처럼 아무렇게나 감은 그것을 들고 바랑을 몸에 걸었다. 그리고 문을 향해 돌아섰다.

이제 준비는 끝났다. 또다시 갈 때가 된 것이다. 놈의 흔적은 요원하지만 세상의 구석구석을 뒤지다 보면 언젠가는 만날 것이다. 지난 이십여 일간은 뜻하지 않은 곳에서 원하지 않는 일에 휩쓸려 버렸다. 하지만 수확도 있었다. 모르던 사실도 조금이나마 알게 되었고, 중들과 모녀와의 만남으로 인해 막막하기만 하던 놈의 실체에 조금이라도 다가선 느낌이었다.

그러나 이제는 놈의 멱을 따기 위해 발길을 옮길 때였다. 따지고 보면 자신들로 인해 피해를 보게 된 것이 확실한 다관의 모녀가 애틋하고 마음 쓰이기는 하지만, 그 따위 하찮고 지엽적인 일에 신경을 쓸 겨를이 자신에겐 없었다. 만약에 금전적인 여유가 있다면 도움을 주겠지만, 그조차도 가망없는 일이니 그저 후일을 기약할밖에 도리가 없었다. 또한 그 안에 모녀에게 무슨 일이 생긴다면 그 역시 그네들이 감내해야 할 일일 뿐이다. 세상에 누가 있어 도와주기 위해 두 팔 벌리고 있겠는가. 그렇게 만만한 곳이 세상이었다면 자신과 아버지와 같은 이들도 생겨나지는 않았겠지…….

세철은 모녀의 일이 계속해서 신경 쓰여졌다. 하지만 뾰족한 방법이란 애시당초 있지도 않았고, 모녀의 일에 관한 한 가지 대안은 중들에게 일신을 안돈할 방도를 의탁시키는 일뿐이었다. 천하에 소림과 연을 맺은 곳이 어디 한둘이겠으며, 또한 모녀와 소림과의 관계 역시 범상치 않다 할 수 있으니 그만한 일쯤은 가능하리라 생각되어졌다. 그리고 그렇게 일이 매듭 지어지고 떠나기 전에, 외팔이 중으로부터 최대한 많은 것을 알아내야 했다.

더불어 늙은이들의 존재는 그들이 무얼 말하고자 하는지는 알지 못하지만 칼과 비롯된 일이 분명해 보이는 만큼 이야기를 들어보면 알 일이었다. 때문에 또 싸우게 된다 해도 할 수 없는 일이고, 분명치 않은 일로 앞길을 막는 자는 누구라도 때려눕힐 것이다. 하지만 손에 들린 이 칼은, 자꾸만 무게감을 더해가며 발길을 붙잡는 것만 같았다.

손잡이조차 둘둘 감겨 버린 회청색 뭉치를 내려다보던 세철은 갑자기 피식 웃었다. 칼의 거추장스러움이 밥값을 제대로 못한 대장장이 유씨의 심술처럼 느껴진 때문이었다. 하지만 죽은 자는 말이 없었고, 칼 또한 갈 곳을 모른 채 검은 범 사나이의 손 안에서 흔들릴 뿐이었다.

고개를 듦과 동시에 상념을 털어버린 세철은 전방의 문을 향해 걸음을 옮겼다. 밖에는 그를 기다리는 노인들의 숨소리가 가득할 것이었다.

다시 나타난 세철을 보는 노인들의 눈길은 한결같았다. 그 생각을 대변해서 드러내듯이 독고지명이 물었다.

"너, 어디 갈 거냐?"

대답없이 세철은 그들이 앉은 탁자에 마주 앉으며 장작 뭉치 같은 혈룡도를 내려놓았다. 그걸 보고 독고지명이 또 물었다.

"이건 뭐냐?"

도신과 궁신을 비롯한 법진과 정명까지, 모두의 시선이 꽂힌 회청색 보자기를 향해 세철은 대수롭잖게 얘기했다.

"혈룡도요."

뜨악해진 눈으로 세철과 뭉치를 번갈아 보던 독고지명은 특유의 비아냥대는 목소리로 토를 달았다.

"딱, 네놈 같은 짓거리로구나. 천고의 보도를 이 따위로 치부하다니."

그 이야기에 모두는 수긍하는 눈빛으로 미미하게 고개를 움직였다. 하지만 일행의 분위기에 편승하지 못하는 한 명. 부신 악중산은 처음처럼 옆방의 탁자에 앉아, 들어오는 세철도 본 척 않은 채 술단지만 꿀꺽거리며 중얼거렸다.

"빌어먹을!"

"우라질!"

"에잇! 개똥 같은 거!"

욕설이 분명한 소리를 누구에겐지 모르게 연방 지껄이며 고개를 들척대는 꼴이 심통난 곰마냥 불퉁스러웠고, 이제는 그 호통 소리가 그다지 무섭지 않은 듯 찻잔을 들어 홀짝거리며 곁눈질로 바라보는 미령이는 의자 위에서 다리를 흔들고 있었다.

"시끄럽다, 이 자식아! 조용히 해라!"

옆을 돌아보고 부신에게 소리친 독고지명은 세철에게 다시 눈을 돌렸다. 그리고 은근하게 물었다.

"이제… 칼을 어쩔 셈이냐?"

그 얼굴을 빤히 바라보던 세철은 오히려 되물었다.

"어찌했으면 좋겠소?"

우묵한 그 눈을 마주 보며 갑작스레 침중한 낯빛을 굳힌 독고지명은 조용하게 이야기했다.

"너, 이 칼이 어떤 칼인지 알고 있냐?"

세철은 가볍게 고개를 끄덕이며 대답했다.

"알고 있소."

"이 보도에 얽힌 내력도 안단 말이지?"

거듭 되묻는 독고지명의 언사는 돌처럼 무겁기 그지없었다.

세철은 또 대답했다.

"혈룡마제의 유진에 관한 것이라면 이미 들었소."

"그렇다면 이 칼이 혹여 무림에… 아니, 불량한 마음을 먹은 자들의 손에 넘어가면 어떤 일이 일어날지도 짐작하겠구나?"

역시 짐작되는 물음에 대꾸하려는 세철의 입이 벌어지려는 그 순간, 독고지명은 또 말했다.

"그래서 말인데!"

한층 더 무겁고 심각하게 튀어나온 독고지명의 음성은 모두의 시선과 마음을 한데로 끌어모았다. 하지만 이어서 나온 말에 사람들은 기함하고 말았다.

"나하고 같이 그 보물을 찾아 나서지 않을 테냐?"

피시시식 하고 바람 빠지는 소리가 어디서 들리는 듯했고 달구어진 철판에 찬물 끼얹는 요란한 소리가 귓가에 맴도는 것 같았다. 그렇게 황당무계한 얼굴로 사람들은 독고지명의 얼굴을 바라다보았다. 하지만 어울리지 않게 생글생글 웃는 얼굴로 바뀐 독고지명은 여전히 세철을 바라보며 주절거렸다.

"어떠냐? 그렇게 하자! 응? 그렇게 할 거지?"

그때 천둥벽력 같은 소리가 울려 퍼졌다.

"그게 무슨 소리야!"

자리를 박차고 어느새 건너왔는지 옆에 와 소리치는 부신이었다.

"그렇게 좋은 일이면 다 같이 가야지! 왜 선배하고 저놈만 가겠다는 거요?"

연거푸 고함치는 그 얼굴을 보고 독고지명도 마주 소리쳤다.

"야! 이, 곰 같은 놈아! 소림사 돌종을 통째로 삶아 처먹었냐! 왜 이리 소리는 지르고 난리야! 난리가!"

그렇게 서로 맞고함치는 두 사람을 보며 법진은 멍한 시선으로 허공을 보며 염주를 굴렸고, 인상을 처참하도록 험악하게 구겨 버린 도신의 옆에서 궁신 김영주는 이마를 두 손으로 짚었다. 그리고 참고 참아왔던 소리를 끝내 발악처럼 터뜨리고 말았다.

"이런, 개썅! 시끄러워요!"

두 사람의 고개가 화들짝 동시에 돌아왔다. 그리고 그들의 눈에 비친 성난 모습의 궁신 김영주는, 청수한 검은 수염을 부들부들 떨어가며 이야기를 했다.

"제발! 제발, 말 같은 얘기 좀 나눠봅시다! 예?"

흡사 이제부터 그렇지 않으면 가만두지 않겠다는 듯이, 탁자에 기대 어놓은 강철 활대를 쥐어잡는 궁신의 얼굴에는 살벌함이 넘쳤다. 그렇게 푸르등등한 얼굴을 본 악중산과 독고지명은 계면쩍은 헛기침을 흘리며 자리에 슬며시 주저앉았다. 하지만 독고지명은 역시 그냥 앉지 않았다.

"저 자식, 상소리도 할 줄 아네?"

대번에 김영주의 시선이 돌아왔고 찔끔한 독고지명은 고개를 모로 돌렸다. 그렇게 상황이 정리된 가운데 입을 연 것은 세철이었다.

"할 말이 있다면 어서 끝냅시다. 여기서 지체하고 싶지 않소."

감정이 묻어 있지 않은 나직하고 단호한 그 말에 법진은 미미하게 고개를 끄덕이며 눈을 내리 감았다. 하지만 도신의 눈은 새파랗게 빛을 냈고 고개를 숙인 부신은 주먹을 쥔 채 숨을 거칠게 내쉬었다. 궁신은 그런 모두의 상황을 살피며 독고지명에게 말을 걸었다.

"이젠 장난 좀 그만 하시고 본론을 꺼내 놔보세요."

간곡함이 서린 그 말에 헛기침과 함께 수염을 쓸어 내린 독고지명은 천천히 입을 벌렸다.

"뭐, 장난이라기보단… 에헴! 그래, 어쨌든 하려던 이야기는 마저 해야겠지."

서두를 뗀 독고지명은 잠시 아련한 옛 생각에 스며드는 듯한 얼굴로 말을 이어갔다.

"앞서도 이야기했지만, 사부님이 돌아가시며 말씀하셨지……."

그의 이야기는 이러했다.

북천 상무달. 무림오천 중의 일 인이며 중천 현각 대사의 오래된 벗이기도 한 그가 오래도록 뒤쫓던 무리가 있었으니 그건 바로 벽력문의 후예들이었다.

일찍이 벽력지난(霹靂之亂)이라고 명명되어진 이백 년 전의 그 일로 사람들은 그들의 존재를 알게 되었었다. 그들이 문파의 개파 기념을 빙자로 해서 일 년간을 중원무림에 돌아다니며 무림의 명숙을 초빙할 때만 해도 사람들은 알지 못했었다. 감숙의 끝인 오지의 대설산에 위치한 그들의 문파에 도착해서 보름간의 축하 연회를 벌일 때까지도 누구도 짐작 못했었다. 하지만 술에 취하고 흥에 취하고 이국의 설경에 취해 새로운 문파의 창건을 축하하며 사람들이 기뻐할 때, 그들의 손에서 던져진 작고 검은 구슬들과 날렵한 비전들은 사람들의 몸을 터뜨리며 산산조각 내버렸다.

　그렇게 수백여 목숨을 한순간에 폭사시켜 버린 그들은 전 무림을 상대로 공포했다. 자신들을 받들라고. 그리고 무릎을 꿇으라고. 그러나 무인의 피 끓는 자존심을 건드린 그들의 말에 귀 기울일 자는 아무도 없었다. 하지만 비극은 그때부터 시작되었다.

　그들의 첩지를 받고 하룻밤 사이에 초토화되어 흔적도 없이 사라지는 문파가 점점 늘어났다. 그중 생존자 몇은 참혹하게 잘려 나간 몸으로, 짐승처럼 구워지고 화상 입은 몸뚱이로 사람들의 시선 속에 나타났고, 지옥처럼 끔찍한 그 모습에 놀란 무림인들은 그제야 공포스러움에 떨며 사태를 숙의하기에 이르렀다.

　해결점은 찾아지지 않았다. 그리고 점점 그들의 발 앞에 무너지는 무림을 보며 사람들이 절망의 울분을 토할 때 오랫동안 모습을 보이지 않던 무림의 절대 초강자, 혈룡마제가 그들의 앞길을 막아섰다. 그리고 벽력문은 전멸했다. 마치 처음부터 없었던 물거품처럼.

　그것이 사람들의 입에 오르내리는 벽력지난의 전모였다. 하지만 혈룡마제는 시간 속으로 사라졌으나 지옥 같은 흔적을 남겼던 벽력문의 무리는 사라지지 않았다. 그 사특한 무리의 잔당을 수십 년의 시간이 흐른 뒤 다시 발견한 것이 북천 상무달이었다. 그리고 그 역시 혈룡마제가 했던 것처럼 혼신을 다해 그들을 은거지를 토벌, 섬멸하였다. 하지만 잔당만이 남았던 그들과의 대결에서 자신 역시 회복할 수 없는 부상을 입었고, 벽력대제의 아들은 죽였지만 그 손자는 끝내 놓치고 말았던 것이다.

　옛 기억을 더듬어내는 독고지명의 눈에는 더 이상 장난기가 없었다.

그저 그의 입은 고요하게 벌어지며 자신의 이야기를 계속 이어 나갔다.

"사부님은 그게 걱정이셨던 거지. 세상을 버리는 순간까지도 내내. 그래서 나한테 이런 덤터기를 씌우고서… 제기랄!"

하지만 끝내 욕설로 돌아간 그의 얼굴은 다시 평상시로 돌아갔다. 그 분위기를 붙잡으려고 궁신 김영주는 냉큼 질문을 던졌다.

"그럼 독고 선배는 그 녹의의 무리들이, 아니, 벽력문의 무리들이 나타날 걸 알고 계셨단 말이오?"

궁신의 질문을 받은 독고지명은 멀뚱히 그 얼굴을 바라보았다. 그리고 얘기했다.

"내가 귀신이냐? 그런 걸 알게?"

진지하던 분위기에서 한순간에 또다시 맥 풀린 표정이 된 사람들을 헤치고, 궁신은 치미는 화를 누르며 다시 물었다.

"그럼 우리에겐 왜 온 거요? 아니아니, 몰랐다면 그놈들은 뭐고 혈룡도는 왜 맞춘 것처럼 나타난 거요?"

거듭되는 질문과 그 질문을 던지는 얼굴을 살핀 독고지명은 머리를 긁적이며 궁색한 대답을 했다.

"사실은 나도 잊고 지냈었는데, 산을 타고 사는 산사람들 사이의 풍문이 십만대산에 원인 모를 엄청난 폭발이 있었다고 하더라. 그게 일년 전인가 그랬지 아마……?"

다가오는 도신과 궁신의 얼굴을 보며 독고지명은 궁지에 빠진 쥐처럼 계속 얘기했다.

"그게 이상해서 그 산엘 가보았더니, 녹림연합인가 하는 산도적놈들의 소굴만 커다랗게 있고 뭐, 별다른 게 없더구나. 그래서 이곳저곳 둘러다니다가 다시 돌아가는 길인데, 웬 놈이 혈룡도를 가진 것을 보았고 그놈을 쫓아서 오다 보니 네놈들 사는 데까지 온 것이지. 뭐, 대충 그렇다."

애기를 마치고 뺀질뺀질한 눈길로 주변 인물들을 돌아보는 독고지명의 얼굴에는 아무런 표정도 없었다. 그 얼굴을 보던 궁신은 그저 한숨만 크게 내쉬었다.

"에이휴! 결국은 북천 어르신의 유지 외에는 아무것도 모른단 애기 아니오?"

"뭐, 따지고 들자면 그렇게 해석할 수도 있고……."

가는 눈을 만들고 눈웃음치는 독고지명을 보며 궁신은 거듭 한숨 섞인 질문을 던졌다.

"그럼, 직접적인 인과 관계가 섞인 혈룡마제의 혈룡도와 벽력문의 후예인 그들의 등장까지 아무것도 아는 게 없다는 이야기지요?"

"그렇지! 아는 건 없지, 난 다만……."

"됐소! 그만 합시다!"

독고지명의 뻔뻔한 변명을 끊고 나선 이는 도신 최흥결이었다. 서늘한 눈매를 한 도신은 결론을 말했다.

"이제 어쩔 거요?"

그 말에 독고지명은 세철을 바라보며 얼버무렸다.

"우선은, 놈들이 혈룡도를 노리는 것이 분명해졌으니… 칼의 처리를 어찌해야 할지가 최우선인데… 케헴!"

하지만 세철은 단호하게 말했다.

"나와는 상관없는 일이오."

끊어치는 듯한 그 말에 독고지명은 샐쭉한 눈을 만들고 카랑하게 소리쳤다.

“야, 임마! 누군 상관이 있어서 이러는 줄 아냐?”

그러나 역시 세철은 들은 척도 않았고, 자신과 마주 보이는 법진만을 바라보며 말을 꺼냈다.

“그자에 대해 내가 모르는 정보를 주시오.”

갑자기 나온 다른 말에 독고지명을 비롯한 다른 이들은 세철과 법진을 번갈아 보았다. 하지만 몰려드는 다른 이들의 시선에도 불구하고, 세철을 보며 눈동자를 흔든 법진은 무겁게 눈을 감으며 습관처럼 불호를 외워댈 뿐이었다.

“아미타불…….”

법진의 육중하게 감겨진 눈에서 대답을 얻을 수 없다고 판단한 세철은 바로 자리를 밀고 일어섰다. 그리고 법진에게 한마디를 던졌다.

“아이와 여자는 소림에서 보호해 줄 수 있겠지요?”

다시 뜨이지 않을 것처럼 감겼던 법진의 눈이 스르르 다시 떠졌다. 그리고 세철의 검고 우묵한 두 눈을 보고 천천히 고개를 끄덕였다.

“또 보게 될지도 모르겠구려.”

그 한마디를 남기고 주저없이 일어선 세철은 미련없이 등을 돌렸다.

너무도 갑작스럽고 이해할 수 없는 목전의 상황에 모두들 좌우를 번갈아 쳐다보았고, 하물며 세철에게 이를 갈던 부신조차도 어, 어, 하며 엉거주춤 몸을 일으켰다. 하지만 등을 돌린 세철은 거침없이 걸음을 떼었고, 그렇게 문으로 향한 세철의 발길을 붙잡은 것은 다관의 모녀였다.

월동문 너머로 빼꼼히 머리를 반만 내밀고 쳐다보는 미령에게 송연 주는 손을 내밀었다.

“어서, 인사를 드려야지.”

　재촉하는 제 어미의 말에 느릿하게 몸을 빼낸 미령이는 천천히 문을 넘어왔다. 눈길은 여전히 세철을 곁눈질로 보고 있었고, 떼어놓는 발걸음은 무척이나 더디고 느릿했다. 미령은 아직도 세철이 두렵기 때문이었다. 그리고 또 한편으론 자신과 엄마의 목숨을 지켜준 고마운 사내라는 것도 알고 있었다. 그런 감정들이 뒤섞여 어린 미령의 혼란스런 발걸음을 무겁게 하고 있는 것이다.

　제 엄마 옆에 몸을 붙인 미령은 꾸벅, 고개를 숙였다. 그 작은 머리를 따라서 두 갈래로 땋아 내린 머리가 출렁이며 흔들렸다.

　세철은 문 앞에 서서 그 모양을 돌아보다가 미령에게 말했다.

　"이리 와라."

　그 말에 흠칫, 어깨를 떨어 올린 미령은 세철에게 주던 시선을 제 엄마에게 돌려 올려다보았고, 어미 송연주는 딸의 경직된 몸과 시선을 부드러운 미소로 풀어주며 뒷머리를 쓰다듬고 나직하게 얘기했다.

　"괜찮아. 어서 가봐."

　제 어미의 미소와 가볍게 미는 손짓 속에 걸음을 뗀 미령은 깜직한 두 눈망울을 껌벅이며 세철에게 다가갔다. 하지만 발걸음은 아주 느리고 떼어놓는 발끝의 움직임은 무척이나 힘이 들어 보였다. 그리고 그렇게 다가온 미령을 내려다보던 세철은 등 뒤의 바랑을 돌려서 손을 집어넣었다.

　바랑 속을 헤집은 세철의 손에 들려 나온 것은 검은 빛깔이 윤기나게 탐스러운, 접혀진 한 필의 비단이었다. 이미 군데군데 찢어지고 사정없이 헤어진 것이 어떠한 고초를 겪었는지 짐작케 해주는 물건이었지만, 그것을 세철은 미령에게 내밀었다. 그리고 굵은 음성으로 얘기했다.

　"상하긴 했지만, 네 옷 하나쯤은 만들 수 있을 거다."

내밀어진 세철의 손과 검은 비단, 그리고 말하는 세철의 눈을 번갈아 올려다보던 미령은 주춤주춤 손을 내밀었다. 그리고 비단이 미령의 손에 무게를 주는 순간, 눈앞에 있던 검은 사나이는 문밖으로 사라져 더 이상 보이지 않았다.

수많은 사람들이 주루와 객잔을 나와 거리를 가득 메웠다. 그들의 시선은 길의 한가운데를 걸어가고 있는 검은 옷의 사나이에게 향하고 있었다. 사내의 걸음은 거침이 없었다. 그리고 당당했다. 그렇게 사내가 걸어가는 앞쪽으로 사람들이 모여들었다. 그리고 그 발걸음에 따라 물결처럼 양쪽으로 갈라져 나갔다. 그 뒤로도 사람들이 따랐다.

그들은 이유없이 사내를 따르는 것이 아니었다. 지금 눈앞에 걸어가고 있는 사내가 누구인지 알고 있는 것이다. 바로 이제까지 모여 앉아 수도 없이 이야기하고 되뇌던 새로운 전설의 이름. 두 팔과 두 다리에 강철의 쇳덩이를 달고서 상대를 쓰러뜨리는 철혈의 사나이. 그리고 신화와 같은 신병 흑룡도를 손에 넣은 무적의 기린아. 바로 철비철가호 장세철인 것이다.

그가 떠나가고 있는 것이다. 어디로 가는지는 아무도 몰랐다. 하지만 그렇게 멀어져 가는 세철의 등 뒤로 수많은 무림인들이 따랐다. 그들은 모두가 조금 전까지만 해도 거리의 곳곳에 틀어박혀 술을 마시던 무림인들이었다. 그들이 뒤를 따르는 이유는 오직 하나, 그들의 목표이자 사건의 중심인 세철이 움직이자 그들 역시도 모두가 몸통을 따르는 꼬리처럼 따라붙은 것이다.

그런 모양을 뒤편에 남은 몇몇의 늙은이 같지 않은 늙은이들이 바라다보았다. 그리고 그중에 커다란 종탑 같은 거구의 노인은 혼자 말하듯 중얼거렸다.

"저거, 참, 이상한 자식이네."

"이상하긴 뭐가 이상하다고 그래, 임마."

갸웃거리는 그 모양을 바로 되받은 사람은 흰머리노인 독고지명이었다. 그리고 구박받은 부신 악중산은 독고지명이 아닌 도신과 궁신을 바라보며 입을 열었다.

"저 자식, 칼을 왜 놓고 갔을까?"

질문을 던진 부신의 시선은 다시 독고지명의 손 쪽으로 돌아왔다. 그 손에는 회청색의 천으로 둘둘 만, 기다란 나무 뭉치 같은 것이 들려 있었다.

"저렇게 동여놓은 것을 보면 가져갈 심산이었나 본데……."

혼자 묻고 답하는 듯한 그 얼굴에 독고지명이 얼굴을 들이밀었다.

"왜? 싸우자고 못하니까 이제 서운하냐?"

"뭔 소리요, 시방? 지금 그게 그 소리가 아니잖우?"

"그럼 뭔데?"

"아니, 이제껏 목숨 걸고 싸운 이유가 그 칼 때문인데, 그렇게 버리듯이 슬그머니 놓고 가는 게 이상하지 않단 말이오? 이야말로 이상하고 요상한 일이지!"

정말 이해를 못하겠다는 듯이 부신은 눈길을 이리저리 돌리며 동의를 구했다. 하지만 독고지명은 손에 잡힌 칼 뭉치를 돌리며 여전히 태연하고 심드렁하게 대꾸했다.

"이상할 거 하나도 없다, 자식아. 추적추적 싸우자고 달라붙는 네놈 꼴이 하도 불쌍하고 징그러워서 적선으로 던져 주고 간 거니까."

"뭐요? 이 노인네가 정말 말이면 다 말인 줄 아나! 내가 뭐가 불쌍하

단 거요?”

커다란 고함으로 마주 붉으락대는 부신의 얼굴을 보며 독고지명은 약 올리듯 빙긋빙긋 웃었다. 하지만 뒤에서 들려온 목소리는 그 웃음을 깨어버렸다.

“귀찮았는지도 모르지. 급한 일이 따로 있는 것처럼도 보이고… 그건 그렇고, 이제부턴 또 어쩔 셈이오.”

도신의 껄끄러운 목소리를 들은 독고지명은 성질난 아이처럼 확 하고 뒤로 돌았다. 그리고 진짜 성질을 부렸다.

“야, 칼잡이 자식아! 너는 어쩔 거요라는 말밖에 할 줄 모르냐?”

씩씩대는 독고지명의 눈길을 태연하게 받아내던 도신 최홍결은 가만히 또 얘기했다.

“이제, 어디로 갈 거요?”

독고지명은 인상을 구겼고 궁신은 피직대고 벌어지는 입을 막으며 얼굴을 뒤로 돌렸다. 그리고 악중산은 커다랗게 웃어 젖혔다.

“으헤헤헤헤헤헤!”

“웃지 마! 이 곰탱이 같은 자식아!”

버럭 소리 지른 독고지명의 시선은 도신의 얼굴을 스쳐, 벌건 얼굴로 서 있는 정명에게 눈치를 주는 법진의 얼굴로 가서 멎었다. 뜻밖의 그 시선에 법진의 마른 얼굴이 의문을 띨 때, 독고지명은 토라진 계집애처럼 소리를 질렀다.

“소림사로 간다!”

예상 밖의 얘기에 동그란 눈이 된 법진과 정명은 말할 것도 없거니와 도신을 비롯한 궁신과 부신마저도 의아한 얼굴로 시선을 모았다. 그리고 성질 급한 악중산은 역시 바로 되물었다.

"그 냄새나는 곳에 왜 간단 말이요?"

정상적이지 않은 질문에 법진의 얼굴이 가벼운 변화를 보였으나, 누구네 집 개 콧구멍이 세 개면 어떠냐는 식으로 건성 듣는 독고지명은 의기양양하게 대답했다.

"우리만 골치 아프면 너무 불공평하잖아! 소림의 중놈들도 같이 고생해야지! 또, 그래야 그놈들에게 먹인 뱀꼬리가 아깝지 않고! 그렇지 않냐? 돌중놈아!"

법진은 표정을 간수하지 못하고 눈을 감아버렸다. 습관처럼 나오던 불호는 아예 나오지도 않았다. 그리고 부신은 커다랗게 웃으며 맞장을 지었다.

"으헤헤헤헤! 그거 진짜 좋은 얘기요! 안 그렇소? 형님!"

도신 최홍결은 웃으며 묻는 악중산을 물끄러미 바라보았다. 그 옆에 선 궁신은 마찬가지로 히죽대고 있는 독고지명을 건너다보았다. 그리고 두 사람은 약속처럼 등을 돌렸다. 한숨 같은 목소리는 도신의 등 쪽으로 흘러나왔다.

"가자……."

그렇게 그들도 발길을 옮겼다. 다만 그들의 사이에 끼어서 어쩔 수 없는 걸음을 옮기는 두 모녀는 손에 들린 찢어진 검은 비단을 매만지며 뒤를 돌아다보았다. 하지만 그들이 찾는 검은 사나이는 어느새 자취가 보이지 않았다.

봄이 무르익어 가는 바람은 그렇게 떠나는 모든 사람들의 등을 밀며, 사람과 땅과 집과 하늘을 치며 높게 높게 날아다녔다.

6장 풍파강호(風波江湖)

풍파강호(風波江湖) 1

봄물이 무르익은 따끔한 햇살이 제법 초여름의 기운을 미리 흉내 내며 대지를 덮어 내렸다. 행세하는 한량들은 흐르는 강물에 배를 띄워 음풍농월(吟風弄月)하기에 더없이 좋은 계절이었고 땅을 파먹는 농투산이들에겐 다가올 여름을 지나 가을을 바라며 땀을 흘리는 노동의 계절이기도 했다.

무심한 파란 하늘은 오늘도 수많은 산하와 그 곁에 벌레처럼 기생하는 사람들의 제각기 다른 삶을 비추며, 수레처럼 쉬지 않고 돌아가는 인간의 역사를 굽어보며 빛을 뿌렸다.

온통 푸르게 파란 하늘 아래서, 한 사내가 따듯한 양광(陽光)을 받는 산기슭의 옥양목 그루터기에 기대앉아 정신을 놓은 채 수마(睡魔)에 쫓기며 땀을 흘리고 있었다.

이마에서 흘러내리는 농도 짙은 땀방울과 가슴에 달라붙은 청색 무복이 후줄근하게 젖어가는 모양은, 아마도 좋지 않은 꿈에 시달리는 것이 틀림없는 모양새였다.

꿈틀, 아미를 찡그리며 간간이 경련처럼 움직거리던 사내의 손이 격렬한 힘으로 아귀를 쥐더니, 걷어 올린 소매의 팔뚝 위로 지렁이처럼 굵은 혈관을 불뚝거리며 붉거져 올랐다.

곧 이어 좌우로 뒤척이는 머리 밑의 목줄에는 핏대가 올라서고, 악물린 어금니로 다물려진 입가에는 이유를 알기 힘든 고통이 매달려 나왔다. 그렇게 일그러진 모양으로 주름을 잡던 눈가가 급격하게 떠지며, 고통을 참아내던 입이 벌어지고 억눌린 숨결이 터져 나왔다.

"허어억!"

사내는 온통 흘러내린 땀으로 뒤범벅이었다. 물을 끼얹은 것 같은 얼굴엔 아직도 땀방울이 흘렀고 산바람을 맞는 청의(靑衣)는 여전히 축축하게 달라붙어 진득한 힘겨움을 보였다.

눈을 뜬 사내가 손을 들어 얼굴을 닦아 내렸다. 그리고 습관처럼 상의 속으로 들어간 손은, 배를 둘러싼 가죽 복갑 속에 끼워진 소중한 물건의 존재를 다시 확인하고 어루만졌다.

물건을 어루만지던 손이 조심스럽게 그것을 꺼내 들었다. 손 위의 물건을 보는 사내의 눈이 햇빛을 받은 찬연한 반사광에 미간을 일그러뜨렸다. 그렇게 눈이 부시게 금빛을 반사하는 물건 위로 사내의 손이 포개졌다. 곧바로 맑은 쇳소리와 함께 물건의 모습이 변태를 했다.

쉬캉!

둥근 금빛 원반에 톱니가 달린 세 개의 초승달 이빨을 드러낸 물건은 보기에도 섬뜩했다. 표면은 눈이 부신 금빛 속에 미세한 거미줄의 무늬가 촘촘히 새겨져 있고, 그 테두리를 비집고 나온 세 개의 은빛 칼날은 등골 시린 살기를 엄장히 뿌려대었다.

그런 귀신 붙은 악물(惡物) 같은 물건을 내려다보는 사내는, 창백한 안색에 번질대는 점액질의 뱀 눈알을 굴려가며 신음처럼 입을 벌렸다.

"혈리표……."

사내의 손에 들린 것은 혈리표였다. 그리고 그것을 잡고 여인의 살결처럼 보듬어 대는 뱀 눈알의 사내는, 십오 년 전 혈리표의 날을 세상의 하늘에 다시 뿌려댄 냉혈의 사나이, 염차수인 것이다.

염차수는 혈리표를 내려다보며 그것이 반사해 대는 금빛광에 취한 듯이 꿈을 더듬었다. 결코 한가하게 꿈이나 꾸고 있을 자신의 처지가 아니었지만, 잠 못 드는 밤을 피해 찾아오는 한낮의 수마는 기억 속에 파묻힌 유년의 세월들을 되새김질하듯 하나씩하나씩 보여주었다. 하지만 결코 다시는 생각하고 싶지 않은, 진저리 쳐지게 끔찍하고 고통스러운 기억들이었다. 그러나… 결단코, 죽어서도, 잊어서는 안 되는 시절이기도 했다.

오늘도 수마가 보여준 꿈속의 아버지는 정신없이 매질을 당하고 있었다. 옆에는 어린 자신이 주저앉은 채 정신없이 눈물을 뿌려대고 있었고, 아무도 말려주는 사람 없이 구경들만 하고 있는 가운데 아버지를 제 몸으로 덮은 어머니는 두 손을 머리 위로 들어 빌고 또 빌었다.

어머니는 쉬지 않고 입을 벌려 용서를 구했다. 하지만 벌어진 입으로 나오는 음성은 어버어버 하는 단속적이고 의미불명한 목소리뿐이었다. 귀먹이에 벙어리인 어미의 음성을 알아듣는 이는 아무도 없었다. 설사 알아듣는다 해도 언제나처럼 이유없이 시작된 매질이 어미의 구원으로 그칠 리가 없었다. 몽둥이는 아버지를 감싼 어머니의 몸통에도 쏟아져 내렸다.

억울하고 서러웠다.

피를 흘리는 어미 아비가 불쌍했다.

그 모양을 보고만 있는 자신이 원망스러웠다.

저 매질은 도대체 언제나 끝이 날 것인가.

통한스러운 가학과 고통의 세월은 정녕 끝이 있는 것인가.

소년 염차수의 몸도 눈물을 뿌리며 어미 아비의 몸에 포개졌다. 그 위로 소년의 다리통만한 몽둥이가 내려쳐졌다. 등짝에 극악한 고통이 퍼져 나갔다. 피눈물을 흘리는 어미가 소년을 끌어안았다. 그 위로 다시 몽둥이가 내려앉았다. 어머니의 머리가 깨지며 피가 튀어 올랐다. 배 밑에 깔린 아버지는 입을 벌려 침을 흘리며 실신해 버렸다. 실신한 아버지의 얼굴을 흙 묻은 커다란 발이 걷어차 버렸다. 들썩이는 아버지의 머리는 고통도 모르는 것 같았다.

소년 염차수는 소리를 질렀다.

그만 하라고.

제발 그만 하라고.

그리고 용서해 달라고.

소리치는 자신조차 무엇에 대한 용서를 구하는 것인지 알 길이 없었지만 그저 이 순간의 고통만 벗어날 수 있다면, 피 흘리는 어미 아비의 몸을 내려치는 참혹한 몽둥이를 피할 수만 있다면 세상의 그 누구에게라도 빌고 또 빌어야만 했다. 하지만 몽둥이는 소리치며 용서를 구하는 어린 육신의 몸에도 다시 떨어져 내렸다.

소년 염차수는 견디지 못하고 쓰러져 버렸다. 아릿하게 느껴지는 몸 위의 고통과 흐릿하게 정신을 잃어가는 어린 그의 눈가에 비친 것은,

차가운 눈빛으로 자신의 가족들을 내려다보는 후덕한 인상의 장년 사내였다. 사내의 허리에는 청옥(靑玉)으로 만든 조그마한 불상이 파란 귀신처럼 흔들거리고 있었다.

흔들리는 옥불상은 부처의 형상을 뒤집어쓴 귀신이 분명했다. 그리고 그걸 달고 웃고 있는 장년 사내는 귀신들을 부리는 지옥의 마왕이었다. 소년은 그렇게 마왕의 형상을 머리 속에 각인하며 정신을 잃어갔다.

꿈속에서 다시 보이던 어머니와 아버지의 모습을 떠올리며 염차수의 손이 부들거렸다. 순간, 첨예한 아픔이 손끝에 느껴지며 혈리표의 날결에 베인 손바닥이 피를 흘렸다.

손을 펼쳐 보았다. 아귀 부분을 가르고 비죽이 드러난 허연 속살 위로 선홍의 피가 흘렀다.

인간의 피는 다 똑같았다. 부리는 자도 부림받는 자도 똑같은 붉은 색이었고 군왕의 피도 종복의 피도 비릿한 온기를 품기는 마찬가지였다. 그리고 모진 학대와 가학의 세월 속에 피를 흘리며 죽어간 아버지와 어머니의 피 역시 붉디붉은 적홍(赤紅)의 빛깔이었다.

사람들은 아버지와 어머니의 피를 빼앗아갔다. 아무런 대가나 보상도 치르지 않고. 그리고 그 이전에는 조부의 참혹한 죽음이 있었다. 하지만 자신은 조부를 보지 못했다. 그렇기로는 병신 아내와 살다가 개처럼 맞아 죽어간 아비 역시 마찬가지였지만, 자신들 부자가 얼굴조차 본 적 없는 조부를 사람들은 참살했다. 그 일에는 전 무림이 공모하여 동참을 했다.

그 피 빚을 자신이 받아내야 했다. 남김없이 모조리. 가슴을 뚫어버린 구멍처럼 한 맺힌 그 혈채(血債)는 한 치의 소홀함도 없이 받아낼 것이다. 그 일에 참여했던 무림의 모든 가문과 문파와 그 후대들의 사돈의 팔 촌까지도 모두 도륙을 낼 것이다. 그리고 아버지와 어머니의 무덤에, 조부님의 뼈가 날린 산자락에 그들의 피를 뿌려 원통한 죽음을 진혼할 것이다. 그중에서도 소림사의 중놈들은… 주춧돌 하나까지도 빠짐없이 들춰내어 씨를 말려 버릴 것이다.

염차수의 두 눈은 붉은 피로 불든 유리알처럼 살기로 넘치며 번질거렸다. 그런 파멸의 눈으로 내려다보는 눈앞의 저 아래쪽에는 저주받은 피 값을 치러야 할 첫 번째 대상이 평화롭게 웅크리고 앉아 있었다.

원한의 핏빛이 물든 눈으로 장원을 내려다보던 염차수는 문득 십 년 전 몸을 숨겼었던 태산의 소녀가 생각났다.

하얀 얼굴. 갸름한 어깨. 가녀린 고운 손가락. 백치처럼 변한, 사슴처럼 검은 눈동자에 맺혀 있던 절망과 분노.

왜 지금 이 순간 그녀가 떠오르는지는 알 수 없지만, 기억 속에 남아 있는 그녀는 아무것도 모르는 백치 같은 여자였다. 아니, 처음 꽃망울을 터뜨리기 위해 향기를 뿜어내던 한 떨기 백모란 같은 소녀였다.

하지만 그녀는 짓밟혔다. 그리고 그녀의 불행에 분노하고 슬퍼하던 가족들은 짐승처럼 매달려 죽었다. 어미이고 아비이기 때문에, 하나뿐인 딸의 원통하고 절통한 일을 설분코자 소리 지르다가 나무에 목매달려 죽임을 당한 것이다.

그것이 세상의 섭리였다. 남이 가지지 않은 것. 보는 이의 눈에 욕심을 불러일으키는 것. 그래서 좋은 것을 가지고 있으면 빼앗기는 것. 그리고 그것을 지킬 힘이 없다면 짓밟히는 것… 그래서 자신의 조부에게도 그런 일이 닥친 것이 분명하였다.

어쩌면, 산 아래로 보이는 장원에도 태산에서 만났던 그런 소녀가 있을지도 모를 일이다. 만약 그러하다면 소녀는 아무것도 모를 것이다. 그리고 자신의 방문은 또 다른 태산 소녀를 만들어낼지도 알 수 없는 일이다.

하지만 상관없었다. 저들은 내게서 가져가야 할 것을 만들어주었고, 예전에 저들이 내 가족에게 그랬던 것처럼, 나는 내가 갖고 싶은 그것을 저들에게서 가져가면 그뿐이었다. 이미 그런 따위의 일로 마음을 뒤척이기에는 세상을 향한 가슴속의 분노가 너무도 크고 깊기 때문이다.

저들은 혈채의 반환을 원치 않을 것이다. 어쩌면 갚아야 할 빚이 있다는 것조차 모르고 있을지도 모른다. 아무래도 상관없었다. 자신의 가족 역시도 물어도 대답없는 가혹한 학대의 세월 속에, 세상을 향한 사무치는 한만을 남긴 채로 그렇게 사라져 버렸으니까.

염차수의 몸이 자리를 털고 천천히 일어섰다. 시선은 산 아래쪽에 위치한 장원의 금칠 된 편액 인으로 보이는 금검장(金劍莊)의 세 근자를 향하고 있었고, 가늘어진 눈매는 차가운 한기와 함께 독 오른 뱀의 눈깔로 변해 있었다. 그의 손길은 복갑 속의 혈리표를 어루만지며 가벼운 흥분으로 떨었고, 발길은 산을 타고 오르는 바람을 가르며 아래로 향했다.

그 지향점에는 금검장의 드넓은 전각들이 아무것도 모른 채 평화롭게 숨 쉬며 그림자를 늘였다.

머리 위에서 비치는 태양은 아지랑이 피는 땅을 타고 올라 회청의 기와들을 데우며 점점 더 넓게 퍼져 나갔다.

금검장주(金劍莊主) 유기현(柳基賢)은 한가한 봄날의 피로를 손자의 재롱으로 풀어내고 오후의 한적함을 즐겼다.

칠순을 훌쩍 넘겨 버린 나이에 일찍 장가를 들인 아들놈의 후사가 내도록 생기지 않아 가문에 우환을 남기지 않을까 걱정하던 차에, 어느 날 태기를 보인 며느리의 모습을 보고 체통도 생각지 않은 채 아이마냥 기뻐하였었다.

그 후, 열 달을 해와 달에 빌며 온갖 신에게 치성을 드리고, 행여 있을 부정함을 염려하여 매사에 신중을 기하며, 비린 것조차 입에 대지 않고 멀리하고 삼가한 바, 드디어 몽매에도 그리던 꽃 같고 꿀 같은 손자를 안아 들 수 있었다.

세상에 이처럼 기쁜 일이 없었다. 진정 손자의 탄생은 하늘의 선물이었고 은퇴를 생각하며 말년을 보내는 그에겐 커다란 행복이었다.

정녕코 품 안에 놀아나는 손자의 작은 몸짓은 세상의 것이 아닌 것 같았고, 옹알거리는 볼과 조물락거리는 손가락은 신비하고도 경이로운 체험이었다. 그것은 정녕 아들놈이 태어났을 때의 그것과는 사뭇 달랐다. 지금도 내원의 제 엄마 품에서 잠들지 않았다면, 오전 내 그랬듯이 무릎 위에 놓고 살았을 터였다.

그러나 나날이 커 나가는 손자의 재롱을 보는 그의 기쁨이, 말년의 한적함과 요족함을 누리던 그의 호사가 그의 집을 찾아온 지옥의 손님으로 인해 철저히 무너져 내렸다.

바로 지금, 눈앞에 튀어 오르는 저 붉디붉은 피와도 같이.

콰앙!

키이이이이이이!

폭발하듯 산산이 터져 들어온 장원 정문의 잔해들이 빗발처럼 휘날렸다. 그와 동시에 소름 끼치는 귀신 울음소리가 중정(中庭)을 휘감으며 폭풍처럼 휘돌았고, 터져 나가듯 날린 문과 같이 찢겨져 나간 수문무사(守門武士)들의 몸뚱이가 피와 함께 마당에 흩어졌다. 그 사이를 금빛의 직선이 날리며 남긴 잔상이 허공에 짙은 선을 그었다.

유기현은 잠시 동안 넋을 놓았다. 너무도 순간적인 사태에 반절로 갈라지며 처박히는 무사들의 몸을 보고도 현실감을 느끼지 못했다. 하지만 귓가를 쑤셔 박듯이 허공에 가득 퍼지는 호곡 소리는 흐트러진 정신을 다시 깨워주었고, 그 순간 처음처럼 다시 날아든 금빛 흉기가 마당 위를 가로질렀다.

키이이이이이!

소리를 뒤로 달고 빗살처럼 비행하는 금빛 선 앞에는 장원의 무사들이 서 있었다. 하지만 그제야 터져 나간 문 쪽으로 시선을 모은 무사들은 그들의 가슴 어림께로 날아드는 금빛 번개를 눈으로 쫓지 못했다. 그리고 번개는 그들의 가슴을 뚫고서 지나갔다. 그 광경을 뒤쪽의 대청에서 일어선 유기현은 똑똑히 바라보았다.

키이이이이이이!

사람의 몸통을 갈라내며 날아가는 미친 금빛 광선이 기쁘게 소리를 질렀다. 그 소리 속으로 피 비가 축제의 불꽃처럼 흩어져 휘날렸고, 잘라진 사람의 팔과 어깨와 머리와 몸통이 조각조각 흩어져 내렸다. 뭉쳐진 무사들의 비명은 그제야 아프게 터져 나왔다.

크아아악!

유기현은 사태를 파악할 여유도 없이, 오후 연무를 위해 정원 마당에 모였던 장원 무사들의 참혹한 죽음을 보며 정신없이 소리쳤다.

"뒤로 물러서라! 어서 물러서!"

그리고 거듭해서 또 소리를 질렀다.

"내원을 보호해라!"

허공을 나는 저 금빛 흉기가 무엇인지도, 도대체 왜 이런 일이 느닷없이 벌어지는지도, 또한 누구의 손으로부터 비롯되는 일인지도 모른 채 유기현은 소리소리 질렀다.

"삼중의 횡대(橫隊)로! 검열진(劍列陣)으로 방어진을 세워라!"

동료들이 순식간에 죽어가는 혼비백산한 순간에도, 갑작스런 피 비가 휘날리는 위급한 순간에도 금검장의 무사들은 검을 앞세우고 내원으로 통하는 대청 앞을 질풍처럼 달려와 막아섰다.

오랜 시간 숙련된 수련을 보여주는 일사불란한 몸짓으로 삼 열의 횡대를 만들었고, 중심이 둥그렇게 앞으로 불거진 타원의 모양으로 진의 자리를 잡았다. 하지만 그 순간에, 기다렸다는 듯이 담장을 뚫고 날아든 두 개의 금빛 선이 그들의 진형 안을 휩쓸고 들어왔다.

키이이이이이!

날아든 금빛 흉기는 세 줄로 늘어선 인의 장막을 통과해 버렸다. 같은 순간 휘이잉! 하는 바람을 쪼개는 소리가 뒤늦게 귀를 울리고, 섬뜩한 빛의 소용돌이 같은 것이 대청으로 날아들었다. 연이어 번개가 무색하게 천장으로 솟구친 그것은 종잇장을 뚫듯 지붕과 기와를 뚫고서 날아올랐다.

대청 앞을 가로막아 섰던 무사들의 몸이 그때서야 흩어져 내렸다. 그 위로 금빛이 다시 꽂혀 내렸다.

비명 소리도 들리지 않았다.

커다란 가위질처럼 교차로 허공을 난무하는 금빛 물체 속에 장내의 무사들은 싹둑싹둑 잘라지며 갈라져 내렸다. 팔이 구르고 다리가 무너져 내렸다. 정원의 나무들이 산산조각으로 쓰러지고 석등(石燈)과 석상(石像)들이 모래처럼 부서져 나갔다.

쿠콰콰콰콰앙!

스스로 만든 소리 속을 금빛 흉기는 귀신처럼 누비고 날아다녔다. 사람의 가슴과 머리와 도망치는 등을 꼬치로 엮어내듯 일렬로 뚫고 나온 비상하는 흉기가, 피 흘리는 목숨만으론 모자라는지 내전의 기둥을 찍어 후리며 솟아올랐다.

콰아아앙!

소 오줌보 터지듯 박살져 나간 기둥 쪽으로 전각의 균형이 기울며 끼익거리는 비명을 질러댔다. 혼이 빠진 것 같은 눈으로 쳐다보던 유기현은 금검을 들고 대청을 뛰어 나섰다. 바로 직후엔 살아 있는 생명체를 남김없이 도륙하던 금빛 물체가 내전의 전각들을 종횡으로 들쑤시며 벌집을 만들고 울어 젖혔다.

키이이이이이!

그 몸시리처지는 유부의 호곡 소리에 맞춰, 아녀자들의 비명과 울부짖는 소리가 하늘을 찢고 피어올랐다. 그리고 그런 아비규환 속에 격자의 문을 몸으로 뚫어 받으며 사람 하나가 뛰쳐나왔다. 총망간에 마주친 시선은 며늘아기의 몸종임을 알아볼 수 있었다. 그 몸종아이의 가슴을 갈라 뚫어지며 무엇인가 튀어나와 버렸다.

그것은 금빛의 번개였다.

계집종은 그 자리에 벼락을 맞은 것처럼 몸을 굳히며 주춤 서버렸다. 그리고 주체할 수 없이 솟구치는 제 가슴의 피분수를 울컥대며 쳐다보던 하녀의 몸이, 계단가의 석주(石柱)를 붙잡고 구르며 떨어져 내렸다.

떨어진 하녀의 몸 밑에는 흩어진 무사들의 조각난 육신들이 아프지 않게 받아주었다.

유기현은 몸을 떨었다. 사시나무 흔들리듯 온몸이 떨렸다. 손에 잡힌 금검은 후들거리며 진정이 되지 않았고, 땅에 붙은 발은 자꾸만 힘이 새어 나갔다. 이대로 쓰러질 것만 같았다. 눈앞의 피 죽음이 꿈인 것만 같았다.

그렇다. 정녕 꿈이 아니라면 있을 수가 없는 일이었다. 백주(白晝)에, 그것도 자신의 장원에서, 강북의 모든 문파들이 사자철기맹의 위세에 복속되어 버린 산서성에서, 당당히 장의 현판을 내걸고 허리를 꼿꼿이 하던 자신의 장원이 지금 피의 강을 만들고 시체의 산을 쌓고 있는 것이었다.

장원이 죽어가고 가문의 목숨이 끊어지는 순간이었다. 그러나 이대로 죽어 나갈 수는 없었다. 도대체 무슨 이유로, 아무리 살고 죽음이 아침저녁의 바람처럼 무상한 것이 강호(江湖)이지만 원인도 알지 못할 불분명한 이유 속에 죽어갈 수 없는 노릇이었다.

더더군다나 이제야 담장 안으로 모습을 드러낸, 뱀처럼 차갑게 웃고 있는 단 하나의 살인자에게.

"머, 머, 멈추어라!"

정문이 있었던 자리, 산산이 부서져 폐허가 되어버린 자리에서 아직도 살아 있는 장원의 식솔들에게 금빛의 손을 털어내는 살인자를 향해 유기현은 소리를 질렀다. 하지만 바라보는 살인자는 희게 웃을 뿐, 그 손끝에서 날아다니는 살인 비행체는 쉬지 않고 계속 움직였다. 그리고 그것이 날 때마다 어김없이 또 하나의 죽음이 갈라져 내렸다.

"제발! 멈추란 말이다! 으아아아아아!"

유기현은 비명처럼 소리를 질렀다. 절규하는 몸짓으로 악을 써댔다. 떨리는 고개 위의 흔들리는 두 눈은 붉게 충혈되어 터질 것만 같았다. 입가의 검은 수염은 벌어진 입술의 틈을 타고 흘러내린 침으로 흥건하였다. 그 위로 눈에서부터 흘러내린 뜨거운 눈물이 더욱 비참하게 적셔 내렸다.

그렇게 참담한 꼴의 소리와 모양을 본 살인자가 손을 멈췄다. 지옥을 연출하던 금빛 암기도 날개를 접었다. 그리곤 주인과 함께 천천히 걸음을 안쪽으로 옮겼다.

"너, 너, 넌, 넌 누구냐?"

분노와 경악으로 떨리는 유기현의 목소리가 분명하지 않게 흘러나왔다. 하지만 새파랗고 차가운 뱀의 눈알을 번질대는 사내는 살기가 번질거리며 묻어 나오는 눈길로 유기현만을 바라다볼 뿐 말이 없었다. 그리고 유기현은 비명 같은 소리를 질렀다.

"도대체 왜냐? 무엇 때문이냐? 네놈이 누구길래! 대관절 무슨 연유로 이러느냐 말이다!"

식솔들의 처참한 죽음에 이성을 잃고 비통한 눈물로 젖어버린 수염을 떨어가며, 유기현은 발악처럼 소리를 질렀다. 그러나 다가선 사내는 찬연하게 빛을 내는 금빛의 살인 원반만을 매만질 뿐, 얼굴에 걸린 하얀 미소는 더욱더 차가워져만 갔다.

유기현은 눈물과 침으로 얼룩진 수염을 떨어가며 하얗게 살기를 피워 올리는 살인자를 향해서 다시 물었다.

"우리에게 원한이 있는 게냐? 아니, 나에게? 이 늙은이에게 포한이 있는 것이냐? 그도 아니면, 혹여 우리가 알지 못하는 사이에 너에게 피해를 준 일이라도 있단 말이냐? 뭐냐? 도대체 왜 우리가 네놈 손에 이런 꼴을 당해야 하냔 말이다! 왜? 왜?"

거듭된 분노와 의문이 중첩된 속에, 결국엔 마주 선 살인자를 향한 절규가 다시 터져 나왔다.

그리고 그때, 처절하게 절망하는 유기현의 등 뒤쪽 무너져 가는 내전으로부터 아들의 음성이 터져 나왔다.

손자와 제 아내를 안전한 곳으로 피신시키고 돌봐야 할 아들은, 제 아비를 부르며 뛰쳐나오고 있었던 것이다.

"아버님! 아버님!"

거듭 제 아비를 부르며 뛰쳐나오는 모습은 이미 분노와 충격에 휘말려 이성을 상실한 모습이었다. 그리고 결코 혼자서는 감당해 내지 못할 단기의 몸으로, 감당 못할 미증유의 적을 향해 검을 뽑아 올리고 있었다.

"네! 이노오옴!"

창!

맑게 검을 뽑아내는 소리와 격하게 토해내는 음성 속에 달려나오는 아들의 발소리가 유기현의 귀에 들려왔다. 그 순간 자신을 지나쳐 뒤를 향한 살인자의 시선은 아들을 보고 있었다. 더불어 뱀의 눈알 같은 검은 동자가 새하얗게 수축되는 것이 눈에 보였다.

유기현은 서늘하게 가슴을 치는 위기감에 아들을 향해 고개를 돌렸다. 그리고 입을 벌려 말을 하려 했다. 다가오지 말라고.

입 벌리는 유기현보다 살인자의 손이 더욱 빨랐다. 아들의 방향으로 몸을 내세우며 돌아간 고개가 반도 돌기 전에, 사내의 손에서 금빛 악마가 꿈결처럼 날아가 버렸다.

끼이이이이이이!

유기현은 금빛의 궤적을 쫓아가며 몸을 돌렸다. 그의 눈엔 환상 같은 금빛을 온몸으로 먹어버린 아들의 모습이 보이고 있었다. 아들은 서서히 자신에게로 달려왔다. 마치 현실이 아닌 환상처럼. 그리고 천천히 쓰러져 내렸다.

흡사 첫 몽정처럼, 황홀하게 붉은 핏무리를 전신에 휘감고 완벽하게 두 쪽으로 갈라지면서.

"으아아아아아아!"

유기현은 뒷걸음질을 쳤다.

그리고 괴성을 질렀다.

허리를 굽히고 머리카락을 쥐어 잡았다.

이마를 둘렀던 유건이 뜯겨지고 반백의 머리가 산발을 했다.

그리고 검을 들었다.

선조로부터 물려받은 석 자 길이의 금검을.

후이이잉!

킹!

금검이 공간을 유린하며 횡으로 바람을 가르는 소리와 그걸 막는 또 다른 금속과의 격돌음이 맹렬하게 울려 퍼졌다.

세상을 갈라놓을 기세로 휘둘러진 유기현의 금검과 몸을 부대낀 것은, 살인자의 뒤 허리에 매여 있던 평범한 직배도였다.

"왜인지 알고 싶다고?"

독액(毒液) 같은 살인자의 음성이 처음으로 울려 나왔다. 유기현은 그 입을 향해 팅겨 오르는 검을 돌려 쑤셔 박았다.

키앙!

또다시 직배도에 맞부딪친 검이 비껴 나갔다.

"네 조부가 말이다!"

장난처럼 칼을 들어 자신의 검을 막는 사내가 속삭이듯, 그러나 강렬하게 지껄였다.

"그 옛날 숭산에서 말이지!"

유기현은 검로(劍路)도 잊은 채 도끼처럼 마구 검을 휘둘러 댔다.

캉! 캉! 창!

"나의 조부를 죽였지!"

유기현은 사내가 무슨 소리를 하는지도 몰랐다. 다만 한 가지 온통 미쳐 버릴 것 같은 와중에도, 살인자 놈이 수월하게 자신의 검을 막아 내는 것이 이상하였다. 그리고 단순하며 현묘한 듯한 그 동작이 어딘지 눈에 익어 보였다. 그러나 이미 필사의 의지만으로 가득한 유기현은, 다른 생각을 떠올릴 겨를 없이 손 안의 검에 온 힘을 끌어 모았다.

그 결과로 검의 몸통에 금색의 옷이 황황히 생겨 나왔다. 투명한 금빛의 그것은 휘황한 빛으로 검신의 전체에 너울거렸다. 그리고 그 아름다운 검날을 움켜잡은 유기현은 또다시 놈을 향해 일격필살을 내리그었다. 하지만 그 순간에도 놈은 또 지껄이며 칼을 들었다.

"무려 오십 명이서 함께 말이야!"

캉! 캉! 캉! 카앙!

"알아듣겠나? 우리 조부는 그렇게 죽어갔단 말이다!"

살인자의 직배도가, 천지종단(天地縱斷)의 기세로 금색의 비단 장막 같은 선으로 내리긋는 금검을 몸통을 타고 돌았다.

치이잉!

금검은 좌로 비껴지며 찢어진 비단처럼 흘러 나가고 검신을 한 바퀴 휘돌며 타고 오른 칼이 유기현의 아래턱을 위로 쓸어 올렸다.

빽!

유기현은 귀에 들리는 소리가 무엇인지 알기도 전에 찬물을 뒤집어 쓴 듯한 섬뜩함으로 몸을 떨었다.

뜨끔한 무엇인가가 가슴을 긁어 오르더니 아래턱을 비집고 솟구쳐 올라갔다. 동시에 뜨거운 느낌이 정수리까지 수직으로 차 오르고 가슴 속엔 차가운 한기가 물결처럼 차 올랐다. 그리고 눈동자의 떨림이 심해지며 시야가 점점 흐려져 갔다.

턱의 아래로부터 시작한 붉은 선이 유기현의 미간을 가르고 이마까지 차 올랐다. 핏발선 눈은 터질 것처럼 붉어져 올랐고 손에서는 금빛으로 빛나던 애검이 떨어져 내렸다.

"아직도 모르겠나?"

떨리는 유기현의 눈동자를 향해, 칼을 회수해 도갑 속에 넣으며 살인자가 말을 이었다.

"그 옛날! 네 아비 놈들의 손에 태실봉에서 돌아가신 분이 바로 내 조부다! 그리고 내 이름은… 염차수라고 하지!"

유기현의 얼굴을 수직으로 가로지른 핏빛 선이 더욱 짙어졌다. 흔들리는 그의 눈동자는 이제야 의문을 푼 것처럼 급격히 잦아들기 시작했다. 그리고 염차수라고 제 이름을 밝힌 살인자가 시린 살기를 남기고 등을 돌려 세웠을 때, 핏빛 선이 번져 반으로 벌어지며 무너져 내렸다.

쓰러진 그의 몸은 반쪽으로 쪼개진 얼굴을 비웃듯이 간간이 꿈틀거렸다.

살아난 자는 아무도 없었다. 모두가 육신을 조각 낸 채 쓰러져 버렸고 산서성의 북단에서 유유자적하던 금검장은 산산이 부서져 버렸다. 그 폐허를 등 뒤로 두고 도살 행사의 당사자인 살인자가 멀어져 가고 있었다. 그러나 그렇게 멀어져 가는 살인자의 등을, 무너진 기둥 가의 문짝 밑에서 머리를 내밀고 앉은 한 여인이 가만히 바라다보았다.

여인의 품에는 울부짖는 아이가 안겨 있었다. 그리고 서너 살이나 됐을 듯한 아이의 눈과 입은, 코만을 남긴 채로 여인의 손이 꼬옥 틀어막고 있었다. 아이는 몸부림치고 있었고, 여인은 피눈물로 얼룩진 시선을 내도록 떼지 않고 살인자를 바라다보았다.

어느새 눈물도 흘리지 않고 바라보고 있는 그 여인을, 죽은 모두는 살아 있을 당시 금검장의 하나뿐인 며느리로 떠받들었었다.

바람이 피비린내를 살인자의 등으로 몰아붙여 갔다. 살인자는 살아남아 자신을 보는 여인이 있다는 걸 아는지 모르는지, 바람에 떠밀리는 저주의 홀씨처럼 그렇게 사라져 갔다.

풍파강호(風波江湖) 2

　태안을 떠나 뭍길로만 남서행하여 길을 걸은 지 열흘 남짓, 목표없던 발길이 멈춰 선 곳은 하남 땅 정주(鄭州)를 앞에 둔 개봉(開封)이었다.

　길을 오는 내내 썩은 생선에 꼬이는 파리 떼들처럼 들러붙던 무림인들도 미친 범처럼 뛰고 사라지고 길을 바꾼 세철의 발걸음에 모두 떨어져 나가고, 귀신처럼 번져 나간 삼신과 칼의 소재에 대한 소문은 사람들의 발길을 모두 소림으로 향하게 했다. 하지만 그럼에도 불구하고 아직도 뒤를 붙는 자들이 몇몇 있었으니, 그들이 노리는 바가 무엇인지는 알지 못하지만 세철은 더 이상 신경 쓰지 않았다.

　개봉 성내로 들어서는 길은 사람들로 북적거렸다. 멀리 보이는 도시를 둘러싼 삼중의 견고한 성벽은 변하(汴河)의 곁에 자리 잡아 대운하(大運河)와의 연락과 소통이 활발하게 이루어지는 개봉(開封)이 어째서 강남(江南) 개발 이후의 물자 유통과 자본, 인력 밀집의 중심지인지를 단적으로 보여주는 듯했다.

황하(黃河)의 남쪽 대평원에 있으며 도시의 명칭은 전국시대의 대량(大梁) 남쪽에 있는 개봉읍(開封邑)에서 유래하였고, 춘추전국시대의 위가 안읍(安邑)에서 이곳으로 도읍을 천도하고 국가의 위세가 부강해짐을 따라 이곳도 번영하였다. 그러나 역사의 격변에 따른 부침(浮沈) 또한 있었으며, 세상의 여타한 곳이 다 그러하듯 그 시대의 흐름 속에 묻혀져 간 수많은 사람들의 애환과 곡절이 세월 속에 묻혀 있는 곳이기도 했다. 하지만 시대는 끊임없이 흐르고 변하여 새 사람과 새 문물을 내어놓듯, 새로운 날을 살아가는 사람들은 새 기억 속에서 오늘도 변함없이 바쁘고 분주했다.

황갈색의 거치른 광목(廣木) 차일(遮日)이 드리워진 간이 주점과 노점들이, 오고 가는 각양각색의 사람들을 손짓하며 길가의 양쪽 편에서 호객하였다. 작게 펄럭이는 주기(酒旗)는 조금씩 따가워짐을 느끼는 춘사월의 햇빛 아래서 물결처럼 흔들거렸고, 시장기와 목마름을 달래기 위해 자리를 차지하고 앉은 원거리 행상들과 행인들은 흥겨운 이야기 속에 술잔을 기울었다.

세철은 길 양쪽을 메운 간이 주점 중 희끗희끗한 머릿결에 마른 팔뚝을 걷어붙이고 불 앞에 서서 요리를 만드는 중늙은이의 차일 안으로 들어섰다. 노인은 들어서서 빈자리에 앉는 세철을 눈여겨보며 불쑥 물었다.

"식사로 하려나? 안주로 하려나?"

어서 오시라는 의례적인 인사말도 없이 뭐 먹겠냐는 말도 아닌, 그저 어떻게 먹겠냐는 것을 물어오는 노인에게 세철은 간단히 대답했다.

"둘 다요."

간단한 대꾸에 노인은 고개를 돌리고 다시 요리에 열중했다.

노인을 향했던 시선을 돌려 바깥 하늘을 보는 세철은, 따뜻해진 훈훈한 봄바람 속의 차일 아래 앉아 미령 모녀와 삼신 일행을 떠올렸다.

뱃길을 이용했을 것이 거의 확실한 그들은 황하로 흘러드는 지류인 낙하(洛河)를 거슬러 숭산(崇山)의 지척인 회곽진(回郭鎭) 근방에서 하선하여 지금쯤 소림에 도착했거나 그 언저리에 있을 것이다.

자신의 뒤를 따르던 무리들이 모두 사라졌으니, 그들 일행의 뒤가 시끄러울 것은 자명한 일이었다. 하지만 그 괴물 같은 노인네들을 어찌할 수 있는 이들은 아무도 없을 것이다. 또한 미치지 않은 다음에야 소림의 영역 안에서 그들의 수뇌가 함께한 법진 일행을 향해 해꼬지하고자 하는 무리도 나타나지 않을 것이다.

이젠 발목을 붙잡던 칼에 휩싸인 일들은 그들의 손으로 넘어간 것이다. 칼을 넘겨준 이유가 그들의 과장과 장난스러움 속에 잠긴 대의(大義)에 동조한 것은 아니었지만 딱히 칼을 지니고 있어야 할 이유도, 돌려주어야 한다던 처음의 목적처(目的處)도 사라진 마당에 자신이 계속해서 가지고 있을 이유가 없었다.

오히려 칼을 필요로 하는 것은 그들이었다. 그들이 그것을 가지고 설령 보물찾기를 한다손 치더라도 그것은 이제 그들의 일이었다.

잘된 일이었다. 더불어 밥알 사이의 돌 조각처럼 지금거리고 씹히며 마음에 걸려들던 모녀의 일을 그들에게 맡긴 이상 그 값으로 치면 그만이었다.

모녀의 일을 생각하면 열화 같은 분노와 함께 안타까움이 치밀었다. 자신의 마음속에 아직도 남을 걱정하는 마음이 남아 있는지 세철 자신

도 놀랍기는 하지만 그 여인, 한 송이 백모란 같은 그 여인 또한 희생
자인 것이다. 아무 일 없이 그저 평온하게 남들과 같이 살 수 있었던
그 여인에게도 세상의 더러운 힘이 덮친 것이다.

피할 수 있다면 얼마나 좋았겠는가. 하지만 어느 날 예고없이 광포
하게 덮쳐드는 그 불행의 마수는 보면서도 피할 수 없고 예고의 징후
조차 알 수 없는 것이다.

이제 칼로부터 비롯한 모든 일은 세철 자신의 손을 떠났다. 하지만
가슴이 답답했다. 종적이 묘연한 원수 놈의 꼬리를 어디서부터 붙잡아
야 할지 막막하고 심란스럽기만 했다. 그놈을 쫓으며 벌써 많은 사람
들의 피를 손에 묻혔다. 얼마나 더 많은 피를 묻힐는지도 알 수 없었
다. 자신은 점점 살인마가 되어가고 있는 것이다. 아니, 벌써 살인 도
살자가 되어 있었다. 하지만, 하지만 그놈을 잡을 때까지는……

"수육이네."

불쑥, 탁자 위에 음식을 내려놓은 이는 주인 늙은이였다.

"생각이 많을 때는 화주(火酒)가 제격이지."

술병을 곁에 내려놓으며 세철의 얼굴을 한번 바라본 늙은이는 세철
의 속을 들여다본 것 같은 소리를 지껄이고는 바로 등을 돌렸다.

생각에 빠져 있던 세철은 눈앞의 수육 한 접시와 화주 한 병을 내려
다보다 노인을 바라보았다. 노인은 변함없이 불 앞에서 음식 만들기에
열중할 뿐 더 이상 세철에게 관심을 두지 않았다.

유심하게 바라보던 눈길을 거둔 세철은 문득 시장함을 느끼며 젓가
락을 집어 들었다. 그리고 늘상 그래 왔던 것처럼, 자신에겐 종전까지
도 생각했던 모든 일들이 사치스럽다 여기며 음식을 집어 들었다.

바로 그때였다.

"실례하오."

입으로 올라가던 젓가락을 멈춘 세철은 고개를 들어 앞을 보았다.

세 사내가 자신을 보고 탁자 앞에 서 있었다. 그들이 누구인지, 왜 자신에게 말을 거는지는 알 수 없지만 이미 오래전부터 그들의 기척을 세철은 느껴왔었다. 세철의 뒤를 따르던 사내들이었다.

그중 세철에게 눈을 맞추며 말을 건 황의사내는 공수의 예를 취해 보이며 다시 말했다.

"형장께 폐가 안 된다면 합석하여 인사를 나누고 싶소만, 괜찮겠지요?"

뜻을 밝힌 황의사내는 세철의 답변이 나오기도 전에 맞은편 의자에 주저앉았다. 거침없는 그 모양에 곁에 섰던 청의의 호리한 사내와 짙은 감색 무복을 걸친 후덕한 인상의 중년 사내가 당황해했지만, 선 굵은 골격의 황의사내는 두 사람을 돌아보며 오히려 자리를 권했다.

"부 형님, 앉으십시오. 하 형, 어서 앉으시오."

그렇게 자리를 권한 황의사내는 다시 세철을 보며 자신들의 성명을 밝혔다.

"반갑소이다, 철… 아니, 장 형. 나는 언두수라 하고, 여기 이분은 삼절곤의 명인 부춘호 대협이오. 그리고 여기 이쪽 분은 검술로 이름 높은 하남 형이오."

"반갑소이다."

"반갑소."

언두수의 행동에 말려 엉거주춤 자리에 앉은 두 사람은 세철에게 손을 모아 인사를 건넸다. 그 모양을 가만히 바라보던 세철은 특유의 굵은 음성으로 물었다.

"무슨 일이오?"

질문의 뜻을 파악한 언두수는 둥그런 미소를 지어 보이며 대답을 했다.

"오해하지 마시오. 아무 뜻도 없소이다. 다만 장 형과 인사를 나누고 싶어 이렇게 실례를 무릅썼소이다."

언두수라 제 이름을 밝힌 사내를 세철이 바라보는 사이 곁에 앉은 중년인이 또 한마디를 거들고 나섰다.

"말 그대로요. 철비철각호란 이름을 강호에 떨어 울린 그대에게, 같은 무로(武路)를 걷는 사내들로서 친교(親交)를 나누고픈 마음이 일어 뒤를 따랐소이다."

세철은 말을 덧붙인 절수불이곤 부춘호란 사내를 보았다. 사내의 허리춤에는 은빛 사슬이 늘어진 세 개의 곤봉, 삼절곤이 길쭘하게 늘어져 보였다. 그리고 기다렸다는 듯이 청의의 갸름한 사내도 입을 열어 말했다.

"진실된 마음입니다. 오해없기를 바랍니다."

단정해 보이는 외모만큼 차분한 목소리가 사내의 기질을 돋보이게 했다. 하지만 세 사나이가 호의를 보임에도 불구하고 세철은 무안하리만치 차갑게 대꾸했다.

"난 그렇게 한가하지 않소."

순간, 세 사내의 눈에 당황하고 무안한 경직이 스쳤다. 그리고 세철은 고개를 숙이고 제 앞의 술잔에 술을 따랐다.

쪼르르륵.

술이 술잔으로 내려 흐르는 소리가 한밤 정적의 빗소리처럼 탁자 위로 퍼졌다. 호의를 자르는 축객과 거절이 분명한 그 태도에 무안한 얼굴로 서로를 돌아보던 세 사람은 잠시 동안 말이 없었다. 하지만 술잔을 집어 드는 세철을 바라보고 입매를 굳힌 황의사내 언두수는 갑자기 고개를 돌려 주인 늙은이를 향해서 소리를 질렀다.

"주인장! 여기 여벌의 잔과 젓가락하고 그럴듯한 요리 좀 내오시오!"

소리친 언두수는 바로 고개를 돌려 세철을 보며 벌죽 웃었다. 그 얼굴을 당황한 부춘호와 하남이 바라보았지만, 변죽 좋게 웃어 보이며 말을 꺼내는 언두수는 거침이 없었다.

"이보시오! 술이란 본시 같이 마셔주는 벗이 있어야 제 맛인 법이오! 아, 옛부터 글깨나 읽은 선비들이 심심찮게 이야기하지 않소? 북창삼우(北窓三友)라고!"

말을 하고 여전히 사람 좋은 웃음으로 벙글대는 언두수를 보다가 세철은 잔을 넘겼다. 하지만 말없는 세철보다 오히려 그에게 말을 건 것은 그의 일행이었다.

"이 사람이! 알려면 제대로 알고 말해야지, 거기에 북창삼우가 왜 나오나? 그건 거문고와 시와 술을 일컬음이지 이런 데 갖다 붙이는 말이 아닐세!"

조금은 야박스러운 듯한 부춘호의 말에 언두수는 특유의 손짓으로 뒷머리를 긁으며 허허 웃었다.

"그게 그런가요? 하지만 뭐, 아무려면 어떻습니까? 제 말은 그저, 남아가 태어나 사람을 사귀고 세상을 논함에 있어, 술만큼 좋은 음식도 없다는… 뭐, 그런 이야기지요. 험, 험."

"사람이 궁색하게 둘러 붙이기는."

결국엔 부춘호도 같이 웃으며 한소리 했다. 그리고 옆에 앉은 하남 역시도 소리없이 웃었다.

세철은 그런 세 사내를 보았다. 그리고 그들의 얼굴에서 삶의 여유로움을 보았다. 각기 다른 세 사람이지만, 그들에겐 자신 같은 조급함이나 세상에 대한 빚이 없어 보였다. 그저 그들이 지금 말하는 대로, 무로를 추구하는 자들의 호방한 기상을 술잔에 타서 벗과 함께 마시고 그 술에 취해 세상을 이야기할 뿐이었다. 자유로워 보였다. 그리고 그 자유가 세철은 부러웠다.

시선을 거두고 잔을 탁자 위에 내려놓은 세철은 등받이 없는 긴 의자를 밀고 일어섰다. 그리고 등을 돌렸다. 그렇게 철저한 무관심으로 일어서는 세철을 보며 세 사람은 얼굴에 당황을 드러내고 어, 어, 하는 분절음을 내뱉었다. 하지만 세철은 발걸음을 옮겼다. 그리고 그 발걸음은 바로 앞이 막혀 버렸다.

"어딜 가나? 술과 음식과 친구들을 버려두고 그렇게 가는 것이 아니지."

세철의 앞을 가로막은 이는 주인 늙은이였다. 그는 손에는 커다란 접시에 이름 모를 요리가 맛있는 김을 모락거리며 피워 올렸고, 술잔 세 개를 손에 쥔 다른 손을 들어 세철의 어깨를 돌려 밀었다.

"내 음식을 맛도 보지 않고 가는 놈은 발병이 난다."

그런 협박 비슷하게 야릇한 소리를 지껄이며 노인은 잔과 요리 접시, 그리고 젓가락을 차례로 내려놓았다. 옆에는 다시 돌아선 세철이 노인의 얼굴과 하는 양을 진중한 눈으로 가만히 내려다보았고, 잔 놓기를 마친 노인은 허리를 펴고 세철을 마주 보며 말했다.

"사람 속을 아는 것은 음식과 같다. 먹어보기 전에는 절대로 알 수가 없지."

한마디를 툭 던진 노인은 언제 그랬냐는 듯 무관심한 얼굴로 다시 불 앞으로 걸어가 서서 제 일만을 했다. 그런 일련의 상황을 얹어서 병한 얼굴로 바라보던 세 사람 중의 언두수는, 역시나 특유의 낙천적인 기질과 언변으로 세철의 몸을 붙잡았다.

"허! 저 노인장 뭘 아는 양반이네. 이보시오, 장 형. 그러지 말고 앉으시오. 노인 말마따나 사람은 겪어봐야 알지 않겠소?"

곰살맞은 얼굴과 행동으로 일어서서 팔을 잡아 앉히는 언두수의 손길에 세철은 떠나겠다는 의지와 상관없이 그답지 않게 다시 자리에 앉았다. 그리고 앉자마자 손에 쥐어주는 술잔을 잡고 언두수가 권하는 술을 받았다.

"이제까지 혈룡도인지 뭔지 하는 그 칼 때문에 별 잡놈을 다 겪었겠지만, 우리의 진정은 그런 곳에 있지 않음을 알아주기 바라오."

말을 하며 언두수는 부춘호와 하남의 잔에까지 두루 술을 따랐다. 그리고 제 잔에 손수 술을 채워 넣고는 집어 올리며 권주(勸酒)를 했다.

"자, 이렇게 얼굴을 마주하고 앉게 된 것도 보통 인연이라 할 수 없으니 축하의 잔을 듭시다!"

말끝에 잔을 후딱 넘겼고, 세철의 기색을 가만히 살피던 부춘호와 하남도 조심스럽게 술잔을 비웠다. 그리고 그렇게 가식없고 호방하게 행동하는 언두수의 얼굴을 바라보던 세철도 천천히 술을 흘려 넣었다. 그 모양을 지켜본 언두수는 또 입을 열었다.

"좋구려! 이제 술까지 나누어 마셨으니 우리는 친구라 할 수 있소이다! 뭐, 조금 억지스럽긴 하지만 우리는 무림의 선배이며 연장자이신 부 대협 같은 분도 함께하여 먼저 청하였으니, 그러한 점을 장 형께서 알아주면 고맙겠소이다!"

어찌 보면 자존심 하나로 강호를 살아가는 무인들로서, 아무리 눈앞에 마주한 자가 강호에 혜성처럼 나타난 초절정의 고수라 해도 조금 전과 같이 자신들을 낮추는 과례(過禮)는 흔치 않은 일이었다. 바로 그 점을 언두수는 말하고 있는 것이다. 그리고 그것은 다시 말해 세 사람이 세철에게 가진 호의를 단적으로 보여주는 것이기도 했다.

마주 앉은 세 사람에 대해 생각하며 가만히 술잔을 내려놓는 세철의 잔에 이번엔 부춘호가 술을 부었다. 그리고 차분하게 말을 걸었다.

"그 산엔, 나도 있었소. 장 형제가 싸우는 모습도 다 보았지요."

굵은 눈빛을 돌려 쳐다보는 세철의 눈길을 담담히 받아내며 부춘호는 회상처럼, 작은 감상처럼 또 이야기했다.

"지금 돌이켜 생각해 보아도 참으로 대단했소이다. 그 많은 강자들을 꺾어내는 모습이란… 정말로 이제껏 상상도 할 수 없는 일이었소."

"정말 그랬다면서요? 아주 대단했었다고 들었소이다! 그 이름 높은 거물들과 겸제 우충까지! 거기다 사자철기맹의 정예들을 단숨에 격파했다면서요?"

거들고 나선 이는 언두수였다. 그는 세철을 향해 진정으로 감탄 어린 표정을 지어 보이며 연신 말을 지껄였다.

"도대체 어떻게 그럴 수가 있지요? 아마도 지금껏 장 형과 같이 강호에 바람을 일으킨 사람은 유래가 없을 겁니다! 굳이 찾아내라면 사자철기맹의 맹주 사자신군 정천휘 정도가 되겠지만, 그조차도 장 형처럼 젊은 나이에 무림을 쥐어 흔들어놓진 못하였소이다!"

제 스스로의 말에 취해가는 듯 마주 앉은 사람들의 얼굴을 차례로 돌아보며 이야기하는 언두수는 시종 흥겨워 보였다.

"아, 정말이지 그 자리에 내가 없었다는 것이 안타깝군요! 그랬다면 그 엄청난 고수들과 긴박했던 모든 순간을 다 보고 겪었을 터인데."

"그런 소리 하지 말게나. 그 자리가 얼마나 흉악하고 위험했는지 알았다면, 정녕코 그런 소리는 하지 못할 걸세."

부춘호였다. 그는 막연한 무인의 감상으로 이야기하는 언두수에게 이면의 위험을 이야기했다.

"녹의를 입은 그자들이 누구인지는 모르지만, 멸문한 벽력문의 무기를 쓰는 것으로 보아 그 후예의 잔당들임에는 의심의 여지가 없는 터, 이제 어쩌면 강호에는 커다란 피바람이 몰아칠지도 모를 일일세. 아니, 아마도 십 중의 팔구는 그리 되겠지."

"그럼, 그들이 예전처럼 강호제패라는 말도 안 되는 헛꿈을 가지고 행사한다는 말씀입니까?"

질문해 오는 언두수의 눈을 잠시 돌아본 부춘호는 석상처럼 앉아 시선만 주고 있는 세철에게 눈길을 돌리며 다시 이야기했다.

"확실히 그런 일은 뜬구름을 잡으려고 허공을 움켜쥐는 아이의 헛된 손짓과도 같은 일이지. 장구한 무림의 역사가 흘러오는 동안 그런 일을 성취한 무리도 없었거니와 굽힘보다는 부러지기를 택하는 강호인들의 생리가 엄존하는 한 있을 수도 없는 일이겠지."

"그들도 바보가 아닌 이상 그 정도의 이치는 따져 보았을 터인데 어째서 야욕을 보이는 것일까요? 더구나 현 강호의 정세는 사자철기맹과 묵호련을 비롯한 유례없는 강성 집단들의 아성으로 철갑과 같은 상황이 아닙니까?"

의견을 내비치며 끼어든 자는 조용하던 비격진검 하남이었다. 부춘호는 핵심을 파고드는 그 얘기에 가벼이 고개를 끄덕이며 다시 말을 꺼냈다.

"옳은 이야기일세. 하지만 언급했듯이 그들도 생각이 있는 이상에야 그 정도 계산은 하지 않았겠는가? 그럼에도 행사를 했다는 것은 그만 큼 자신이 있다는 이야기겠지. 더군다나 그들에겐 영혼마저 산산이 부 순다는 벽력의 무기들이 있고, 거기에 그들이 노리던 혈룡도마저 손에 넣는다면… 아마도 건곤일척의 승부를 내봄 직도 하겠지."

말을 끝맺는 부춘호의 시선은 종전처럼 세철의 검고 우묵한 눈을 향 해 무언가를 말하는 듯했다. 하지만 다시 자리에 앉은 이후로 술 한잔 을 받아 마셨을 뿐인 세철은 줄곧 주물로 부어놓은 청동상처럼 굳은 채로 세 사람의 이야기를 듣고 있을 뿐 마주쳐 오는 부춘호의 시선마 저도 비껴내고 있었다.

그런 석상 같은 세철의 모습에 망치와 정을 들이대듯이 언두수가 특 유의 입담으로 말을 걸어왔다.

"그런데, 장 형. 혈룡도를 삼신에게 넘겨준 이유가 뭡니까? 뭐, 그들 이 원체 전설과 같은 고수들이긴 하지만 설마 그들이 떼를 지어 협박 한 것은 아니겠지요?"

그 말에 듣고 있던 부춘호와 하남의 얼굴에 또다시 당혹감이 스쳤 다. 언두수의 언사에 무리한 점이 느껴진 때문이었다. 하지만 세철은 별다른 반응을 보이지 않았고, 드디어 입을 열어 대화에 끼어들었다.

"그대들도 칼에 관심이 있소?"

굵직하고 간결한 그 목소리에 나꿔채듯이 언두수가 대꾸했다.

"그야 당연하지요! 우리도 무예를 닦는 무림인들인데 명가의 보도에 관심 가지는 것은 인지상정이 아니겠소?"

호탕하게 이야기하는 언두수의 뒤를 불안해하던 부춘호가 얼른 붙 잡았다.

"하나 그것은 말 그대로 관심일 뿐, 보물에는 하늘이 정해주는 임자가 따로 있다는 천명(天命)을 우리는 받아들이고 있소이다. 장 형제 역시 아마도 그런 연유로 해서 일행이었던 삼신과 소림에게 칼을 인도한 것으로 추측하오만……."

"어? 그런 것이었나요? 난 또 설마하니 무슨 암투라도 있었나 하고 생각했었는데."

부춘호의 말에 이제야 수긍이 간다는 듯 언두수는 홀떡 웃으며 멋쩍은 얼굴을 만들었다. 그리고 뜻하지 않았던 세철의 부연 설명을 들을 수 있었다. 하지만 말은 역시 간결했다.

"난 칼이 필요없고, 그들은 칼이 필요하다고 했소."

간단한 그 음성에 뒷머리를 긁적이던 언두수는 탁자 앞으로 얼굴을 바짝 들이대며 급하게 되물었다.

"아니! 그래서 혈룡도를 넘겨주었단 말이요? 혈룡비처의 열쇠인 그 천고보도를?"

그러나 여선히 무쇠처럼 표징없는 세철의 얼굴을 보며 언두수는 허탈한 웃음을 터뜨렸다.

"허, 허허, 허허허허허! 그렇다면 나도… 진작에 달래나 볼 걸 그랬군. 허허허허!"

허탈한 표정을 감추지 못하기는 부춘호와 하남 역시도 마찬가지였다. 하지만 표정없는 세철은 시종일관 그대로였고 언두수는 목이 타는지 거푸 술잔을 들이켰다.

그 사이 좌중의 어색함을 깨려는 듯 부춘호가 다시 입을 열었다.

"실례가 안 된다면 장 형제의 사문은 어찌 되시오? 일찍이 그대와 같은 투로(套路)를 보이는 무예도 보지 못했거니와 또 그렇게 젊은 나이에 그만한 경지를 이룬다는 것은 전대미문(前代未聞)의 일로 아오만, 그것이 자못 궁금하구려."

부춘호의 질문에 거푸 술잔을 들이키던 언두수의 얼굴에도 반짝, 빛이 어리는 것 같았고 곁에 앉아 바라만 보던 하남의 눈가에도 설핏 이채가 어리었다. 하지만 대답없이 문득 젓가락을 집어 든 세철은 탁자 위에서 식어가는 이름 모를 요리에 손을 뻗어 한 조각을 집어 들 뿐 말이 없었다. 그리고 천천히 입 안에 집어넣고 소리없이 씹어 먹었다.

물음에 상관없는 조용하고 갑작스런 그 행동에 눈만 모으고 있던 세 사람은 세철의 입만을 주시했다. 그런 세 사람의 기대에 부응하듯이, 씹던 음식을 넘긴 세철은 나직하게 입을 열었다. 그러나 흘러나온 이야기는 그들이 원하던 대답이 아니었다.

"한 가지 물어봅시다."

뜻밖의 소리에 세 사람의 눈과 귀가 쫑긋해졌다.

"강호에는 사람을 찾는 일이나 추적과 같은 일을 전문으로 하는 이들이 있다 하던데, 그들 중의 최고가 누구요?"

아닌 밤중에 홍두깨 같은 세철의 물음에 세 사람은 서로의 얼굴을 돌아보며 눈만을 껌벅거렸다. 그러다가 언두수가 문득, 생각난다는 듯이 대답을 했다.

"추쇄꾼이라면 퇴역한 포쾌 출신의 귀견수(鬼犬手) 연재호(燕在湖)가 최고라 들었소만, 왜? 누구 붙잡아야 할 자라도 있는 게요?"

세철은 역시 대답없이 질문만을 했다.

"그 사람을 어딜 가야 만날 수 있소?"

두 눈을 꿈쩍거리며 세철을 보던 언두수는 부춘호에게로 의아한 시선을 돌렸다. 그리고 조심스럽게 다시 말했.

"글쎄요, 그자는 호남 땅에 살고 있는 것으로 알고 있소만……."

언두수는 자신없이 말을 흐렸다. 그리고 곧바로 다른 목소리가 뒤를 이었다.

"무슨 일인지 모르지만 전문 추적자를 찾는다면 이곳에서 멀지 않은 곳에 한 사람이 살고 있소."

세철의 눈길을 돌려 세운 자는 부춘호였다. 그는 강렬하고 굵은 세철의 눈빛과 제 일행의 궁금한 시선을 한꺼번에 받으며 차분하게 이야기했다.

"아마도 그 분야에서는 방금 거론된 귀견수란 자와 쌍벽을 이룰 것이오. 더군다나 그는 절정의 고수이기도 해서, 쉽지 않은 일을 다수 해결한 전적도 있소이다."

"누구를 말씀하시는 겁니까?"

언두수가 바로 물었고 세철과 하남이 눈길로 질문을 던졌다.

부춘호는 천천히 또박또박 이야기했다.

"천리추(千里追) 오기병사(五奇兵士) 정곽(鄭郭)!"

하남과 언두수의 입에서 동시에 아! 하는 감탄이 흘러나왔다. 그리고 세철은 힘이 들어간 목소리로 또다시 물었다.

"그자는 어딜 가야 만날 수 있소?"

하지만 벌어지려는 부춘호의 입을 통해 나오려던 그 대답은, 때마침 차일 안으로 터져 들어온 거치른 목소리의 진동에 파묻혀 버리고 말았다.

"철비철각호 장세철!"

자신을 호명함이 분명한 소리에 세철은 고개를 우측으로 돌려 차일 밖의 거리를 바라보았다. 거리는 개봉성 내로 들어가려는 사람들의 발길이 끊이지 않고 이어지고 있었고, 그 한가운데를 가로막은 산 같은 체구의 그림자는 주변 모든 사람들의 눈길을 대번에 잡아끌었다.

소리친 사내는 세철이 강호에 나와 세 번째로 보는 거대한 체구였다. 그 첫 번째는 소림 사대금강 중의 한 명인 정오였고, 두 번째는 그보다 더 큰 괴물 같은 노인 부신 악중산이었다. 그리고 지금 눈앞에 버티고 서서 불같은 기세를 뿜어내고 있는 저자는, 그 둘의 중간 정도 되는 칠 척 가까운 키에 잘 단련된 몸매를 보여주는 삼십 중반 정도의 사내였다.

사내는 계절에 안 맞는 소매 없는 옷을 입었고, 그 옷 밖으로 내려진 굵은 팔뚝 끝의 손에는 질릴 만큼 커다란 크기의 감산도가 빛을 뿌려대었다. 사내는 세철을 보며 또 소리 질렀다.

"네가 철비철각호란 가당찮은 별호가 붙은 장세철이란 놈이 맞느냐? 그렇다면 이리 냉큼 나와라!"

세철을 비롯한 네 사람은 불쑥 튀어나온 산도깨비 같은 커다란 사내를 보며 몸을 돌렸다. 그리고 의아한 눈빛을 만들 적에, 미간에 구릿빛 주름을 그은 세철은 무릎을 세워 몸을 일으켰다.

사내는 거듭 소리쳤다.

"나는 무극도문의 이제자(二弟子) 파산도(破山刀) 두평(杜平)이다! 네 놈에게 사형의 목숨 빚을 받으러 왔다! 어서 나서라!"

사내의 천둥 같은 고함 소리를 들으며 세철은 천천히 걸음을 옮겨 차일 밖으로 나섰다. 이미 주위엔 심상찮은 기운을 감지한 행인들이 멀찍이 떨어져 가며 시선을 주었고, 주위에 연이어 늘어진 차일 안의 사람들은 호기심 어린 눈으로 상황을 지켜보았다.

마주 선 두 사람은 길가를 꽉 메우며 살기 띤 시선을 주고받았다. 그리고 거대한 체구의 사나이 파산도 두평은 감산도를 중단으로 치켜들며 세철에게 이야기했다.

"네놈에 대한 믿을 수 없는 소문은 귀가 아프게 들었다! 하지만 나 두평은 직접 겪지 않은 남의 이야기는 신뢰하지 않을 뿐더러, 그 따위 이야기에 귀 기울이기엔 사형의 목숨값이 너무도 크다!"

이미 추스를 수 없는 살기로 불이 붙은 파산도 두평은, 검은 강철 같은 쇠 빛깔을 보이는 세철에게로 마지막 말을 씹듯이 뱉어 던졌다.

"오늘! 이 자리에서, 네놈의 목을 베어주마!"

말의 그침과 함께 중단으로 앞을 향하던 두평의 감산도가 천중의 자세로 서서히 머리 위로 올라갔다. 칼끝과 날 전체엔 시린 살기 어린 날빛이 꿈틀거리는 것처럼 짙은 은청으로 넘실거렸고, 그 살인 병기를 붙잡은 거대한 사내의 전신에선 패력의 기운이 뭉클뭉클 피어 나왔다.

그리고 그렇게 결전의 의지를 돋우는 두평을 보며 세철은 낮고 강하게 한마디를 던졌다.

"후회해도 그때는 늦는다."

살기 어린 파산도 두평의 두 눈 속에 확, 하고 불이 번졌다. 동시에 악물린 어금니의 힘과 같이 왼발로 앞서 있는 오른발의 뒷꿈치를 차주듯이 밀어내며 앞으로 전진했다.

흡사 물 위를 미끄러지는 것처럼 순식간에 거리를 없애고 다가선 두평이 오른발 앞 끝을 땅에 박듯이 찍어 넣으며 몸을 멈춰 세웠다. 그렇게 전방과 하방으로 쏠리는 거대한 체중을 실어 머리 위로 치켜들었던 감산도를 엄청난 힘과 속력으로 내리그었다.

부아아아악!

그리고 그 칼이 쪼개 내려오는 중심에는 세철의 머리가 있었다.

세철은 부신의 도끼와 도신의 큰 칼을 합쳐 놓은 것 같은 커다란 칼을 보며, 수평으로 땅을 밟은 두 발 중에 오른발을 뒤로 돌려 땅을 긋듯이 빼냈다. 동시에 오른 어깨도 뒤로 틀어내며 왼손을 들어 올려 뺨을 후리듯이 머리 위에 찍어 내리는 칼날을 후려쳤다.

팡!

도면을 강타당한 감산도가 강한 진동과 함께 방향을 틀어 내렸다. 그와 동시에 뒤로 빠지며 돌던 세철의 오른발이 한 바퀴를 돌아 앞으로 솟구쳤다가, 강력한 사선으로 내리꽂히며 허공을 찢어발겼다.

피이이잇!

발이 내리찍히는 소리가 흡사 채찍이 후려치는 소리처럼 날카로웠다. 그리고 그 발이 스쳐 가는 중간 부분에 칼의 균형을 잃고 좌로 기울어진 두평의 얼굴이 있었다. 뒤쪽으로부터 후려 돌리는 장대처럼, 번개같이 돌아 나온 발을 보는 두평의 눈 속에 당황이 어렸다. 그리고 그 순간 두평은 기울어진 좌측으로 몸을 돌리며 오른 어깨를 내밀었다.

퍼억!

세철의 발은 두평의 얼굴이 아닌 오른쪽 어깨의 뒤를 치고 지나갔다. 그 순간 세철의 눈에도 기광이 스쳤고, 흘려 맞는 힘으로 한 바퀴를 돈 두평은 무릎을 굽히며 왼손 하나만으로 잡은 감산도를 수평으로 그어 돌렸다.

쉬아아앙!

자신처럼 되돌아 다시 공격하는 두평의 감산도를 보며, 세철은 돌아 내려 땅에 잇닿은 오른발 끝으로 바닥을 차듯이 되튕겼다. 발은 솟구치듯 허공으로 다시 솟아올랐고, 뒤를 돌아 찼던 오른발은 이번엔 앞으로 다시 돌아 오르며 고공의 끝점에서 수직으로 찍어 내렸다.

피이이이잇!

칼날 같은 바람 소리가 귀에 들리는 듯했다. 같은 순간 수평으로 허리께를 그어 돌리던 감산도와 수직으로 앞꿈치를 찍어 내린 세철의 오른발이 한 점에서 충돌을 했다.

파앙!

커다랗고 넓은 감산도의 도신이 부서지며 땅으로 처박혔다. 손을 통해 오는 충격과 믿을 수 없는 현실에 경악한 두평이 두 눈을 부릅뜨는 순간, 찍어 내린 오른발로 땅을 딛고, 연속해서 다시 뒤쪽의 왼발을 휘감아 돌려 차 찍어 내리는 세철의 회전각에 가슴을 강타당했다.

파앙!

"크헉!"

손에서는 반쪽의 감산도가 떨어져 나갔다. 굽혔던 자세 그대로 엉덩방아를 찧듯이 주저앉은 두평은 가슴으로 전해지는 힘을 못 이기며 등까지 바닥에 충돌하고 말았다.

펑, 소리가 날 정도로 강하게 등짝까지 부딪친! 두평은 바로 윗몸을 일으켜 세웠다. 하지만 감당 못하게 전신으로 퍼져 가는 가슴과 어깨의 통증은 그에게 고통과 신음을 한번에 토하게 만들었다.

"크으으윽!"

일그러질 대로 일그러진 두평의 얼굴은 고통스러워 보였고 두 손으로 가슴을 부여잡은 채 내뱉는 신음은 가슴앓이 환자의 각혈처럼 힘겨워 보였다. 그렇게 웅크린 커다란 몸은 마치 상처 입은 곰과 같았고, 처음의 패기가 사라진 얼굴에는 분노와 수치가 어우러진 모멸감만이 가득했다. 그리고 그 한구석에선 아직도 믿을 수 없는 승부에 대한 불신감으로 간헐적인 꿈틀거림을 보였다.

세철은 느닷없이 나타나 승부를 결하자고 강제한 커다란 사내를 내려다보며 문득 의문이 들었다. 노정의 중간중간에 기척을 포착했던, 뒤를 따르던 자들은 방금 전 수인사를 나누며 술잔을 마주한 세 사람 외에 몇몇이 더 있을 뿐이었다. 하지만 이미 면면을 포착해 낸 꼬리 중에서 이처럼 눈에 뜨는 거대한 사내는 없었던 것이다. 그렇다면 과연 이자는 자신이 있는 자리를 어떻게 알고 나타난 것일까?

세철은 고개를 숙인 채 입가에 흐르는 피를 팔뚝으로 닦아내는 두평에게 물어보았다.

"내 뒤를 따랐던 것이냐?"

고개를 들어 일그러진 표정 속에 강한 살기를 담은 시선으로 쳐다보던 두평은 말과 기침과 피를 한꺼번에 뱉어냈다.

"너는! 쿨럭! 쿨럭! 크아아악! 퉤! 너는, 우리 문도들이 계속 뒤따르고 있었다!"

두평의 말에 세철은 고개를 끄덕거렸다.

"그랬군."

더 이상의 의문은 없다는 듯 간단하게 고개를 끄덕거린 세철은 두평을 보며 다시 이야기했다.

"더 할 테냐?"

그 한마디에 창백하던 두평의 얼굴이 붉게 물들어갔다. 그리고 분노와 수치심을 못 이겨 눈썹 끝을 바르르르 떨어댔다. 하지만 돌 같고 쇠 같은 시선으로 바라보는 세철은 여전히 변함이 없었고, 무심하게 내뱉은 또 한 마디는 두평의 가슴을 아프게 찔렀다.

"너는, 뒤에서 덤벼들던 네 사형보다 낫구나."

순간, 분노로 붉어지던 두평의 얼굴이 다시금 백지처럼 창백해졌다.

그리고 들었던 고개를 다시 숙이고 오한 걸린 사람처럼 몸을 떨었다.

진짜 분노가 시작된 것이다. 그리고 진정한 수치를 느낀 것이다. 세철이 던진 그 한마디에 광분한 곰처럼 날뛰던 두평의 가슴에 무인으로서의 자긍심을 무너뜨리는 파장이 일어난 것이다.

두평의 떨림은 쉬 끝날 것 같지 않았다. 고개 숙인 그가 지금 무엇을 생각하는지 아무도 알 수 없었고, 세철이 던진 한마디가 그에게 무슨 의미가 있는 것인지도 아무도 알지 못했다. 하지만 사람들은 본능적으로 알 수 있었다. 그가 지금 지독한 수치를 느끼고 있음을.

두평을 바라다보던 세철은 무심코 주변을 둘러보았다. 길을 가던 행인들을 비롯한 늘어선 노점 안의 모든 사람들이 시선을 모으고 있었고, 자신에게 친교를 구하던 세 사람의 무인들은 차일의 바로 안쪽에서 눈을 밝히고 서 있었다. 그리고 여전히 불 앞에서 움직이는 주점의 주인 늙은이는, 무심한 시선으로 세철을 한번 바라보고는 다시 일에 열중이었다.

그런 모두의 시선을 뒤로 두고 세철은 부춘호를 바라보며 걸음을 떼었다. 물어보려던 것을 마저 물어봐야 했기 때문이다. 하지만 뒤로부터 들린 목소리는 세철의 걸음을 멈추게 했다.

"확실히! 내가 감당할 수 없는 상대라 하더니, 그 말이 사실이었구나!"

세철은 천천히 몸을 돌려 세웠다. 그런 세철을 바라보며 두평은 피 묻은 입술을 벌려 이야기했다.

"개봉성 안의 황보세가에 잔치가 있다! 그곳에 나의 사부님이신 무극도 이선경 어른과 팽가주 백일천승도 어른이 함께 계신다! 그분들이 널 보고자 하신다!"

바닥을 짚고 비틀거리는 몸을 일으켜 세우는 두평은 여전히 변화없는 세철을 보고 다시 말했다.

"그 말을 전하기 위해 너를 찾았다! 그리고 잘 싸웠다!"

마지막 말을 남긴 파산도 두평은 반 동강이만 남은 커다란 감산도를 집어 들고서 몸을 돌려 걸어갔다. 여전히 비틀거리는 몸이었지만, 그 어깨에 더 이상 수치로 인한 떨림은 없어 보였다. 그리고 그런 두평의 뒷모습을 보던 세철의 뒤에서 언두수가 지껄였다.

"하! 저 친구 강단있는 친구네! 장형의 철퇴 같은 발길질에 맞고도 걸어 돌아가다니!"

감탄 같은 그 말에 부춘호가 덧붙여 말했다.

"살기보다는 투기가 강했기에, 장 형제가 손에 사정을 둔 때문이겠지."

"그게 그런가요? 맞어, 그렇겠군! 그렇지 않다면야 저렇게 멀쩡할 리가 없지! 암, 그렇고말고!"

자기들끼리 촌평을 덧붙여 이야기하는 소리에도 세철은 신경 쓰지 않았다. 지금 그의 머리 속에는 천리추 정곽이란 자와 그를 통해서 쫓게 될 원수에 대한 생각만으로 가득했다.

세철은 멀어져 가는 두평의 머리 위로 개봉성의 성곽을 보았다. 그리고 그보다 더 위로 펼쳐진 하늘을 바라보았다. 낮이 조금씩 더 길어지는 하늘은 여전히 푸르렀고, 그 하늘 위에 외로운 매 한 마리가 창천을 가로질러 날고 있었다.

풍파강호(風波江湖) 3

사통팔달(四通八達)한 개봉성 내의 중심을 지나 서북 방면으로 치우쳐 가면 고풍스러운 대저택들이 늘어선 일군의 거리가 나온다. 거리의 이름은 명성가(明星街)로 이른바 상류 계층의 사람들이 모여 사는 노른자위의 거리인 것이다.

주로 막강한 세도가들이나 대부호와 거상들 또는 토착 세력을 기반으로 한 뿌리 깊은 토호들의 주거가 몰려 있는 곳이다. 사람 사는 곳이라면 의례 어디서나 그러하듯 음지와 양지가 있게 마련이고 높은 곳과 낮은 곳이 상존하는 게 정해진 이치이다.

이곳은 그중 양지이며, 바로 낮은 이들이 올려다보는 높은 곳에 해당하는 곳이다. 때문에 한눈에 보기에도 알 수 있듯이, 잘 정비된 넓고 깨끗한 길은 공들인 화강석으로 바닥을 깔았고, 그 길을 따라 작은 성들처럼 잇닿아 들어선 저택들은 보는 자의 키를 내리누르는 높은 담장으로 위압을 뿌려대었다.

특히 그중에서도 중심을 가로질러 올라가는 대로의 중앙 우측에 자리한 유별나게 커다란 저택의 문 앞에는 크고 작은 색등(色燈)이 내걸리고 사람들의 발길이 분주하였는데, 연신 들고 나는 사람들의 얼굴에 걸린 흐뭇한 웃음으로 보아 경사가 있는 것이 분명해 보였다.

그런 저택의 높다란 정문 중앙에는 황보세가(皇甫世家)의 네 글자가 새겨진 커다란 현판이 용과 봉이 춤추는 듯한 필체로 사람들의 눈길을 잡아끌었다.

황보가의 전각들은 크고 웅장했다. 세월의 깊이가 느껴지는 전통적인 사합원(四合院) 양식의 저택은 높이 솟은 솟을대문을 정문으로 세워 두고, 석축으로 쌓은 높은 담장들은 푸른 기와를 머리에 두르고 길고 곧게 뻗어 있다. 그런 복합 구조가 이중으로 이루어져 내원의 중앙 정원을 둘러싼 사각의 전각들을 밖에서 호위하듯 다시 사각의 외원 전각들이 들어섰고, 외원과 내원 사이의 넓은 마당들은 황보세가의 식솔들과 무사들을 위한 연무장과 생활의 공간이 되었다.

외원을 지나 내원으로 들어서는 장타원형의 출입구를 지나면 제일 먼저 죽림(竹林)이 눈에 들어온다. 흔들리는 댓잎들의 서걱대는 소리를 들으며 지나가면 커다란 연못 위에 그림처럼 서 있는 사각의 정자를 보게 된다. 그 앞에 월교(月橋)가 늘어진 미녀의 다리처럼 발을 대었고 연못의 옆쪽으로 보이는 인공 가산의 주변 아래에는 수양버들이 물결처럼 춤췄다.

힘있고 돈 많은 모든 자들의 집이 그러하듯, 무림에서 방귀깨나 뀌어대는 황보세가의 앞마당에도 쓸 데가 없어 버릴 수도 없이 처바른 돈의 흔적들이 구석구석에서 숨결을 내뿜었다. 그리고 그중 극치에 이르는 정자의 누각에는 삼 인의 사람들이 모여 원탁을 마주하고 앉아 담소를 나누는 중이었다.

하지만 그런 그들만의 정겨움을 깨고 방금 전에 들어선 거대한 체구의 한 남자는 보는 이들의 시선에 가지각색의 눈빛들을 떠올리게 했다.

"언제까지 그렇게 네 멋대로 하고 살 테냐?"

준열한 꾸짖음이 담긴, 그러나 결코 노한 기색을 쉬 찾아볼 수 없는 목소리가 정자 앞에 무릎 꿇은 거구사내의 머리 위로 떨어져 내렸다. 사내의 고개는 더욱 숙여졌고 피 묻고 흙 묻어 낭패해 보이는 사내의 몰골은 더욱 초라해 보였다.

"네 사형의 일이 있은 지 얼마나 되었다고 그리 방자하게 행동한단 말이냐?"

노한 듯하면서도 노기를 보이지 않는 특이한 목소리의 주인은, 흰색 장삼을 정갈하게 차려입고 앉은 초로의 노인이었다. 흰빛이 거의 다인 수염은 군데군데 검은빛을 보이며 목을 가렸고, 위로 치솟은 하얀 검날 눈썹 아래 두 눈은 시린 우물처럼 깊고 차가워 보였다.

그런 노인의 한쪽 손안에는, 흡사 왜도(倭刀)처럼 생긴 길고 협소한 도폭의 날씬한 협도 한 자루가 정물처럼 잡혀져 있었다.

"이 노제, 너무 나무라지 마시게나. 젊은 혈기란 것이, 어찌 다스린다고 될 일이던가? 저만하길 다행일세."

끼어들어 두둔하고 나선 자는 금박의 비단옷이 잘 어울리는 후덕한 용모에, 관리들이나 쓰는 주자관(朱子冠)을 머리에 쓴 혈색 좋은 늙은이였다. 늙은이는 얼굴에 보기 좋은 미소를 흘렸고, 그 얼굴을 바라본 흰색 장삼의 늙은이는 젊은이에게 짧게 명했다.

"물러가 몸을 돌봐라."

　퇴진의 명을 받은 젊은이, 파산도 두경은 고개를 들어 짧은 순간 제 사부인 흰색 장삼의 늙은이 무극도 이선경과 그 옆에 앉아 미소를 흘리는 비단옷의 늙은이 황보가주 황보장청(皇甫長淸), 그리고 무거운 기세를 뿌리고 있는 팽가주 백일천승도 팽진성의 얼굴을 차례로 돌아본 후 허리를 숙여 예를 표했다. 그리고 한마디의 말도 없이 뒤를 돌아 나갔다.

　"쯔쯧! 저 아이가 충격이 컸던 모양이로군 그래."

　황보장청이 돌아 나가는 두평의 커다란 뒷등을 보고 혀를 찼다. 하지만 두둔하는 듯한 그의 말에, 무극도 이선경은 매몰지게 이야기했다.

　"어리석은 놈이 제 분수를 모르고 날뛰었으니, 당연한 결과지요."

　"허헛! 사람 참! 누구보다도 제자 사랑이 깊은 자네가 그렇게 정없는 소릴 한다고 믿을 성싶은가? 그쯤 하시게나."

　"죄송합니다. 황보 형님과 팽 형의 경사스런 날을 맞이한 때에 이런 일로 심기를 어지럽히게 되었습니다."

　송구함을 말하며 읍을 보이는 무극도문의 문주 이선경은 황보가가 맞은 경사를 이야기하고 있었다. 그리고 그것이 팽가의 경사임도 겹쳐 말하였다.

　그렇다. 황보세가에 경사스런 일이 있는 것이 사실이었다. 그 때문에 지난 삼 일간 황보장청은 꼬박 찾아드는 축하객들의 접대로 눈코 뜰 새가 없었다.

　경사는 다름 아닌 황보가의 뒤를 이어갈 장손의 탄생이었다. 일찍이 호형제(呼兄弟)하며 교분이 두터웠던 황보가와 팽가는 황보가의 장남 황보천정(皇甫天井)과 팽가의 장녀 팽지희(彭知姬)를 혼인시켰다. 하지만 금슬 좋은 두 사람에겐 오 년의 시간이 지나도록 태기가 보이지 않왔고, 가문의 대를 생각하던 황보가엔 근심이, 그리고 딸 가진 죄의식을 느껴야 했던 팽가에는 시름이 생겨 나왔다.

자칫, 그렇게 소원해질 뻔한 두 가문에 드디어 광명의 햇살이 비춘 것은 한 해 전 봄이었다. 몽매에도 기다리던 팽지희가 잉태를 한 것이었다. 그리고 정확히 일 년 후, 화사하게 천지를 피우는 봄 기운 속에 옥동자를 분만한 것이다.

"허허허! 그야 뭐, 인륜의 정해진 이치이니 경사랄 것이 무에 있겠는가? 다만 안타까운 일은 자네의 큰 제자와 팽 아우에게 생겼던 일이 불행하고 불쾌할 따름이지."

겸사를 내비쳐 말한 황보장청은 무극도 이선경의 얼굴을 지나 팽진성의 얼굴로 가 시선이 멎었다. 그리고 슬며시 다시 물었다.

"어떤가? 그들은 괜찮은가?"

황보장청의 물음에 이제껏 말이 없던 팽진성이 나이에 안 맞는 검고 짙은 수염을 흔들며 입을 열었다. 그 눈은 횃불처럼 빛났다.

"아무 지장 없습니다. 둘째 놈도 그렇고, 아우 역시도 두어 달이면 털고 일어날 겁니다. 저보다는 오히려 이 문주의 일이 안타깝지요."

날카로운 눈빛만큼이나 곧고 기가 선 자세로 말한 팽진성은 대수롭지 않은 듯 이야기했다. 하지만 그 눈 속에 일렁이는 물결 같은 움직임은 결코 용서할 수 없는 분노임을 두 사람은 피부로 느꼈다.

팽진성은 그런 두 사람의 눈길을 받으며 또다시 이야기했다.

"그놈은 오지 않을 겁니다. 그동안에 보인 그놈의 행태로 볼 때 목이 잘려 나가도 타의에 굴종하여 말을 좇을 놈이 아닙니다."

황보장청과 이선경은 가만히 고개를 끄덕였다. 그 속에서 팽진성은 세 사람이 이렇게 따로 모인 진정한 본론을 끄집어냈다.

"놈이 칼을 삼신에게 넘겨준 것은 천만뜻밖이지만, 칼이 소림으로 향하고 있는 이상 다른 무리에 의한 피탈은 염려를 놓아도 될 것 같습니다. 다만 소림과 삼신 역시도 함부로 칼을 처분할 수 없도록 여론을 조성하는 것이 문제인데, 그조차도 벽력문의 무리들이 다시 출몰한 이상 빌미로 삼을 호재로 작용할 수 있을 것 같습니다."

팽진성의 말을 듣고 있던 황보장청은 거듭 고개를 끄덕였다. 그리고 넌지시 자신의 의견을 말했다.

"칼의 문제는 일단 팽 아우가 세워놓은 계획대로 추진하기로 하고, 문제는 욱일승천하는 사자철기맹이나 묵호련에 비해 상대적으로 열악한 우리의 세력인데… 남궁가나 제갈가 이외에 뜻을 같이할 다른 세력이 더 없겠는가?"

잠시 생각에 잠기는 듯하던 팽진성은 곧바로 이야기했다.

"그런 곳이라 해봐야 당문(唐門)과 언가(彦家), 악가(岳家) 정도인데, 당문은 말할 필요도 없고 언가는 가풍이 워낙 세상일에 관심이 없는 터라 그 역시 부적격하고 악가는 이미 세력으로서의 기능을 상실한 지 오래니 마땅치 않습니다."

팽진성의 이야기를 들은 황보장청은 탁자 위에 올린 두 손가락을 꼼지락거리며 가볍게 두들겼다. 팽진성은 다시 말을 이었다.

"지금은 내부의 결속을 공고히 하고 비밀을 유지하는 것이 더 급합니다. 분명 난세가 도래하고 있음이 확실하지만, 무극도문을 비롯한 저희 사대세가가 교분 이상의 관계로 결속한 것이 밝혀진다면, 사자철기맹이나 묵호련 등을 떠나서 구대문파가 가만히 보고 있지 않을 것입니다."

두들기던 손가락을 멈춘 황보장청은 갑작스럽게 매서운 눈빛을 뿜렸다. 그리고 오래도록 묵혀두었던 말을 꺼내는 것처럼 조용히 이야기했다.

"구대문파! 언제나 친구처럼 웃고 말하지만 그 웃음 뒤에 비천하게 낮춰보는 경멸의 시선을, 우리는 알고 있지!"

말을 멈췄던 황보장청은 좌우의 이선경과 팽진성을 번갈아 보며 멈췄던 말을 다시 이어냈다.

"좋아! 때가 되어 대세가 우리에게 이르면 세력 또한 당연히 따르게 될 일, 더 이상 걱정할 일이 없겠지. 지금은 팽 아우의 말대로 목전의 계획에만 신경을 쓰도록 하세나. 자! 그러면 이제 그자는 어찌했으면 좋겠나?"

사전 모의된 수순에 따르기로 논의를 정한 황보장청은 다시 화제를 원점으로 돌렸다. 그러자 이번엔 이선경이 말을 꺼냈다.

"이미 철비철각호, 그자에게 우리의 뜻을 정중하게 통고한 형식이 되었으니, 찾아오지 않는 그자에게 오히려 회피했다는 인상을 지울 겁니다. 고로 최소한의 명에는 지켜내겠지만 그자에게선 반드시 가져와야 할 것이 아직 있지 않겠습니까?"

"그렇지. 소문이란 바람처럼 이곳저곳을 쉬지 않고 굴러다니는 놈이니까. 그런데… 그자에게서 받아낼 것이 신풍도 조철련의 비급인가? 아니면 목숨인가?"

은근하게 말하는 황보장청의 물음에 이선경은 말없이 손 안의 칼만을 움켜쥐었다. 그 모양을 보던 두 사람은 억눌러 왔던 이선경의 화산 같은 분노를 엿볼 수 있었다.

말은 적고 행동은 살갑지 못하지만, 누구보다도 제자들에 대한 애정이 깊은 사람이 이선경이었다. 그런 그가 이름 모를 자의 손에 제자의 생목숨을 끊게 하였으니, 그 속에 들끓는 분노는 이루 말할 수 없었을 것이다. 그리고 참아왔던 그것은 이제 폭발하려 하는 것이다.

여전히 차가운 이선경의 안색을 살피던 황보장청은 조심스럽게 말을 건넸다.

"이보게. 물론, 이미 오래전에 자네의 무극도법(無極刀法)이 도신과도 맞겨룰 만한 경지에 오른 것을 알고 있네. 세상 사람들은 몰라도 자네와 팽 아우의 성취가 어떠한지는 내가 알고 있지. 하지만 상대는 아직 젊은 자라 해도 겸제를 패퇴시킨 자이네. 결코 대수로이 생각해서는 안 될 것이야."

"그렇습니다. 그리고 그자에게 조철련이 죽었다 하나, 신풍류가 담긴 비급이 있다는 심중만이 있을 뿐 확실한 물증이 없으니 우리가 직접 행사한다는 것은 또 다른 오해와 분란을 가져올 소지가 있습니다. 물론 혈채를 갚는다는 정당한 명분이야 서겠지만 지금은 때가 좋지 않습니다."

곧바로 거들고 나선 팽진성에게 황보장청이 되물었다.

"그럼 어찌하자는 것인가? 따로 복안이 서 있는가?"

잠시 사이를 두어 두 사람을 응시한 팽진성이 숨겨진 비수처럼 한마디를 던졌다.

"적혈단(赤血團)을 투입하지요."

"적혈단!"

황보장청은 따라 부르듯 외마디를 질렀고, 눈빛을 반짝 빛낸 이선경은 무겁게 고개를 끄덕거렸다.

황보장청은 곧바로 또 물었다.

"그들이 준비가 되었는가?"

"그렇습니다. 동영의 인자술도 완성되었고, 우리 세 집안의 절기를 뽑아 만든 살인 기예도 완성했습니다. 때문에 이번이 그들의 능력을 검증할 수 있는 절대의 호기로 생각됩니다."

팽진성의 대답에 눈을 지그시 내리감듯 하며 황보장청은 되뇌었다.

"적혈단이라……."

하지만 곧바로 눈을 뜨며 질문을 던져 댔다.

"무리한 수를 두는 것은 아니겠나? 아무리 뭐라 해도 객관적인 그자의 실력은 우리 중의 둘은 나서야 확실하게 승산을 점칠 수 있으리라 여겨지네."

"그 점은 염려를 않으셔도 되겠습니다. 이미 그 아이들의 실력은 중원 최고입니다. 설사 도신이나 검제라 해도 그들의 칼을 피할 수는 없습니다. 이런 날을 대비해서 십 년을 공들인 것이 아니겠습니까?"

자신의 걱정을 기우로 치부하는 팽진성의 장담에 황보장청은 흐릿한 미소를 머금었다.

그랬다. 분명히 팽진성의 말이 과정이 아님을 자신도 알고 있었다. 그들은 십 년 전 세 사람이 처음 마음을 합쳤던 그날부터 준비해 온 비밀스런 힘이었고 그들의 임무는 구대문파의 수장들을 비롯한 요인들의 특공암살(特功暗殺)이었다.

때문에 신비롭고 비밀에 가득한 동영의 인자술을 힘겹게 도입하여 습득시켰고, 각자 가문의 절기와 중원 살수무예의 기법을 접목하여 새로운 살인 기예를 완성했다. 더불어 이번 기회를 통해 무명의 조철련을 일약 중원십대도객의 수위로 올려놓았던 신풍류를 차지하게 된다면, 이보다 더 좋은 호재는 없을 것이다. 이제 그들을 쓸 때가 온 것이었다.

"그래, 그 아이들의 기량을 점검해 볼 좋은 기회가 되겠군. 만에 하나 실패한다 해도 값비싼 경험과 자극으로 삼으면 될 터이고, 그것이 오히려 아이들에겐 득이 되겠지. 그리고 후에는… 그 아이들의 손에 의해 다른 자들의 목숨이 결정나겠지!"

중후한 인상과 다르게 살기를 내뿜으며 말을 하는 황보장청은 다른 사람 같았다. 하지만 그 기세는 금세 사라지고 예의 온건한 표정으로 돌아오며 다시 입을 열었다.

"그래, 그자의 지금 행적은 어디라 하던가?"

황보장청의 변화를 살피던 이선경은 특유의 차갑고 시린 낯빛으로 대답했다.

"성내의 남서쪽 외곽인 벽로가(碧露街)로 향하고 있다 합니다."

"벽로가라면 빈민가인데… 그리 향하는 이유가 있나?"

"아마도, 벽로가에 거주한다는 천리추 정곽을 찾는 것 같습니다."

이선경의 대답에 황보장청과 팽진성의 얼굴이 사뭇 궁금함을 드러내었다. 황보장청은 다시 물었다.

"천리추 정곽이라면, 무림삼기(武林三奇) 중의 그자를 말함인가? 오기병사라는?"

"그렇습니다."

"흐음, 알 수 없는 일이로군. 천리추 정곽이라……."

새로운 궁금함이 생겨난 황보장청은 사뭇 진지하게 고민하는 얼굴이었다. 그리고 그 고민의 궁극을 바로 찾아 끄집어냈다.

"이제 보니 우리는 그자에 대해서 너무 모르고 있구먼. 어디서부터 그런 자가 갑자기 생겨 나왔는지도, 또 혈룡도를 남에게 넘겨주기까지 하는 그자가 강호에서 목적하는 바가 무엇인지도 말이야."

　황보장청의 말에 나머지 두 사람도 생각에 빠져들었다. 그러나 그들의 고민은 오래가지 않았다.

　"어찌 되었든, 부딪쳐 보면 알 일이겠지. 그건 그렇고, 누가누가 소림에 모여드는지 가보아야 하지 않겠나? 그래야 그자들의 웃는 낯짝도 보고 다음의 계획도 추진할 것이 아닌가?"

　다시 처음으로 돌아간 황보장청의 기색에 맞추어 팽진성이 대답했다.

　"어차피 처음부터 직간접으로 혈룡도와 연루가 되었으니 저와 이 문주가 함께 가도록 하지요. 형님께선 이곳에서 아이들의 일을 맡아주셨으면 합니다."

　황보장청은 흔쾌히 고개를 끄덕이며 웃었다.

　"그래, 그리하도록 하지. 그럼 그 문제는 일단락 짓도록 하고… 이보게, 이 노제. 이번 일이 끝나고 나면 우리 숙정이와 자네 둘째 제자 두평이를 혼인시키도록 하지. 어떤가?"

　웃음 짓고 있는 황보장청을 바라다보는 이선경의 군은 얼굴에 살며시 미소 같은 표정의 변화가 생겨 나왔다. 그리고 천천히 대답했다.

　"두평이 놈이 좋아하겠군요."

　황보장청은 짙게 웃음 지었고 팽진성과 이선경도 따라서 웃음을 웃었다. 그리고 그렇게 소리없던 세 사람의 웃음이 잦아들 무렵, 황보장청은 나지막하게 이야기했다.

　"멀지 않았네. 돼먹지 않은 힘과 전통을 내세워 군림하던 자들의 머리를 밟아줄 그날이 말이야!"

　나직한 목소리는 정자를 휩싸고 연못 위를 스치며 바람에 흔들리는 수양버들 사이로 스며들었다. 흔들리는 수양버들의 미약한 소리는 저만치서 서걱거리는 댓가지 부딪치는 소리에 점점이 먹혀갔다.

유령도(幽靈刀) 조포(趙包)는 시종일관 불안을 떨치지 못했다. 자신의 별호가 말해 주듯 잔인한 칼날로 세상을 겁없이 살아가던 한때가 있었지만, 최근에 겪어야 했던 일련의 사건들은 그에게 세상의 두려움을 안겨다 주었다.

정말 꿈같은 일들이었다. 신풍도 조철련의 수하로 있을 때만 해도 그들 무리에게 거칠 것이라곤 없어 보였다. 그러던 조철련이 촌구석에서 만난 이름 모를 청년에게 맞아 죽은 것이다. 상상도 하지 못했던 일이었다. 하지만 신풍도만이 아닌 무리 전체가 그 괴물 같은 청년에게 괴멸되다시피 했고, 살아남은 십여 명은 정신없이 도망쳐야만 했다.

그때 그냥 내쳐 도망가야 했는지도 몰랐다. 하지만 악명 높던 조철련의 비급에 생각이 미쳐 발걸음의 방향을 되돌려 세웠고, 그 어두운 새벽에 눈을 헤치고 조철련의 시신을 뒤져 비급을 취하는 놈을 보게 된 것이다. 하지만 마을로 들어갈 수는 없었다. 그 괴물 같은 놈이 있었기 때문이다.

놈이 마을을 떠난 것은 동이 트기도 훨씬 전이었다. 그 직후에 마을의 한곳에서 불길이 오르고 비급을 취한 그놈도 도망치듯 마을을 떠났다. 그놈을 쫓아서 태산까지 온 것이다. 그리고 그곳에서 지옥을 겪었다.

혈룡도가 있었는지 알지도 못했었다. 또한 그놈이 그것마저 가지고 있을 줄은 진정 꿈에도 생각지 못했었다. 하지만 그 때문인지 놈은 결국 비참하게 죽었고, 귀신같은 놈들이 미쳐 싸우는 도중에, 더 지옥 같은 폭발이 산을 흔들며 모든 것을 찢어발겼다.

　동료들을 포함한 모두가 죽어 나가던 그 속에서, 자신 혼자만이 살아남은 것을 행운이라고 말하기에는 부족함이 있었다. 정말 지옥이 따로 없었다. 숲이 통째로 날아가고 사람들의 몸이 산산이 찢어져 흩어졌다. 그 폭발 속에서 까뭇 정신을 잃었다가 깨어나 보니 자신 혼자만이 쓰러진 고목더미 밑에서 일어설 뿐이었다.

　그때 그놈의 시체가 보였다. 온전히도 처음 죽어 나갔던 그 자리 그대로였고, 폭발에 휩쓸려 날아간 부분도 없어 보였다. 놈의 품을 정신없이 뒤졌다. 그리고 애타게 쫓던 조철련의 비급을 손에 넣은 것이다.

　그 뒤로 정신없이 산을 내려왔다. 그리곤 무슨 정신으로 왔는지는 모르지만 몸을 숨길 곳을 찾기 위해 이곳 개봉까지 스며들어 온 것이다. 다행히도 혈룡도라는 천고보도에 이목이 집중된 사람들은 자신에게 신경 쓰지 않았다. 아니, 조철련의 신풍류가 담긴 비급이라는 일 자체를 잊은 것이다.

　하지만 조포는 알고 있었다. 이것이 어떤 가치를 지닌 물건인가를. 언젠가 술이 취했던 조철련은 옛 얘기를 지껄였었다. 우연히 해적들의 소굴에서 발견한 이 책자의 내용을 자신이 완벽하게만 익혔어도 삼제오신 따위는 단칼에 베어버렸을 것이라고. 그리고 고용되었던 주인 딸년의 속살 맛은 아직도 몸이 잊지 못하고 있다고.

　품 안에 든 책자는 그런 물건인 것이다. 제대로만 익혀낸다면 무림의 전설인 삼제오신조차도 두려울 게 없는. 하지만 지금은 그걸 생각할 때가 아니었다. 안전한 은신처를 구해 한동안 숨어 지낸 뒤 사람들의 기억 속에서 잊혀져 갈 무렵 뒷일을 도모하는 것이 급선무였다.

　그래서 이곳 개봉으로 왔다. 사람들의 왕래가 빈번하고 우물처럼 고인 이곳의 어둠에 묻혀 살기 위해서. 그리고 유일한 지인이 있는 이곳에 도움을 청할 생각이었다. 그런데 그 지인이 아직도 나타나지 않고 있다.

조포는 개봉의 빈민굴인 벽로가에서도 싸구려 색주집이 다닥다닥 붙어 있는 후미진 골목길의 허름한 주가에 앉아 야유귀(夜遊鬼)를 기다렸다. 언젠가 들었던 말처럼, 색주가의 건달로 보이는 사내에게 말을 넣자 이곳을 안내했던 것이다.

주가(酒家)는 사방 다섯 평이 될까 말까 한 크기에 세월의 때와 사람의 때에 전 낡은 흑갈색의 탁자가 네 개만이 보이는 전부인, 그야말로 냄새나는 뒷골목의 싸구려 주점이었다.

술지게미를 걸러내는 안쪽의 주인 여자 역시도, 세월에 치여 밀려나온 색주가 출신의 여인이 틀림없어 보였다. 그러나 이 정도면 인간 세상의 지옥이라 여길 만한 이 거리에서, 여인은 성공한 탈출자였다.

화류병의 후유증이 분명한 누렇게 찌든 얼굴로 술독을 만지는 여인이 쳐다보는 눈길은 측은함과 함께 짜증을 불러일으켰다. 그런 여인을 보며 술잔을 집어 올린 조포는 갑작스런 인기척에 고개를 퍼뜩 돌렸다.

아직 어둠이 내리기 전인데도 굴 속 같은 침침함을 보이는 입구를 한 남자가 들어섰다. 사내는 곧바로 조포가 앉은 자리로 다가왔고, 상대의 얼굴을 확인하기 위해 눈을 찡그리는 조포에게 웃으며 말을 걸었다.

"오랜만이네."

사내의 대답과 다가선 웃는 얼굴에 미간을 편 조포는 반가운 얼굴로 아, 하며 입을 벌렸다. 하지만 곧바로 나온 사내의 말에 입을 다물고 몸을 일으켰다.

"장소를 바꾸지. 일어서게."

해가 뉘엿해질 무렵 자리를 옮겨 시작한 술자리에서 화주를 스무 병 가까이나 비워 버린 조포는 어릴 적 친구인 야유귀가 무척이나 고마웠다. 단 한 마디의 말도 묻지 않고 자신을 받아주는 그 태도에 감복했고, 곤궁한 자신의 처지를 헤아려 따뜻하게 자리를 마련해 주는 풍모가 대인대용하다고 생각했다.

그 때문에 피곤하고 도망에 지쳤던 몸은 정신없이 녹아들었고 자신이 무슨 소리를 지껄이는지도 모르면서 유년 시절부터 서로를 알았던 정주의 뒷골목 기억을 안주 삼아 정신없이 웃고 퍼마셨다.

오랜만에 느껴보는 안온함이라고 여겨졌다. 친구를 만난다는 것이 이렇게 좋은 일이라는 것도 새삼 느끼게 되었다.

그렇게 좋고 흥거운 취기 속에 또다시 자리를 옮겨 색주가에 자리를 잡고 앉아 진탕 퍼마시고, 각자의 계집을 끼고서 방에 처박혀 잠이 들었다. 하지만 목이 갈라지는 듯한 조갈(燥渴)은 오랜만에 깊이 들었던 잠을 깨워 버렸고, 계집과 한바탕 전쟁처럼 방사를 치르고 잠들기 전 들은 것이 축시(丑時:새벽 한 시~세 시 사이)를 알리는 경점(更點: 북과 징을 쳐서 시간을 알리는 야시법) 치는 소리였으니, 지금이면 아마도 아침이 밝았을 테지만 방 안에는 여전히 검은 어둠만 사방에 가득했다.

타는 듯한 갈증을 느끼며 조포는 옆 자리를 더듬었다. 물을 가져오게 시키려던 계집의 물컹한 살결은 만져지지 않고 허전한 이불 자락만 손끝에 바시락댔다. 문득 손끝의 허전함이 사추리의 허전함으로 여겨지는 조포는 와락 인상을 구겼다.

"야! 이년아, 어디 갔어?"

눈도 뜨지 않은 채 침상 위에서 뒤척이며 조포가 소리쳤다.

"물! 물 좀 가져와, 썅!"

욕설과 함께 발길로 이불을 걷어내면서도 조포는 눈을 뜨지 않았다. 털이 북실한 다리와 그 위쪽에 쪼그라든 시커먼 음경이 시든 고추처럼 드러났고, 어둠에 물든 얼굴에는 진한 짜증과 권태로움이 가득 넘쳐흘렀다.

그런데 그때, 불이 확! 하고 밝혀졌다.

작은 유등 빛 하나에 방 안을 잠식하던 어둠이 쫓겨가듯 구석으로 사라지고, 맨몸을 드러내고 침상에서 뒤척대던 조포는 살며시 실눈을 뜨고 또다시 소리쳤다.

"물 가져오라니까, 이년아! 말이 안 들리냐?"

그러나 불켜진 방 안에는 여전히 기척이 없었고 사르락대는 책장 넘기는 것 같은 작은 소리만이 조용하게 조포의 귀를 간지럽혔다.

팔을 이마 위에 걸치고 눈을 찡그리며 뒤척이던 조포는, 순간 이상한 생각에 눈을 살며시 떴다.

노랗게 유등 불빛을 받은 방 안의 정경이 하나씩 차분하게 눈에 들어왔다. 옆으로 누워 늘어진 자신의 음경 아래로 보이는 것은 침상의 이불 자락과 그 아래 벽으로 붙은 궤짝 같은 목궤 위에 올려진 작은 물항아리와 나무 대야였다. 간밤에 저 항아리를 기울여 받아낸 대야의 물을 움켜 올려 씻겨주던 계집은 옆에 보이지 않았고, 씻김을 받던 생식기만 혼자 그쪽을 보고 누워 있다.

벽에는 습기와 오물로 얼룩진 자국들이 그림처럼 사방에 가득했고 그 벽에 가로질러 늘어진 설렁줄에는 때 짙은 무명 베옷들이 걸레처럼 걸려 있었다. 그리고 그 벽을 지나 문 앞과 침상 사이의 턱없이 좁은 공간에 놓인 탁자 위에서 불빛이 흔들거렸다.

그 탁자에 앉아 유심히 책을 들여다보는 사람은 친구인 야유귀였다.

"어? 이, 이봐!"

어찌 된 영문인지를 가릴 사이도 없이 득달같이 일어서는 조포의 맨 가슴을 야유귀의 발이 힘껏 내질렀다.

"컥!"

쿠당탕! 하는 요란한 소리와 함께 뒤로 벌렁 자빠진 조포는 고통을 느낄 새도 없이 귀신처럼 다시 몸을 일으켰다. 하지만,

피잇!

"헉!"

야유귀의 허리춤에서 뽑혀 나온 청강장도가 조포의 목 언저리를 설 핏 베며 멈춰 섰다.

내려다보는 야유귀의 눈에는 이상한 살기가 넘실거렸다.

"이거였군 그래!"

웃는 것 같은 표정이었지만 그 얼굴을 바라보는 조포의 눈에는 다급 한 사색이 어렸다.

"이, 이보게! 왜, 왜 이러나!"

목에 대어진 시퍼런 도신의 예기에 질려 버린 조포가 사정처럼 이야 기했다.

"이, 이러지 말게나! 장난이 너무 심하네!"

"훗! 장난이라고?"

풀썩 코웃음을 친 야유귀가 여지없이 짙고 강한 살기를 드러내며 낮 게 되물었다.

"너 같으면? 이런 물건을 손에 쥐고 장난질하겠느냐?"

음산하고 살기 가득한 그 음성에서, 혹시나 하던 기대를 저버린 유

령도 조포는 어금니를 악물었다.

"개자식! 친구의 물건을 탐내서 목숨까지 해치려는 게냐?"

바라보던 야유귀는 또다시 소리없는 웃음을 하얗게 흘렸다.

"친구라고? 네놈과 내가 언제부터 친구였지? 그리고 이것이 네 물건이라고? 웃기지도 않는 소리를 지껄이고 있구나!"

야유귀의 하얀 웃음이 점점 더 짙어져만 갔다. 그 웃음을 올려다본 조포는 암울한 심정으로 고개를 떨구었다. 야유귀는 그렇게 숙여진 머리에 대고 또 얘기했다.

"네놈이 정주 천향원 기녀를 간살하고 도주한 일로 나는 말도 못할 고초를 겪었다! 그 일로 언제인가는 네놈에게 꼭 빚을 갚아주겠다고 맹세했지! 그런데 네놈이 제 발로 찾아와 주었구나! 거기에다 이런 선물까지 가지고서 말이야!"

자못 흥분한 듯한 모습을 보인 야유귀는 손에 쥔 칼을 꿈틀, 움직였다. 그 작은 동작에 조포의 목 살갗이 베어지며 핏물이 진하게 배어 나왔다. 그리고 숙여졌던 조포의 머리는 작은 신음과 함께 다시 들려졌다.

"취중에 신풍도 조철련이 어쩌고 하며 횡설수설하기에 혹시나 했더니, 네가 그 패거리였을 줄은 몰랐구나. 하지만 그 덕에 이렇게 좋은 선물을 받게 되었으니, 이쯤에서 나 역시 지나간 일은 덮어두겠다. 어쩌겠느냐? 그리하겠느냐?"

뜻밖에도 죽을 줄 알았던 목숨을 살려준다는 제안에 조포는 두 눈을 꿈벅거렸다. 그리고 미심쩍은 얼굴로 살며시 입을 열었다.

"그렇게만… 해준다면……."

"그럼, 좋다! 이쯤에서 구원을 접도록 하지!"

화통하게 이야기한 야유귀는 조포의 목에 걸친 칼을 거둬들였다. 그리고 덧붙여 말했다.

"잠시 후 행장을 꾸려서 개봉을 떠나라. 이걸로 이제 우리 사이의 모든 일은 끝났다. 이젠 남은 인생 서로 모른 척 살아가면 그만이다."

처음의 기세와 달리 간단하게 결말을 짓는 야유귀를 보며 조포는 힘없이 고개를 끄덕거렸다. 그런 조포에게 야유귀는 마지막 한마디를 던지고 등을 돌렸다.

"이것이 한때 친구였던 너에게 베푸는 마지막 호의다."

귀에 울리는 그 말보다, 뒤돌아선 야유귀의 방심한 등과 그 손에 들려 나가는 황갈색 책자를 보던 조포의 눈에 악독한 기운이 스며들었다. 그리고 그 기운이 눈가를 팽창해 나올 무렵, 문고리를 잡는 야유귀의 등을 향해 조포의 몸이 터져 나갔다.

"이놈!"

그러나 조포는 자신의 주먹이 야유귀의 뒷통수의 닿기도 전에, 핑그르 돌아 니오는 은청의 장도가 목젖을 비집고 지나감에 흠칫, 소름을 떨었다.

피이웃!

화끈한 반사광으로 수평을 가르고 뒤를 돌아간 야유귀의 장도가 침상에서 일어서던 조포의 목을 갈라냈다.

"꾸어억!"

해소병 환자의 가래 끓는 듯한 이상한 소리가 조포의 입에서 새어 나오고, 앞부분 목의 반절이 갈라져 나간 조포의 목에서는 피분수가 터져 나왔다.

그렇게 갈라지고 벌어진 목을 두 손으로 움켜잡은 조포는 침상에 다시 주저앉았고, 뒤집어지는 흰창의 눈과 비어져 나오는 혓바닥의 머리 아래로 쏟아지는 피는, 제 몸을 타고 흘러 사타구니의 음경을 적시며 침상의 이불로 스며들어 갔다.

돌아서 칼을 내려뜨린 야유귀는 그 꼴을 보며 나지막하게 이야기했다.

"호의를 저버리면 안 되지! 물론, 그럴 줄 알고 있었지만 말이야!"

음산한 그 목소리와 하얀 웃음 속에서 뻘겋게 피를 솟구쳐 내며 꿀럭대던 조포가 힘없이 쓰러져 내렸다.

유등 빛에 비친 벌거숭이의 그 모습은, 흡사 도살된 돼지처럼 커다랗고 추했다.

개봉 성문 밖 노점 거리에도 아침이 밝아 사람들의 발길이 왕래하기 시작했다. 대부분의 노점상들이 이제 나와서 차일 등의 준비를 하는 반면, 언제 나왔는지 벌써 장사의 채비를 다 갖춘 한 간이 주점에는 주인인 중늙은이 하나가 화덕에 불을 피우고 음식 준비에 여념이 없었다.

화르르륵, 하고 불길 오르는 소리가 요란한 가운데 조리 철판을 움직이는 노인의 손놀림이 사뭇 경쾌로웠다. 주변의 상인들은 푸름한 아침 기운 속에서 정신없이 장사 준비에 바빴고, 이제 나온 상인들은 늙은이를 보며 크게 허리를 꺾었다. 하지만 소리 내어 인사말을 건네는 사람은 아무도 없었다.

장사치들의 인사를 받는 둥 마는 둥 하며 손을 놀리던 노인이, 문득 성문 쪽으로 시선을 돌리며 눈길을 모았다. 노인의 시선이 향하는 곳에는 이제 왕래가 많아지기 시작한 거리에서 사람들이 오고 가고 있었고 그중 한 중년인은 바라다보는 노인의 눈길을 마주 보며 빠르게 걸어왔다.

점점 가까워지는 중년인에게서 시선을 거둔 노인은 다시 요리에만 전념하였다. 그사이, 허름한 갈의(葛衣) 차림에 평범하기 그지없는 용모를 가진 중년인이 노인의 간이 주점에 들어섰다.

들어서기가 무섭게 아무 말도 없이 노인의 곁으로 다가선 중년인은 노인이 이제껏 잡아 흔들던 요리 철판을 가만히 넘겨받았다. 노인 또한 아무렇지도 않게 손을 넘겨주었고, 여태까지 노인이 했던 것처럼 중년인은 요리를 계속 이어서 했다.

노인은 말없이 뒤쪽의 탁자에 앉아 찻주전자에 데워진 찻물을 부어 넣었다. 그리고 찻물이 우러나길 기다리며 조용하게 입을 열었다.

"나이가 먹으니 하던 일도 옛날 같지 않구나. 이놈의 허리와 어깨는 물론이고 근자에는 무릎까지도 말썽이로구나. 쯧! 늙으면 빨리 죽어야 할 터인데."

의례적인 신세한탄 같은 노인의 말에, 그걸 위해 온 사람처럼 요리에 열중하던 중년인이 엉뚱한 소리를 지껄였다.

"그자들은 예상대로 천리추의 거처를 찾아가고 있습니다."

노인 또한 다른 소리를 말했다.

"사냥개를 잘 두면 신간(身幹)이 편해지지."

중년인은 상관없다는 듯 또 얘기했다.

"황보가에 모인 자들의 움직임이 수상쩍습니다."

"골이 깊으면 나무도 많고, 물이 깊으면 온갖 고기가 다 노닌다더라."

마치 선문답처럼 서로 공통된 부분이 없는 엇갈린 얘기만을 하는 두 사람의 표정은 아무 변화가 없이 평상스럽기만 했다. 그저 중년인은 요리를 하고 노인은 차를 마시려는 한가로운 정경이었다.

이윽고 찻주전자의 온도를 손끝으로 확인한 노인은 찻주전자를 높이 들어 찻잔에 길고 높게 찻물을 따랐다. 그리고 그때 중년인은 또 얘기했다.

"색주가에서 사람이 죽었습니다."

차를 따라 내던 노인의 손이 그제야 멈춰 내렸다. 종전과 달리 노인은 직접적으로 물었다.

"누구냐?"

중년인은 여전히 불 앞에 서서 열중하며 대답했다.

"유령도 조포란 자인데, 아마도 신풍도 조철련의 수하였던 자 같습니다."

"아마도… 같습니다?"

노인의 뼈가 들어간 듯한 조용한 되물음에 중년인은 불 앞에서 뒤돌아서며 탁자 위에 접시를 내려놓았다. 그리고 그 위에 이제껏 볶아낸 죽순 요리를 차곡하게 담아내었다.

"드십시오. 식으면 맛이 떨어집니다."

젓가락까지 내미는 중년인에게 노인은 찻물을 한 모금 들이켜고 다시 물었다.

"누가, 왜 죽인 거냐?"

마치 일하는 사람처럼 태연히 화덕의 불구멍을 조절해 놓고 다시 돌아선 중년인은 노인의 앞에 마주 앉았다. 그리고 아침 인사 하듯 대답했다.

"색주가를 맡겼던 소두령 놈 중에 야유귀란 놈이 있습니다. 놈이 조철련의 신풍류가 담긴 비급을 가지고 달아난 것 같습니다."

중년인의 평범한 표정은 시종일관 변화가 없었다. 하지만 말을 듣는 노인의 얼굴엔 미미한 변화가 생겨 나왔다.

"신풍도 조철련?"

조금은 굳은 어조로 되물은 노인은 손 안에 남은 찻잔의 찻물을 마저 넘기고 조용히 주변을 둘러보았다. 주변은 이제 장사 준비를 마친 상인들의 노점이 분주한 아침 준비를 서둘렀고, 어느새 그 앞에는 길을 가던 행인들이 머리를 기웃거리고 있었다.

그러기를 얼마 후, 우두커니 앉아서 노인만을 바라보고 있던 중년인에게 노인이 말을 꺼냈다.

"놈을 잡아와라. 책도 함께."

조용한 그 말 한마디에 중년인은 바로 몸을 일으켜 세웠다. 그리고 고개를 꾸벅 숙여 보이며 돌아서 갔다. 하지만 몇 발자국을 떼던 중년인은 다시 되돌아섰고, 의아한 눈으로 쳐다보는 노인에게 종전처럼 대수롭잖게 입을 열었다.

"내일이 아들놈 생일인데, 전 좀 쉬면 안 되겠습니까?"

그 말에 꿈틀한 노인의 미간에 주름이 서고, 빈 찻잔을 움켜쥔 노인은 중년인을 향해 손을 들었다.

하지만 찻잔을 맞아야 할 중년인은 어느새 귀신처럼 사라지고, 처음 올 때와 달리 꽁지빠진 뭐처럼 뛰어가는 뒷모습은 벌써 저만치 성문 앞쪽으로 보이고 있었다.

노인은 찻잔을 들었던 팔 밑의 겨드랑이로 반대쪽 손을 집어넣어 긁으며 혼자 중얼거렸다.

"저 자식이 똥이 마려운가? 왜 저렇게 급하게 뛰누?"

풍파강호(風波江湖) 4

　개봉성을 사람의 형상으로 치자면 무겁고 화려한 머리인 명성가를 힘겹게 이고서 맨 아래쪽 남서 방향으로 치우쳐 똥구녕처럼 주질러 앉은 곳이 벽로가였다.

　거리의 이름이 어째서 푸른 이슬, 즉 벽로가(碧露街)인고 하니 그것에는 이유가 있었다. 모질고 각박한 세상의 부대낌에 떠밀리고 발 걸려 자빠진 밑바닥 인생들이 모여든 이곳에서는 결코 죽음으로밖에 벗어날 길이 없는 참혹하고 암담한 현실을 한탄하여 밤이면 밤마다 숨죽인 울음이 새벽까지 이어진다 했다. 그 눈물방울이 이슬처럼 흐른다는 얘기다.

　병든 노인은 눈물샘이 말라 더 이상 울지 못하고, 등짝이 휜 어른은 너무도 울어 지쳐 피눈물밖에 나오지 않는데, 황구(黃口)의 아이들은 제 부모네와 일신의 처지를 너무도 일찍 깨달아, 세상의 시린 바람을 맞아 슬픈 눈물을 토해내는데, 그 눈물이 풀잎 끝에 맺혔다가 결국은 스러지는 푸른 이슬과 같다 해서 그리 불렀다.

벽로가의 거리는 어둡고 칙칙했다. 비바람만 겨우 피할 것 같은 피폐한 흙벽집과 목조 가옥들은 서로의 등을 맞대고 기울어짐을 받쳐 주며 개미줄처럼 조밀하게 붙어서 있고, 그런 집들을 끼고 미로처럼 그어진 골목길 바닥마다에는 흐르는 개숫물들이 심한 악취를 풍겨댔다.

햇볕이 드는 양지라면 어김없이 누런 강코를 흘려대는 이이들이 나와 앉아 햇볕바라기를 하며 졸고 있었고, 계절에 안 맞는 얇고 허름한 때 전 베옷은 그나마 팔다리가 껑충하여 앙상한 손과 발목을 드러내었다. 그런 아이들이면 총기없이 성마른 얼굴에 올챙이처럼 배만을 불룩 내밀었는데, 그 배가 잘 먹어 나온 배가 아닌 굶주려 병든 배임을 한눈에 알 수 있었다.

색주가를 지나 빈민들의 주거지를 거쳐 재인(才人) 거리에 다다른 부춘호는 뒤따르는 하남과 언두수, 그리고 그 뒤에 따라 서는 세철을 힐끔 돌아보았다. 거리를 들어서면서까지도 간간이 주절거리던 언두수는 굳게 입을 다물었고 단정한 얼굴이 돌처럼 굳어진 하남은 앞만을 보고 걸었다. 그리고 그 뒤의 세철은 언제나 변함없는 무쇠 얼굴이었다.

세 사람의 발길을 이끌어 재인 거리의 후미진 골목을 꼬불꼬불 돌아 정신없게 만들던 부춘호가 외다른 골목 한쪽 끄트머리로 보이는 작은 공방(工房)을 보며 발길을 재촉했다.

발걸음을 재게 놀려 다다른 공방은 벽로가의 다른 집들과 다름없이 다 기울어가는 허술한 목조 가옥이었다. 출입문 없이 앞면이 탁 트인 집 앞에는 수북이 쌓인 통나무 조각들이 널려 있었고, 그 중앙에 파묻

히다시피 들어앉은 해골 같은 형상의 한 노인은 열심히도 작업에 한창이었다.

해골바가지에 산발해 늘어뜨린 흰머리를 씌워놓은 것 같은 노인이 만드는 것은 목각 가면이었다. 나이 때문에 귀가 먹었는지 주변에서 사람의 기척을 흘려도 돌아보지 않았고 바싹 얼굴을 들이대어 침침한 눈과 억세게 불거진 손가락의 끝으로는 연신 조각칼을 놀려 나무에 모양을 그려 넣었다.

노인의 앞으로 한 발 더 다가서 그 손놀림의 위로 그림자를 길게 늘이자 비로소 노인의 시선이 들려 올라왔다. 가만히 고개를 들어 햇빛을 등지고 선 사내를 보기 위해 손을 올려 이마에 손 그늘을 만든 노인은 그림자의 주인인 부춘호를 보며 눈부신 듯 아미를 찡그렸다. 그리고 그 옆과 뒤로 붙어선 다른 사내들을 보며 천천히 입을 벌려 물었다.

"뉘시오?"

생기가 빠진 노인의 목소리는 갈라진 고목의 부대낌처럼 거칠고 걸끄러웠다. 하지만 힘은 실려 있지 않았다.

"정곽을 만나러 왔소이다."

부춘호의 대답에 손 그늘 사이로 찡그린 채 올려다보던 노인의 눈에 잠깐 빛이 일렁거렸다. 그리고 바로 대답을 했다.

"앉으시우."

딱히 어디랄 것도 없이 앉으란 말만을 하고 다시 작업으로 돌아간 노인은 더 이상 부춘호 등에게 신경 쓰지 않았다. 멀뚱하게 서서 내려다보던 부춘호가 먼저 제 발 밑의 나무 등치에 엉덩이를 붙이자 언두수를 비롯한 하남도 그 곁에 주질러 앉았다. 다만 세철만이 처음처럼 검은 석상과 같이 서서 노인을 바라다보았다.

그렇게 서로 간에 말없는 시간이 흘러간 지 얼마 후, 세철 일행이 들어섰던 골목길의 입구에서 작은 기척이 들려왔다. 서 있던 세철의 시선이 제일 먼저 돌았고 그 뒤를 부춘호 등이 바로 돌아다보았다.

기척을 내고 골목길을 비틀거리며 들어서는 자는 발걸음이 어지러웠다. 멀찍이서 보아도 불콰하게 술 취한 얼굴은 사십줄에 갓 들어선 듯한 중년이었고, 곧게 솟은 콧날 위의 깊은 두 눈은 술에 취한 흐릿함으로 사방을 더듬었다.

갈지자로 다가오는 사내의 손에는 마개를 열지 않은 술 한 병과 이미 개봉되어 사내의 입술에 오르내리는 술 한 병이 양손에 쥐어진 채로 흔들거렸다. 그리고 사내는 노래를 흥얼거렸다.

"염벼어엉하알. 우라아아질. 비러머어어그을……."

욕설이 분명한 말을 분명치 않은 발음과 제멋대로의 운률에 맞춰 흥얼거리며 늘여 부르는 사내는 어느새 세철이 서 있는 앞에까지 다가왔다. 세철은 그렇게 제 앞을 지나쳐 가는 중년 사내의 비틀리는 발걸음과 흐린 눈빛을 보머 천천히 몸을 돌려 세웠다.

사내는 눈앞의 세철을 못 본 척 등을 보이며 지나쳐 갔고, 조각칼만 움직여 대는 노인 앞에 와서 술병 든 손을 불쑥 내밀었다. 눈앞에 들이대진 마개 막힌 술병을 바라본 노인은 칼 든 손을 털어내고 술병을 받아 들었다. 그리고 갈라진 목소리로 한마디를 던졌다.

"오늘은 어쩐 일로 이렇게 일찍 들어오나?"

노인의 물음에 정신 나간 칠푼이처럼 헤벌쭉 웃어 보인 사내는 앞뒤 없이 말을 꺼냈다.

"짜식덜이 말이지! 지덜이 관원들도 아니면서 말이야! 체! 살인 사건이 나면 난 거지, 해도 안 떨어졌구만 나를 나가라 해! 빌어먹을 자식덜이 말이야!"

"누가 죽었다던가?"

되묻는 노인 역시도 술병의 마개를 뽑아내고 술을 들이켰다. 사내는 제 손의 술병을 입으로 가져가 소리나게 꿀꺽거린 후 다시 말했다.

"모르겠소! 외지에서 흘러 들어온 놈 하나가 색주가에서 뒈졌답디다!"

"색주가? 복상사했단 말인가?"

"키헤헤! 이 노인네가 못 자실 걸 자셨나, 엉뚱한 상상을 다 하시네 그려! 어째? 회춘 한번 해보실라우?"

큰 소리로 웃어젖히며 수작한 사내는 주위에 눈에 걸리는 이가 아무도 없다는 듯이 태연하게 지껄였다. 그러기는 바닥에 앉아 있던 해골 같던 노인도 마찬가지였는데, 노인은 사내에게서 받아 쥔 술병을 연신 주둥이에 기울여 가며 질문을 던져 댔다.

"누가 죽었길래 그놈들이 그러는 걸까? 죽음은 이 거리에서 예삿일 인데……."

"그러게 말이외다. 시궁창 같은 거리에서 쥐새끼처럼 버려지는 시체가 하루에도 몇 구씩 나오는… 빌어먹을 거리인데 말이요!"

노인의 말에 종전과 달리 조금은 음울함이 깃든 음성으로 대꾸한 사내는 다시 술병을 입에 대고 벌컥거렸다. 꿀떡대는 소리 뒤로 내려진, 술병과 같이 나타난 사내의 구겨진 인상은 넘기는 술만큼이나 쓰고 어지러워 보였다.

그런 사내와 노인의 모양을 이제까지 옆쪽에 서서 꿔다 놓은 보릿자루처럼 바라보고 있던 부춘호가 넌지시 헛기침을 넣었다.

"허, 허흠!"

그 소리에 술병을 기울이던 노인은 처음처럼 귀 멀어하던 기색이 아닌 모양으로 사내에게 말을 걸었다.

"자네 찾아온 손님들이네."

그러나 웬일인지 노인의 말에도 시선을 돌리지 않은 사내는 술병만 계속 기울였다. 그 모양을 보다 못한 부춘호는 제 옆에서 나서려는 언두수의 몸을 뒤로 밀쳐 내며 앞으로 한 발을 나섰다.

"정형! 오랜만이오! 기억할지 모르겠지만, 강소 땅에서 십여 년 전 만난 바 있는 부춘호올시다!"

웃는 얼굴로 인사를 건네는 부춘호의 얼굴을 그제야 힐끔 바라다본 중년 사내 정곽이 엊그제 만나고 헤어진 사람마냥 태연하고 심드렁이 대꾸했다.

"웬일이오?"

정곽의 퉁명하고 직접적인 대꾸에 짐짓 당황한 얼굴이 된 부춘호는 얼른 대답을 못하고 주춤거렸다. 그리고 그때 세철이 앞으로 나섰다.

"낭신이 사람 찾는 일을 진문으로 하는 천리추 정곽이 맞소?"

굵고 강인한 힘이 느껴지는 목소리가 모두의 귀를 파고들었다. 그 목소리에 고개를 돌린 정곽은 눈앞에 선 시커먼 흑범 같은 사내를 보며 흐린 눈빛을 반짝 빛냈다. 그리고 손 안에 들린 술병을 다시 입으로 가져가며 천천히 기울였다.

세철은 기울이는 술병 뒤로 눈을 빛내는 정곽을 보며 다시 말했다.

"사람을 찾아주시오."

바깥 거리에 깔리는 어둠보다 더 짙은 어둠으로 물든 공방의 내실은 좁고 답답했다. 그 어둠을 밝힌 작은 기름 등잔의 심지가 떨릴 때마다 탁자에 모여 앉은 사람들의 그림자가 벽면 위에서 춤을 추었다.

정곽은 마주 앉은 사내들은 아랑곳 않고 그 사내들 중의 하나인 언두수가 미로 같은 벽로가의 거리를 헤맨 끝에 마련해 온 오리구이를 연신 뜯어 먹었다.

다른 손에는 새로 가져온 술병이 제 몸처럼 붙들려 있었고, 걸신들린 사람처럼 입을 갖다 대는 모습은 보기에도 부담스러웠다. 그렇게 게걸스러이 뜯고 마시는 모양을 나머지 사람들은 그저 바라만 보았다.

흔들리던 불빛의 그림자가 똑바로 모양을 갖출 때쯤, 정곽의 모양을 가만히 바라보던 부춘호가 불현듯 옛이야기를 끄집어냈다.

"내 기억이 맞는다면 칠 년 전 신풍도 조철련을 추적하던 그 일에서 손을 뗀 후 강호의 전면에서 사라지듯 물러난 것으로 아오만, 무슨 연유가 있었소이까?"

부춘호의 느닷없는 질문에 이제까지 오리뼈를 개처럼 발라내던 정곽의 움직임이 우뚝, 멈췄다. 곧 이어 왼손에 쥐여졌던 술병이 탁자 위로 내려졌고, 반이나마 남았던 오리의 몸통이 대바구니 속으로 다시 들어갔다.

정곽은 취기 가신 굳어진 얼굴로 부춘호를 보며 얘기했다.

"왜 찾아왔는지는 알겠지만, 앞서도 말했듯이 나는 이제 그 일을 하지 않소."

나지막했지만 강직하고 단호한 그 음성에 부춘호는 어색한 눈빛으로 옆에 앉은 세철에게 시선을 돌렸다. 세철은 특유의 무쇠 같은 무표정으로 정곽만을 바라보았고, 그 눈길을 받은 정곽은 경색된 음성으로 다시 입을 열었다.

"이제 사냥개 노릇은 더 이상 하지 않소! 그러니 돌아들 가시오!"

단호하게 말을 던진 정곽은 종전의 게걸스럽던 행동을 모두 지우듯 두 눈을 감아버렸다. 더 이상 말을 섞을 이유도, 얼굴을 마주 볼 필요도 없다는 명백한 축객의 의지였다. 그렇게 갑자기 변모한 정곽의 태도를 바라보던 언두수가 갑자기 불퉁한 목소리로 기분 나쁜 심사를 드러냈다.

"이런 제기랄! 겨우 그 따위 소리를 들으려고 지저분한 거리에서 다리품을 판 줄 아나? 이 저녁까지 참고 기다리면서? 무림삼기란 이름도 말짱 허명이었구만 그래!"

시비와 욕설에 가까운 비아냥에 부춘호가 황급히 만류를 했다. 하지만 직접적인 비난에도 요지부동처럼 감긴 정곽의 눈은 띄여지질 않았고, 언두수는 제지하는 부춘호의 손길을 뿌리치며 불편한 심사를 거듭 말했다.

"아니, 부 형님! 내 말이 틀립니까? 한때는 세상이 좁다 하고 나다니던 사람이 이제는 후미진 빈민가의 골방에 처박혀서 술병이나 입에 달고 홀짝이며 사는 꼴이라니! 먹다 남은 저 오리가 살았다면 꽥꽥거리고 웃었을 것이오!"

"어허! 이 사람이! 말이 너무 과하네!"

강한 어조로 말하는 부춘호의 나무람에도 불구하고 언두수는 뭐가 그리도 화날 일인지, 의뢰 당사자인 세철을 제쳐 두고 흥분을 가라앉히지 못했다.

"그렇지 않습니까? 무인이라는 사람이, 하물며 무림삼기 중의 일 인이라는 사람이 저런 병든 닭 같은 모양으로 앉아서 얘기도 꺼내기 전에 못하겠다고 손을 흔드는 모양이 보기에 좋다는 말입니까?"

"허어! 참! 이 친구가 도대체 왜 이러나?"

"이건 일을 하고 안 하고의 문제가 아닙니다! 저 사람의 꼴을 보십시오! 저건 무인의 모습이 아닙니다!"

결국은 더 큰 소리를 외치고 만 언두수의 흥분 속에 곁에 앉은 하남과 부춘호는 무안한 표정으로 서로를 돌아다보았다. 그리고 언두수는 아직도 눈을 감은 채 눈썹만을 떨어대는 정곽을 보며 다시 입을 벌렸다.

"한때 흠모하던 무림 선배의 한 사람으로서 정말 실망이 큽니다! 도대체 오기병사의 신출귀몰한 위세는 다 어디로 갔으며 한번 점찍은 자는 지옥까지도 쫓아간다는 천리추의 명성은 어디로 갖다 버린 겁니까?"

흥분을 떨치지 못하는 듯 언두수는 탁자 위에 서 있는 술병 중의 하나를 집어 들고 거칠게 들이켰다. 그런 그의 행동에 가라앉은 심사의 부춘호와 하남은 무거운 숨을 내쉬었고, 정곽은 탁자 위에 각지 껴 올린 두 손을 간헐적으로 꿈틀거렸다. 그리고 그때서야 세철은 입을 열어 말했다.

"강요하지는 않겠지만, 다시 재고해 볼 생각은 없소?"

등불을 흔들어대는 듯한 세철의 굵은 목소리에도 정곽은 눈을 뜨지 않았다. 그리고 술을 들이키던 언두수는 다시 거친 목소리를 내었다.

"그만둡시다! 내 보기엔 이미 오래전에 조철련의 칼날에 겁을 집어먹은 자요! 장 형이 신풍도 조철련을 때려잡지 않았다면 영원히 이 쥐구멍 같은 곳을 벗어나지 못할 자외다!"

순간, 영원처럼 닫혀 있을 것만 같은 정곽의 눈이 번쩍 뜨여졌다. 그리고 언두수를 향해서 날 선 음성으로 격하게 되물었다.

"지금 뭐라고 했나?"

시릿한 정곽의 눈빛을 받은 언두수는 다시 소리쳤다.

"왜? 내 말에 틀린 점이라도 있소이까?"

여전히 자극스러운 언두수의 대답에, 보고 있던 부춘호는 아미를 찌푸렸다. 하지만 등잔 불빛을 받아 반짝거리는 정곽의 눈은 더욱더 차가워져 갔지만 입은 다른 말을 물어왔다.

"그게 아니고! 신풍도 조철련이 어찌 되었다고?"

예상 밖의 물음에 정곽의 얼굴을 멀뚱히 쳐다보던 언두수는 저 혼자 흥분하던 기세를 살풋 꺾으며 부춘호 등을 돌아보았다. 그 얼굴을 돌려 세우듯이 정곽은 다시 무겁게 물었다.

"말해 봐! 신풍도 조철련이 어떻게 되었다고?"

어쩐지 독 오른 뱀처럼 후끈한 느낌으로, 날이 잔뜩 선 정곽의 목소리와 색다른 기세에 언두수는 주춤거리며 말을 했다.

"박살났다고 했소."

"죽었다고?"

"그렇소……."

하얀 칼날처럼 번쩍이는 눈빛으로 거듭 물어오는 정곽의 기세에 언두수는 흥분했던 기운을 모두 꼬리처럼 감추고 슬몃슬몃 대답했다.

"정말, 그자가 죽었단 말이지?"

"그렇소. 내가 직접 본 것은 아니지만… 여기, 이 장 형의 손에 개처럼 맞아서 죽었다 하더이다."

세철을 지목하는 언두수의 대답에 정곽의 눈길이 세철에게로 바로 돌아왔다. 그리고 타는 듯한 눈길로 바라보며 말을 건넸다.

"그대가 죽였다고?"

세철은 대답하지 않았다.

"신풍도 조철련을 죽였다고?"

젖을 보채는 아이처럼 거듭해서 묻는 정곽의 눈에는 회의와 불신과 뒤섞인 묘한 설레임이 물결처럼 출렁거렸다. 하지만 등잔 빛에 콧날의 그림자를 일렁이는 세철의 구릿빛 얼굴은 입을 다문 채 처음처럼 고요히 정곽을 바라만 보았다.

"믿을 수가… 없다! 그자가 어떤 자인데!"

신음 같은 음성으로 불신을 이야기하는 정곽의 얼굴에는 참혹한 기억의 늪에서 헤매던 자의 고단함이 점점이 묻어나왔다. 그 귀를 향해서 부춘호가 대답을 넣어주었다.

"사실이오. 이곳에서 아무 소식도 듣지 않고 산 모양인데, 벌써 두 달여가 되어가는 일이오."

부춘호의 확신에 찬 대답에도 정곽은 고개를 돌리지 않았다. 회의가 일렁이는 불같은 시선은 여전히 세철에게서 떠나지 않았고, 거칠어진 숨소리와 같이 나온 목소리는 다시 물었다.

"진정! 그대가! 죽였단 말인가?"

대답없이 바라만 보는 세철에게 정곽은 급기야 애원처럼 말했다.

"그대의 입으로… 말해 주게! 제발!"

깍지 낀 두 손을 맞잡아, 떠는 듯 내밀며 애기하는 정곽의 두 눈에는 이제 회의와 불신이 아닌 기대와 그리고 알 수 없는 원망이 함께 들어 있었다. 그 눈 속에서 읽은 간절함을 받아낸 세철은 이윽고 무쇠처럼 맞물렸던 입술을 천천히 열었다.

"신풍도 조철련이라는 자가 또 있는지는 모르겠지만, 기다란 장도를 쓰는 이리 같은 눈길의 사내라면 내 손에 죽었소."

세철의 말이 그치자 그 얼굴만을 바라보고 있던 정곽이 관격 들렸던 가슴이 뚫어지는 트림처럼 격하고 짧은 숨을 내뱉었다.

"허어!"

손은 놓아두었던 술병을 다시 집어 들었고, 조갈난 사람이 물을 들이키듯 독하고 진한 화주를 벌컥벌컥 들이켰다. 그렇게 격정에 붙들린 몸짓으로 한 병의 술을 다 비워낼 때까지도 사람들은 말없이 바라만 보았다.

곧 이어 탕! 소리가 나도록 빈 술병을 탁자에 내려놓은 정곽은 실성한 사람처럼 실없이 웃어젖히기 시작했다.

"키히히! 키혜혜혜혜혜! 크하하하하하하하핫!"

웃음소리가 좁은 굴 속 같은 내실의 벽에 부딪치며 한참을 떠돌다 사라져 갈 때까지도 세철과 부춘호를 비롯한 모두는 영문을 알 수 없었다. 그러나 그런 의아함 속에서도 속 깊은 곳으로부터 울려 나오는 정곽의 비애를 웃음소리에서 느끼면서 말없이 앉아 있었다.

어느새 흐느끼듯이 격하게 웃어젖히던 웃음이 잦아든 정곽은 숙였던 고개를 천천히 들어 올렸다. 그리고 습기로 젖은 듯한 눈을 들어 보이며 언두수에게 다시 물었다.

"나보고 신풍도 조철련에게 겁먹은 놈이라고 했지?"

격정의 여운이 담긴 담담한 그 목소리에 종전과 달리 무안한 얼굴을 만든 언두수는 말을 더듬었다.

"그, 그건!"

"사실이야."

뒤를 이은 정곽의 간단한 대답에 언두수를 비롯한 부춘호와 하남까지도 눈을 크게 뜨고 바라다보았다.

정곽은 바로 또 이야기했다.

"그놈과 다시 마주치는 게 무서워서 이곳에 처박혀 살았지. 물론, 누구라도 내가 이곳에 있다는 것을 알고는 있지만 나는 더 이상 쓸모있는 인간으로 비춰지길 바라지 않았어."

사뭇 자조스러운 그 목소리는 잠시의 사이를 두었다가 다시 이어졌다.

"그렇게 소문이 나길 바랬고, 그놈이 날 잊기를 바랬지……. 죽지 않는 이상 세상 어디로 숨어도, 놈이 찾아 나선다면 결국은 마주치게 될 테니까 말이야."

날 섰던 힘이 빠진 정곽의 목소리는 낮고 가녀렸다. 생기없는 그 목소리와 일련의 표정에서 사연을 읽어낸 부춘호는 쉽지 않은 입을 떼어 넌지시 물음을 던졌다.

"칠 년 전 그 일에 숨겨진 곡절이 있는 것이오?"

묻는 부춘호에게 고개를 휙, 하고 돌린 정곽의 눈에는 초점도 없는 것 같았다. 그러나 말은 들었던지, 넋 나간 듯한 목소리로 다시 입을 열었다.

"그때… 완벽하게 함정으로 몰았다고 생각했던 놈이 빠져나갔지. 십대도객 중의 일 인인 산동일도 구자기와 분광도 사우마저도 베어 죽이고서 말이야……."

스스로의 말속에서 아릿한 기억의 결을 더듬어내는 것 같은 정곽의 눈에는 차츰 초점이 잡혀져 갔다. 그리고 조금씩 힘이 붙어가는 말은 계속되었다.

"악귀 같은 놈이었어! 그런데 상처 입고 도망가던 놈이 다시 되돌아 왔어! 그것도 우리 집에 말이야!"

갑자기 급격하게 높아진 목소리는 듣는 모두의 귀를 울렸다.

"그리고 그놈이 휘두른 칼에 내 아내가 죽었어!"

부르짖듯이 말을 토한 정곽의 눈에는 짙고 강한, 그리고 고통스러운 살기가 불길처럼 넘실거렸다. 그 모습에 부춘호는 안타까움을 느꼈다. 하지만 피를 토해내는 것 같은 정곽은 말을 멈추지 않았다.

"그 일만 끝나면 미뤘던 혼인식을 치르기로 했던 아내는 그렇게 죽어버렸지! 하나뿐인 가족이었던 장인은 두 다리가 잘려진 채로 아내를 잡고 피 속에서 허우적거렸어!"

불길 같았던 정곽의 살기는 정점을 넘어선 듯 다시 떠올린 아내의 기억 속에서 아련한 슬픔과 애절함으로 서서히 자리를 넘겨주었다.

"하지만 난 복수를 꿈꿀 수가 없었어⋯⋯. 앉은뱅이가 된 장인은 그걸 바라지 않았지. 나마저도 죽게 될 거라고 말이야⋯⋯. 그리고 저렇게 앉아서 세상 모든 사람들의 얼굴을 깎아내며 아내의 혼을 달래고 있는 거야."

그제야 밤이 이슥한 아직도 들어오지 않은 채 밖에서 흐린 불빛을 받쳐 놓고 목각 기면을 깎고 있는 노인이 누구인지 그들은 알 수 있었다. 그리고 다시 또 하나의 술병을 집어 들어 술을 들이킨 정곽은 잦아든 목소리로 다시 말했다.

"그런데 오늘은 저 노인네가 무얼 알았나 보군. 찾아온 무림인들을 내치지 않고 그냥 세워둔 걸 보면 말이야."

부춘호는 참았던 숨을 무겁고 길게 내뿜었고 말없는 하남은 미간에 힘을 준 채로 탁자만을 내려다보았다. 그 옆에 앉은 언두수는 손에 쥐었던 술병을 가볍게 떨었고, 무쇠 얼굴의 세철은 여전히 표정 변화가 없었다.

정곽은 들이켜던 술병을 입가에서 떼어내며 턱을 타고 내린 술 자욱

을 소매로 문질렀다. 그리고 세철에게 눈길을 맞추며 맥없는 웃음을
흘러냈다.

"고맙다고 해야 되나? 아내의 원수를 갚아주었으니 말이야. 하지만
그놈은 꼭 내 손으로 죽이고 싶었는데 말이지……. 정말로."

맥이 풀려 버린 듯한 그 웃음 속에서 세철은 오랫동안 가슴에 품어
왔던 저 사내의 한을 느낄 수 있었다. 아마도 저 사내는 주정뱅이로 타
락한 듯한 저 모습 뒤에서 복수를 준비해 왔을 것이다.

때를 기다리며 주변을 속이고, 그러기 위해서 자신마저 속이며 살아
온 사내의 세월이, 듣지 않고 보지 않아도 알 수 있도록 세철의 가슴에
밀려 들어왔다. 그것은 세철 자신의 일이기도 했기에 더욱 그러했다.

이제 사내는 생의 목표를 잃었다. 눈앞에 보이는 눈은 상실감을 말
하고 있다. 목표를 잃어버린 사내는 진짜 주정뱅이로 살아갈지도 모른
다. 그것은 원하든 원치 않았든 세철 자신으로부터 비롯한 일이다. 그
리고 그런 사내에게 자신의 원수를 찾기 위한 길잡이를 말할 수는 없
는 노릇이었다.

세철은 사내에게 진심 어린 목소리로 말을 했다.

"미안하오."

정곽이 세철을 바라보았다. 바라보는 눈에는 아직도 엷은 습막이 드
리워졌고 허허로운 웃음은 입가에 매달린 채였다. 그런 눈으로 세철의
검고 우묵한 두 눈을 들여다보던 그가 천천히 고개를 끄덕거렸다. 흔
들리는 그 고갯짓에, 눈가를 덮었던 습막이 한데 뭉쳐 볼을 타고 흘렀
다.

세철은 정곽을 바라보던 시선을 거두고 몸을 일으켰다. 그렇게 일어
서는 세철과 정곽의 소리없이 흐르는 눈물방울을 보던 부춘호도 무릎

을 세웠다. 하남과 언두수도 처연한 심정을 추스르며 뒤따라 섰다. 하지만 먼저 일어선 세철은 그들에게 작별을 고했다.

"고마웠소. 이쯤에서 헤어집시다."

혼자서 가겠다는 세철의 의사 표현에 따라 일어서던 언두수가 다급히 입을 벌렸다.

"어, 하지만 장 형! 귀견수를 찾아가려면……."

하지만 언두수는 바로 입을 다물고 말았다. 그들은 아직 떠나지 않았고 맞은편엔 슬픔과 상실에 잠긴 정곽이 앉아 있기 때문이었다.

세철은 만류하는 눈빛의 언두수와 부춘호, 그리고 하남과 차례로 눈길을 맞춘 후 혼이 빠진 듯한 얼굴로 술병을 잡고 앉아 있는 정곽에게 작별의 말을 건넸다.

"잘 있으시오."

그 말과 함께 세철은 등을 돌렸다. 하지만 그 순간 출입문을 보는 세철의 눈에 파란 섬광이 일렁이고, 몸은 터지는 총통 속의 포환처럼 문짝을 박살 내며 날아 나갔다.

콰앙!

너무나 갑작스런 세철의 행동에 깜작 놀란 세 사람은 황급히 세철의 뒤를 쫓아 부서진 문밖으로 나왔다. 총망간에 벌어진 일에 저도 모르게 홀떡 몸을 일으킨 정곽도 술병을 던지고 밖으로 나섰다.

밖으로 나온 정곽은 벽로가 빈민들의 보금자리 지붕을 차며 어둠 속을 날아가는 세철을 보았다. 그런 세철의 앞쪽으로 검은 그림자가 하나 더 날고 있었다. 그리고 고개를 내린 정곽은 보지 않아야 될 것을 보고 말았다.

정곽은 허기진 사람의 쓰러짐처럼 힘없이 무릎을 꿇었다. 허물어지듯 무릎 꿇은 그의 눈에 비춰지는 것은, 쌓아놓은 나무 사이에서 등을 기대고 앉아 피를 흘리는 노인이었다.

피는 가슴에서 스며 나오듯 천천히 흘러내렸다. 피를 빼내는 심장어림에 박힌 흉기는 노인의 조각 소도였다. 손잡이까지 박힌 소도는 빨간 피로 물들며 안쪽의 온기를 빨아내었다.

입에서도 피는 흘렀다. 그렇게 흐른 피는 목을 타고 내려 가슴으로 흘렀고, 가슴에서 배어 나오는 피와 합쳐지며 더욱더 새빨갛게 흘러내렸다.

무릎걸음으로 기다시피 노인에게 다가간 정곽은 부들거리는 손으로 노인의 상체를 받쳐 올렸다.

"이, 이게!"

정곽은 말을 잇지 못했다.

"이, 이게 무슨!"

그 떨림에 해골처럼 감겼던 노인의 눈꺼풀이 살며시 올라갔다.

"장인어른!"

정곽은 소리쳤고 노인은 앙상한 입을 벌려 말을 했다. 하지만 그 목소리는 생기가 다한 미약한 소리였고, 그 반면에 죽어가는 자의 음성 같지 않은 편안함이, 천천히 들려 나왔다.

"내가… 죽고… 나면… 할… 생각… 이었지……?"

"장인어른!"

"이젠… 하고… 싶은… 대로… 해……."

꺼지는 숨처럼 마지막 말을 남긴 노인은 해골 같던 얼굴에 평온함을 남기고 눈을 감았다. 그 얼굴엔 더 이상의 어떤 미련도 세상 속에 남기지 않은 것 같았다.

"장인… 어른……."

감겨진 노인의 눈을 보며 잠자는 자의 꿈속을 비집는 듯한 음성으로 불러본 정곽은 천천히 고개를 꺾어 내렸다. 그리고 노인의 몸을 붙잡고서 꿇어앉은 전신을 부들부들 떨었다.

마치 바람에 펄럭이는 깃발처럼 사정없이 흔들리는 정곽의 등을 보며 부춘호와 하남, 그리고 언두수는 뜨거움이 치밀어 오르는 목젖의 후끈함을 삼키는 침으로 달래야 했다. 그러나 경황없는 중의 찰나간에 벌어진 그 사건의 슬픔에서 제일 먼저 일어선 것은 정곽이었다.

노인의 몸을 그 처음 자리에 기대어놓은 정곽은 가슴에 박힌 소도를 잡아 뽑았다.

핏! 하고 솟구친 피가 정곽의 얼굴과 앞섶을 순식간에 적셨다. 하지만 정곽은 몸을 세워 다시 집 안으로 들어갔다. 잠시의 지체도 없이 곧바로 다시 나온 그의 손에는 유엽도 한 자루와 두터운 목면 이불이 들려 있었다.

정곽은 목면 이불을 펼쳐 노인의 몸 전체에 덮어 내렸다. 그리고 내려다보던 몸을 돌려 섰다. 피처럼 붉게 충혈된 눈은 세철과 검은 그림자가 사라진 방향을 바라보았고 손에 잡힌 유엽도는 은빛 몸통을 드러냈다.

치이잉.

빠져나온 그 도신이 바람난 계집의 둔부처럼 흔들거렸다. 그리고 그 날을 내려다보던 정곽의 몸은 질풍처럼 어둠 속을 날아올랐다.

바라보던 언두수는 경황없이 서 있는 부춘호와 하남에게 화급히 입을 열었다.

"형님! 우리도 빨리 갑시다!"

화들짝 깨어난 두 사람은 고개를 끄덕거렸고, 곧바로 앞선 자들이 솟구쳐 간 길을 뒤따라 날아올랐다.

오늘도 벽로가에는 어김없이 또 하나의 시체가 차가운 바닥에 누워 있었다.

개봉성을 뛰쳐나와 정주성 방향의 관도를 따라 달려가던 암살자의 그림자가 느닷없이 길 좌측으로 방향을 꺾어 잡목으로 우거진 작은 구릉을 넘어 내달렸다. 한밤에 허공을 내달리는 귀신처럼 빠른 그 발길을 쫓으며 세철은 발끝에 힘을 넣었다.

놈과의 거리는 점점 더 가까워져 갔고 옆을 스치는 작은 숲들은 점점 더 많아지며 커다란 수림으로 우거진 병풍 같은 숲이 눈앞의 전방에 시커멓게 나타났다. 그 숲 사이에 사람들의 발길로 다져진 작은 소로가 나타났고 성문처럼 뚫린 숲의 한가운데 길로 달려가는 놈의 뒷덜미를 향해서 세철은 거듭 발을 밀어냈다.

귓가를 스치는 봄밤의 바람 소리가 처녀귀신의 흐느낌처럼 스산하게 들려올 때 놈의 신형이 숲 안으로 진입했다. 곧바로 잇단 세철의 신형 역시도 숲 속으로 들어섰고 삼 장여를 남겨두고 좁혀졌던 놈의 신형이 갑자기 눈앞의 어둠 속에서 둘로 갈라지듯이 휘익, 하며 좌우로 흩어져 사라졌다.

뜻밖의 사태에 뛰던 걸음을 급히 멈춰 세운 세철은 놈이 찢어지듯 사라진 좌우를 돌아보았다. 둘로 나누어진 놈의 그림자가 사라진 곳에는 작은 둔덕 같은 봉분이 양쪽에 세워져 있었고, 진행하던 길을 중심으로 저만치 앞쪽의 또 다른 숲까지 뒤와 옆의 주변으로 가득히 크고 작은 봉분들이 시커먼 모습을 드러냈다.

숲이 성벽처럼 원형으로 외곽을 둘러싼 이곳은 작은 분지 같았다. 시린 달빛에 비춰지는 전경은 을씨년스러웠고, 그 달빛 아래 작은 광장처럼 모습을 드러낸 크고 작은 봉분들은 이곳이 묘지임을 말해 주었다.

공동묘지였다. 하지만 잘 정비된 봉분들과 규칙성있게 배열된 모습들은 곳곳에 보이는 석물(石物)들과 봉분들의 규모로 보아서 민간의 것은 분명 아니었다. 숲이 둘러싼 외형부터 공들여 조경을 한 흔적이 여실한 이곳은 관이 조성한 관용(官用)의 공동묘지가 틀림없었다.

멈춰 서 주변을 훑어보는 세철의 뺨 위로 차가운 밤바람이 옷자락처럼 간질이며 지나갔다. 그 바람 속에서, 쫓던 놈의 냄새나 기척을 찾아내려던 세철은 고개를 갸웃했다. 아무것도 느껴지지 않았기 때문이었다.

이상한 일이었다. 무엇 때문인지는 모르지만 노인을 살해하고 도망친 놈이 자신의 기척을 지우는 일은 수긍이 갔다. 경지에 오른 암살자나 살수라면 그만한 능력쯤은 있게 마련인 때문이다. 하지만 지금 이곳 묘지에는 아무 기척도 느껴지지 않았다.

숲은 짐승들의 움직임 소리도, 밤잠을 설치는 새들의 뒤척임도, 심지어 죽은 자들이 모인 묘지 특유의 귀기(鬼氣)와 영기(靈氣)조차도 완벽하게 사라져 있었다. 이곳은 말 그대로 묘지처럼, 모든 것이 완벽하게 죽어 있는 것이다.

세철은 점점 기분이 나빠졌다. 귀신처럼 둘로 갈라지며 사라진 놈의 그림자도 그렇고, 완벽하게 정지되어 죽어버린 듯한 지금 이곳의 상태가 그러했다. 마치 스멀거리고 등짝의 한복판을 기어오르는 지네의 감촉처럼 알 수 없는 무엇인가가 눈에 보이는 묘지 전체에 퍼져 있는 것 같았다. 하지만 거듭 둘러보아도 느껴지는 것은 아무것도 없었다.

그때 뒤쪽으로부터 익숙한 기척이 들려왔다. 세철은 돌아보지 않아도 그가 누구인지 알았다. 차분히 갈무리된 호흡 속에 느껴지는 터질 듯한 격정은 뜨거운 분노와 차가운 이성 사이에서 두 발을 번갈아 대는 정곽이 틀림없었다.

세철이 서 있는 곁으로 바람처럼 다가와 선 정곽은 새하얀 불꽃이 튀기는 것 같은 눈길로 주변을 둘러보았다. 그사이 또 다른 기척들이 숲의 입구로부터 들려왔고, 뒤늦게 도착한 세 사나이는 세철과 정곽의 뒤로 붙어 서며 호흡을 가다듬었다.

"어떻게 된 겁니까?"

발을 멈추자마자 말을 꺼낸 언두수는 누구에게랄 것 없이 급하게 물었다. 하지만 원체 말이 없는 세철은 무겁게 가라앉은 눈으로 주변만 노려보았고, 전염된 듯한 기세로 같은 행태를 보이는 정곽도 사위만을 쓸어보았다.

언두수는 대답없는 두 사람의 등에서 시선을 돌려 달빛 아래 흐릿한 은빛으로 윤곽을 보이는 부춘호에게 말을 걸었다.

"부 형님, 여기는 공동묘지 아닙니까?"

대답은 부춘호가 아닌 사 척 길이의 중검을 손에 잡은 하남이 해주었다.

"맞습니다. 역대로 이 지방 전쟁 용사들을 매장하는 관용 공동묘지입니다."

"제기랄, 어쩐지 으스스하더라니."

"쉿! 조용히!"

낙천적인 언두수의 넋두리는 갑자기 들려온 정곽의 낮은 제지 소리에 끝이 났다.

신중하고 무거운 기세로 말을 끊은 정곽은 가만히 땅바닥에 손을 대 만져 보며 낮게 속삭였다.

"해동(解冬)된 지 이미 오래인 땅에 발자국조차 남지 않았다. 더구나 흙이 연한 무덤가의 땅이 말이야."

암살자의 흔적을 찾는 정곽의 눈은 예리하게 빛났다. 그 모습은 정곽이 어째서 천리추라고 불리우는지를 말해 주는 것만 같았다.

"발자국이 안 남았다는 건 경공의 고수라는 얘기다. 하지만 흙이 기세에 스쳐 사방으로 퍼진 흔적은… 놈이 특별한 수련을 쌓았다는 얘기가 된다."

"그게 뭐지요?"

역시 언두수가 다급하게 속삭여 물었다. 정곽은 고개를 들어 묘지의 중심 쪽을 보며 다시 속삭였다.

"살수무예(殺手武藝)."

흠칫, 언두수가 숙였던 고개를 다시 들 때 정곽은 묘지의 사방을 둘리보며 나지막하게 이야기했다.

"이 묘지는 호리병이다. 출구와 입구가 하나뿐이지. 그리고 놈은 혼자가 아니야……. 우리를 이곳으로 유인해 온 것이지."

천천히 무릎 굽혔던 몸을 일으켜 세운 정곽은 차분한 몸짓으로 다시 말했다.

"모두 입구로 나가야 한다. 여긴… 매복이 있어."

정곽의 말에 부춘호와 언두수 하남의 얼굴에 돌 같은 경직이 생겨났다. 정곽은 그런 그들의 얼굴보다 옆에 서서 육중하고 포악한 기세를 뿌리고 있는 세철을 보며 권고하듯이 말했다.

"숨은 칼은 보이는 칼보다 열 배는 무섭다. 이건 무공 고하의 문제가 아니다."

돌아보는 세철의 눈에는 여전히 기운이 가득했다. 하지만 정곽은 무시하고 다시 말했다.

"셋을 셈과 동시에 바로 입구를 향해서 뒤돌아 뛰어나간다."

그러면서도 정곽은 종전처럼 태연하게 주위를 살피듯이 둘러보았다. 그 모습에서 일행들은 불 끓던 분노를 밑으로 잠겨 내린 정곽의 의지를 엿보았다. 정곽은 차분하고 나직하게 숫자를 세어 나갔다.

"하나… 두울… 세……."

셋을 세던 정곽의 말소리는 더 이상 이어지지 않았다. 그들이 서 있던 묘지 중앙을 가로지르는 소로의 양 옆 봉분에서부터, 귀신의 발톱 같은 은빛의 칼날들이 비명처럼 터져 나왔다.

피피피핏!

살기조차 죽인 칼날들은 세철 일행이 서 있던 뒤편의 땅속에서도 솟구쳐 올랐다.

피피피잇!

앞과 뒤를 포함한 사방에서 솟구치는 칼날은 여덟 자루였다. 정확히 팔방(八方)을 제압하며 쇄도하는 칼날들은 전광처럼 빠르고 독사처럼 악랄했다. 그리고 그 칼날을 향해 반사적으로 몸을 움직인 것은 역시 세철이었다.

좌측 봉분과 그 옆의 땅거죽을 터뜨리고 솟구치는 검날을 향해 세철은 몸을 틀며 두 팔을 내밀었다. 하지만 생각보다 빠른 칼날은 강철비구를 스치며 잉어처럼 팔을 타고 올랐고, 그렇게 물결을 거스르듯 솟구친 두 개의 칼날은 세철의 목덜미를 노리고 찔러 들어왔다.

번개 같은 그 칼날의 흐름을 보며 검은 눈을 번쩍 빛낸 세철이 칼날을 향해 목을 들이밀듯 앞으로 성큼 나섰다. 그 순간 좌우로 도리질처럼 고개가 흔들렸고, 칼날은 세철의 목 사이로 스쳐 갔다. 그와 함께 전진하는 세철의 두 손은, 평수를 휘어감아 내지르며 두 놈의 겨드랑이를 강타했다.

퍼펑!

뒤로 던져진 개구리처럼 날아가는 두 놈은 소리도 지르지 않았다. 놈들은 살수가 분명해 보였다. 하지만 왜 누가 이런 짓을 하는지 세철은 알 수가 없었다. 더구나 지금처럼 등 뒤를 파고드는 요악한 칼날이 있는 마당에.

등판을 찔러오는 칼날이 있음을 느꼈을 때, 세철은 몸을 옆으로 틀어 세우며 왼손을 뻗어 휘둘렀다.

캉!

휘돌려 친 등주먹에 맞은 칼날이 소리치며 튕겨 나갔고, 곧바로 뒤따르며 휘어쳐 나온 오른손 정권이 놈의 안면에 틀어박혔다.

뻑!

잘 익은 과일이 깨지며 속이 열리는 소리가 터져 나왔다. 그렇게 쓰러지는 놈의 몸을 넘어 옆에서는, 정곽의 유엽도가 습격자의 칼날과 격돌하며 불꽃을 터뜨렸다.

카앙!

그 짧은 불꽃 속에서 세철은 볼 수 있었다. 부딪친 칼날의 힘 쪽으로 핑그르 돌며 허리춤에서 나온 정곽의 숨겨진 다른 무기를.

쉬에엑!

은빛 뱀처럼 허리에서 흘러나온 연검이 상대의 복부를 가르며 빗살처럼 지나갔다. 배가 갈라진 놈이 이상한 것들을 쏟아내며 쓰러지고,

그사이 등 뒤에선 언두수의 낭패한 소리가 어둠 속에 울려 퍼졌다.

"억!"

뒤로부터 솟구친 칼날을 창졸간에 맞아야 했던 세 사람 중 왼쪽 어깨에 좁고 날씬한 칼날을 박은 언두수는 박힌 칼날을 양쪽 손바닥으로 맞잡으며 욕설을 내뱉었다.

"이런! 개자식!"

동시에 마주 댄 손바닥을 비틀며 도신을 꺾어버렸다.

탕!

소리와 함께 칼날이 부러졌다. 그 순간에 부러진 반도를 붙잡고 다시 찔러 들어오는 검은 복면의 습격자에게 마주 손을 내뻗었다.

피웃!

칼과 손이 엇갈리는 소리 속에서 손과 같이 내뻗은 오른발을 더욱 앞으로 길게 내디뎠다. 화끈한 통증이 칼과 교차하는 팔뚝을 타고 느껴졌지만, 눈을 부릅뜬 언두수는 창날처럼 손가락을 편 손끝을 놈의 인후에 찔러 넣었다.

푹!

모래 속에 수백수천 번을 찔러 넣었던 손끝이 사람의 살 속을 파고드는 느낌이 진저리나게 전해져 왔다.

파르르 떠는 놈의 몸을 그대로 전진하며 던져 버렸다.

"이야아아!"

고함 소리와 함께 팔을 전방으로 뿌리치고, 짐승처럼 붉은 눈으로 돌아선 언두수의 눈에 보이는 것은 삼절곤을 꺾어 후려쳐 내리는 부춘호의 몸 동작이었다.

피이융!

퍽!

부춘호의 오른다리 허벅지에 칼을 꽂아 넣었던 한 놈의 머리가 깨지는 박 소리를 내며 주저앉았다. 그리고 그 옆에선 사 척 길이의 중검을 올려 긋는 하남의 검날 소리가 허공에 가득 울려 퍼졌다.

쉬이잉!

스걱!

내리긋는 놈의 칼날과 교차해 올라간 중검이 놈의 아래턱부터 쪼개 올리며 머리를 두 쪽으로 분할했다. 하지만 그 순간에 놈의 칼날도 하남의 왼어깨에 틀어박혔고, 놈과 함께 솟구쳤던 마지막 한 놈의 칼날이 하남의 목을 향해 칼날을 내리그었다.

피이이잇!

절체절명. 보고도 피할 수 없는 처지인 하남은 두 눈을 부릅뜨고 이를 악물었다. 그리고 그 순간에 묘지의 검은 귀신처럼 하남의 몸 옆에서 나타난 세철의 우레 같은 발차기가 떨어지는 놈의 안면으로 직선을 그으며 찍혀 올라갔다.

슈퍽!

놈의 몸이 도로 솟구치며 뒤로 돌았다. 그리고 발이 아닌 뒤통수로 땅을 보며 무겁게 떨어져 내렸다.

쿵!

솟구친 여덟 놈 중에 마지막 놈을 처리한 세철이 주변을 재빠르게 돌아보았다. 여전히 괴괴할 뿐인 묘지는 정적만이 감돌았고, 또 다른 공격의 징후는 보이지 않았다. 바닥엔 새로이 죽은 여덟 구의 시체만이 더 늘어났을 뿐이었다. 하지만 세철은 여전히 기분이 나빴다. 살기조차 감춘 놈들의 칼날이 기분 나빴고, 오감(五感)이 막힌 것처럼 느껴지지 않는 놈들의 정체가 기분 나빴다.

그사이 언두수는 어깨를 뚫고 들어간 반 토막의 칼날을 잡아 뽑았고, 부춘호는 허벅지에 박힌 칼을, 그리고 하남은 어깨를 찍고 들어간 칼자루를 잡아 뽑았다. 그들의 모습과 바닥에 죽어 자빠진 놈들의 시체를 보던 정곽이 낮게 이야기했다.

"저 칼은 왜도(倭刀)다."

훌쩍 언두수 등이 돌아볼 때 정곽은 덧붙여 얘기했다.

"놈들은 인자술을 펼칠 거야. 어서 빨리 여길 나가야 한다."

그리고 정곽은 몸을 먼저 움직였다. 하지만 이번에도 그의 말은 늦고 말았다.

들어왔던 입구를 둘러싼 병풍 같은 숲으로부터 검은색 일색으로 도배한 놈들의 신형이 쏟아져 나왔다. 양편에서 달려오는 모두의 숫자는 십여 명이 넘어 보였다. 그리고 유령처럼 달려나오는 놈들은 손에서 뭔가를 던져 냈다.

"뒤로 물러서!"

소리치며 물러서는 정곽을 따라 일행은 발길을 뒤로 물렸다. 하지만 제 동료들이 죽은 시체 더미 위로 던져진 놈들의 작고 둥근 물건은, 떨어지기가 무섭게 팍! 하고 터져 오르며 짙고 검은 연기를 물씬 피워 올렸다.

매캐하고 알싸한 연기는 삽시간에 밤보다 더 짙고 검은 어둠으로 주변을 휩싸 버렸고, 얼굴을 감싸고 묘지의 안쪽으로 후퇴하는 세철 일행은 새로운 습격을 몸으로 맞아야만 했다.

놈들은 의표를 찔렀다. 이미 매복자가 튀어나왔던 땅속과 봉분 속에서 제이의 습격자들이 검은 몸을 귀신처럼 솟구쳤다. 검은 연막은 세철 일행의 전신을 감싸며 장막처럼 드리워졌고, 그 속을 비집으며 놈들의 칼날이 떨어져 내렸다.

피피피피피핏!

위험한 소리보다 빠른 놈들의 칼날을 감지하려 세철은 온몸의 감각을 열었다. 하지만 살기조차 없애 버린 놈들의 예리한 칼날은 세철의 감각을 무시하며 몸을 핥아댔다.

쉭!

옆구리에 후끈한 느낌이 들 때 세철은 본능적으로 몸을 돌렸다. 칼은 살결을 베며 흩어져 나갔고, 그와 동시에 또 다른 화끈함이 오른다리의 허벅지와 등짝을 긁고서 지나갔다. 그리고 연막 속의 바로 옆에 선 다른 일행의 신음 소리가 동시 다발적으로 터져 나왔다.

"헉"

"으윽!"

"어엇!"

어금니를 악문 세철은 그 신음의 곁으로 스쳐 지나가는 하나의 기척을 포착했다. 그리고 그 연막 속으로 주먹을 연속해서 내질렀다.

슈파바바방!

손끝에 전해지는 강한 탄력과 함께 한 놈의 몸이 장막 속에서 부서져 내렸다. 그리고 동시에 연막 전체가 흔들리도록 세철은 소리쳤다.

"모두 엎드려!"

고함과 같이 세철의 몸이 바람을 타고 돌아 내리는 나뭇잎처럼 표홀하게, 그러나 태풍의 기세를 온몸에 담고서 회전해 나갔다.

파파파파파파파파파팡!

손과 발이 미친 들소의 발길질처럼 자욱하게 터져 나가는 그 끝에서 누구인지 모를 몸뚱이들이 걸레처럼 찢어지고 부서져 나갔다.

시린 칼날들이 손과 발에 부딪치고 꺾어지며 아픈 생채기를 그어댔지만 세철의 몸은 그렇게 부딪치는 타격을 반동 삼아 반대로 회전하며 후려갈기고, 쓰러지는 몸을 밟고 떠오르며 연속적인 회전각을 질풍처럼 날려댔다.

흡사 바닷물을 끌어 올리는 용오름 소용돌이 태풍처럼 밀어닥치는 그 광폭한 힘에 달빛을 가리던 연막조차도 종이처럼 찢어지고, 그 속에 몸을 숨기고 칼날을 뿌려대던 암살자들은 썩은 짚단처럼 흩어져 나갔다.

돌림판의 중심에서 사방으로 흩어지는 모래알처럼 몸뚱이들이 떨어져 나가는 소리가 귀에서 멈췄을 때 숨 막히게 몰아치던 광풍이 한순간 동작을 멈춰 세웠다. 그리고 그런 모든 상황을 감춰주던 검은 연막이 흩뜨려 놓은 태풍의 기세를 타고 서서히 옅어져 갔다.

격전의 중심에서 내려다보는 세철의 눈에 들어온 것은 흩어진 암살자들의 부서지고 깨진 시신 사이사이에서 몸을 움직이는 일행의 모습이었다. 하지만 그들 중의 누구도 성한 자는 없어 보였고, 모두가 면도처럼 예리한 왜도에 난자된 채로 바닥에서 신음을 흘려댔다.

오직 정곽만이 눈을 부릅뜨고 있었지만, 그조차도 그어지고 베어진 전신의 상처로 인해 움직임이 힘들어 보였다. 세철은 그런 정곽의 얼굴의 마주 보다가 다시 눈길을 주변으로 돌렸다. 암격(暗擊)이 끝난 것인지는 아직 모르기 때문이었다.

발 밑엔 가슴이 부서진 암살자가 쓰러진 처음 모양 그대로, 아직도 칼을 손에 잡은 채 죽어 있었다. 그 옆에도 한 놈이 죽어 있었지만 놈 역시도 칼을 잡은 그대로였다. 정말 지독한 놈들이었다. 죽는 그 순간까지도 비명 한번 지르지 않았고, 손에 잡은 병기를 죽어서도 놓지 않는 놈들이었다.

세철은 놈들에게 주던 시선을 거두고 돌아서 묘지의 중앙 쪽을 바라보았다. 그러던 한순간, 섬칫하게 뇌리를 스치는 예감과 함께 번개처럼 몸을 돌려 세웠다.

피육!

가슴이 부서진 채 발 밑에 죽어 자빠졌던 놈이 상체를 일으키며 칼을 찔렀다. 돌아서던 세철의 허벅지를 비집고 들어간 칼끝은 뼈에 걸렸는지 더 이상 전진을 멈췄고, 그 옆에 죽어 넘어졌던 다른 놈은 튕기듯 일어서며 세철의 등판을 쑤셔 박았다.

피윳!

하지만 그 순간 상체를 기울이며 팔을 든 세철의 옆구리 사이로 등판을 찌르는 놈의 칼날이 들어왔다. 동시에 칼 쥔 손을 앞쪽으로 붙잡은 세철은 들었던 팔굽을 돌려 놈의 안면을 때려 넣었다.

쉬퍽!

함몰된 안면과 함께 뒤로 목이 꺾어진 놈의 몸이 쓰러질 때 놈의 손에 잡혔던 왜도를 붙잡은 세철은 허벅지를 찌른 놈의 팔목을 후려 그었다.

시에엑!

그리고 한 발을 앞으로 나서며 앉아 있는 놈의 머리를 수직으로 그어 찍었다.

쉭!

칼이 놈의 머리를 스치며 턱 아래로 빠져나왔다. 그리고 놈의 몸이 다시 쓰러졌다.

세철은 죽은 척 미동도 않고 누워 있던, 아니, 두 번을 죽어가면서까지 상대의 목숨을 앗으려는 암살자들의 치열함에 새삼 입술을 물었다. 그리고 허벅지를 비집고 들어간 놈의 팔 달린 왜도를 잡아 뽑았다. 그때 정곽이 입을 열었다.

"아직 끝난 게 아니야!"

솟구치는 다리께의 피를 보던 세철은 정곽에게 시선을 돌렸다. 마주보는 정곽의 눈은 냉철한 노여움으로 활화산처럼 불타올랐고, 그 속에는 경고를 알리는 그의 의지가 한가득 전해져 들어왔다.

정곽을 보던 시선을 옆으로 돌린 세철은 고통스런 얼굴로 밤하늘을 보고 누워 있는 언두수를 보았다. 그 눈길을 느꼈음인지 언두수도 고개를 들었다. 그리고 예외없는 낙천적인 말투로 세철에게 말을 건넸다.

"장 형! 저놈들이 누구인지는 모르지만 철비철각호의 발톱에 걸리면 사지가 찢어진다는 것을 똑똑히 가르쳐 주구려!"

그 말을 하고 풀썩 웃어 보인 언두수는 다시 고개를 뒤로 젖히며 엄살 같은 신음을 지껄였다.

"아흑! 정말 아프네! 제기랄 것!"

다시 누워버린 언두수에게서 시선을 돌린 세철은 그 옆에 일 장가량을 두고 서로 떨어져 있는 부춘호와 하남을 보았다.

누웠던 몸을 일으키고 앉아서 지혈을 하고 있는 하남은 상처에도 불구하고 슬며시 웃어 보였고, 마찬가지로 온몸에 가득한 상처를 힘겹게 점검하던 부춘호는 찡그린 얼굴로 입을 열었다.

"공동묘지 같은 데서 죽고 싶지는 않소이다."

그 말을 끝으로 움직일 수 없는 그들의 상태를 파악한 세철은 자신의 몸에 기운을 돌려보았다. 그 즉시 새는 바가지의 물처럼 후끈한 통증과 함께 등짝과 옆구리, 허벅지를 비롯한 몸의 전신에서 기운이 새어나갔다. 치명적인 상처는 없었지만 또 가볍게 여길 상처 역시 한군데도 없었다.

세철은 지금 당면한 이 일이 어찌 비롯한 것인지는 둘째 치고라도 당장 눈앞에 쓰러진 저들에게 미안한 감정이 앞섰다. 오래전에 잃어버렸다고 생각했던 생소한 감정이었다. 누군가에게 미안해한다는 것, 그럴 일도 없었지만 아버지의 복수만을 생각하며 살아온 자신에겐 남을 생각할 여유 따윈 없었던 것이다.

하지만 지금 저들은 온전히 자신 때문에 저런 지경에 처하게 됐다. 물론 그것이 순전히 저들의 의사에 따라 비롯된 일이지만 일의 전후를 살펴보면 무조건적으로 세철 자신에게 호의를 보이던 저들이 저렇게 된 것이 자신에게 책임이 없다고 말할 수는 없었다.

세철은 익숙하지 않은 그 감정이 낯설고 부담스러웠다. 그리고 생각했다. 이제 이곳만 벗어나면 더 이상 생소한 감정과 관계에 휩쓸리지 않고 아비의 원수를 찾아서 혼자 떠나겠다고. 그리고 그러기 위해서는 저들을 안전하게 살려내야 했다.

마음속의 생각과 달리 속내를 알 길 없는 세철의 무표정한 얼굴은 변함없는 구릿빛으로 달빛 아래서 호목(虎目)을 번득였다. 그 눈길이 바라보는 곳은 기척없는 고요함이 살기처럼 가득한 묘지의 중심 안쪽이었다.

흡사 먹이를 앞에 둔 굶주린 호랑이의 기세를 뿜어내며 무섭게 바라보던 세철은 그 속을 향해서 앞발을 휘두르는 범마냥 갑자기 미친 듯이 달려나갔다.

　바람도 죽어버린 봄밤 묘지의 공기는 텁텁했고, 그 속에 흐르는 미세한 생령들의 움직임은 파문 같은 기류의 흔들림으로 달리는 세철의 전신을 자극했다. 그리고 그렇게 달려가는 세철의 앞으로 묘지의 유령들이 집을 뚫고 뛰쳐나왔다.

　달리던 세철의 몸도 마주 솟구치며 떠올랐고, 달빛 속에 춤추는 범의 귀신처럼 터져 나가는 세철의 손과 발이 앞을 막는 검은 유령들의 몸을 사정없이 뽀개고 분쇄해 나갔다.

　그 밤은 그렇게 귀신들의 소리없는 울부짖음으로 깊어만 갔고, 밝은 날 찾아드는 사람들의 입으로 다시 전해지며, 관묘(官墓)의 혈투(血鬪)라는 이름으로 옛얘기가 되어 아이들의 귀에 전해졌다.

　아침이 되어 불어온 바람은 묘지의 피 냄새를 안고서 숭산을 바라보며 멀리멀리 날아갔다.

『혈리표』 3권에 계속…